民国大师散文精选集

你是人间的四月天

林徽因 著

九州出版社

JIUZHOUPRESS

图书在版编目（CIP）数据

你是人间的四月天 / 林徽因著 . -- 北京 : 九州出
版社 ,2018.5

ISBN 978-7-5108-6863-4

Ⅰ . ①你… Ⅱ . ①林… Ⅲ . ①中国文学－现代文学－
作品综合集 Ⅳ . ① I216.2

中国版本图书馆 CIP 数据核字（2018）第 073338 号

你是人间的四月天

作　者	林徽因　著
出版发行	九州出版社
地　址	北京市西城区阜外大街甲 35 号（100037）
发行电话	（010）68992190/3/5/6
网　址	www.jiuzhoupress.com
电子信箱	jiuzhou@jiuzhoupress.com
印　刷	山东华立印务有限公司
开　本	880 毫米 ×1230 毫米　　32 开
印　张	8
字　数	206 千字
版　次	2018 年 6 月第 1 版
印　次	2018 年 6 月第 1 次印刷
书　号	ISBN 978-7-5108-6863-4
定　价	32.00 元

编者说明

　　本书系民国作家作品，人名、地名、纪年及语言表述略有不同于今日之处，为尊重著作原貌及语言文字自身发展流变的规律计，未对篇目文字进行现代汉语规范化处理。提请读者阅读时注意！

九州出版社

目录

悼 志 摩

十一月十九日，我们的好朋友，许多人都爱戴的新诗人，徐志摩突兀的，不可信的，惨酷的，在飞机上遇险而死去。这消息在二十日的早上像一根针刺猛触到许多朋友的心上，顿使那一早的天墨一般地昏黑，哀恸的咽哽锁住每一个人的嗓子。

志摩……死……谁曾将这两个句子联在一处想过！他是那样活泼的一个人，那样刚刚站在壮年的顶峰上的一个人。朋友们常常惊讶他的活动，他那像小孩般的精神和认真，谁又会想到他死？

突然的，他闯出我们这共同的世界，沉入永远的静寂，不给我们一点预告，一点准备，或是一个最后希望的余地。这种几乎近于忍心的决绝，那一天不知震麻了多少朋友的心？现在那不能否认的事实，仍然无情地挡住我们前面。任凭我们多苦楚的哀悼他的惨死，多迫切的希冀能够仍然接触到他原来的音容，事实是不会为体贴我们这悲念而有些许更改；而他也再不会为不忍我们这伤悼而有些许活动的可能！这难堪的永远静寂和消沉便是死的最残酷处。

我们不迷信的，没有宗教地望着这死的帷幕，更是丝毫没有把握。张开口我们不会呼吁，闭上眼不会入梦，徘徊在理智和情感的边沿，我们不能预期后会，对这死，我们只是永远发怔，吞咽枯涩的泪；待时间来剥削这哀恸的尖锐，痂结我们每次悲悼的创伤。那一天下午初得到消息的许多朋友不是全跑到胡适之先生家里么？但是除却拭泪相对，默然围坐外，谁也没有主意，谁也不知有什么话说，对这死！

谁也没有主意，谁也没有话说！事实不容我们安插任何的希望，情感不容我们不伤悼这突兀的不幸，理智又不容我们有超自然的幻想！默然相对，默然围坐……而志摩则仍是死去没有回头，没有音讯，永远地不会回头，永远地不会再有音讯。

我们中间没有绝对信命运之说的，但是对着这不测的人生，谁不感到惊异，对着那许多事实的痕迹又如何不感到人力的脆弱，智慧的有限。世事尽有定数？世事尽是偶然？对这永远的疑问我们什么时候能有完全的把握？我们前边展开的只有坚质的事实：

"是的，他十九晨有电报来给我……

"十九早晨，是的！说下午三点准到南苑，派车接……

"电报是九时从南京飞机场发出的……

"刚是他开始飞行以后所发……

"派车接去了，等到四点半……说飞机没有到……

"没有到……航空公司说济南有雾……很大……"只是一个钟头的差别；下午三时到南苑，济南有雾！谁相信就是这一个钟头中便可以有这么不同事实的发生，志摩，我的朋友！

他离平的前一晚我仍见到，那时候他还不知道他次晨南旅的，飞机改期过三次，他曾说如果再改下去，他便不走了的。我和他同由一个茶会出来，在总布胡同口分手。在这茶会里我们请的是为太平洋会议来的一个柏雷博士，因为他是志摩生平最爱慕的女作家曼殊斐儿的姊丈，志摩十分的殷勤；希望可以再从柏雷口中得些关于曼殊斐儿早年的影子，只因限于时间，我们茶后匆匆地便散了。晚上我有约会出去了，回来时很晚，听差说他又来过，适遇我们夫妇刚走，他自己坐了一会儿，喝了一壶茶，在桌上写了些字便走了。我到桌上一看：

"定明早六时飞行，此去存亡不卜……"我怔住了，心中一阵不痛快，却忙给他一个电话。

"你放心。"他说，"很稳当的，我还要留着生命看更伟大的事迹呢，哪能便死？……"

话虽是这样说，他却是已经死了整两周了！

凡是志摩的朋友，我相信全懂得，死去他这样一个朋友是怎么一回事！

现在这事实一天比一天更结实，更固定，更不容否认。志摩是死了，这个简单惨酷的实际早又添上时间的色彩，一周，两周，一直的增长下去……

我不该在这里语无伦次的尽管呻吟我们做朋友的悲哀情绪。归根说，读者抱着我们文字看，也就是像志摩的请柏雷一样，要从我们口里再听到关于志摩的一些事。这个我明白，只怕我不能使你们满意，因为关于他的事，动听的，使青年人知道这里有个不可多得的人格存在的，实在太多，决不是几千字可以表达得完。谁也得承认像他这样的一个人世间便不轻易有几个的，无论在中国或是外国。

我认得他，今年整十年，那时候他在伦敦经济学院，尚未去康桥。我初次遇到他，也就是他初次认识到影响他迁学的逖更生先生。不用说他和我父亲最谈得来。虽然他们年岁上差别不算少，一见面之后便互相引为知己。他到康桥之后由逖更生介绍进了皇家学院，当时和他同学的有我姊丈温君源宁。一直到最近两月中源宁还常在说他当时的许多笑话，虽然说是笑话，那也是他对志摩最早的一个惊异的印象。志摩认真的诗情，绝不含有丝毫矫伪，他那种痴，那种孩子似的天真实能令人惊讶。源宁说，有一天他在校舍里读书，外边下了倾盆大雨——惟是英伦那样的岛国才有的狂雨——忽然他听到有人猛敲他的房门，外边跳进一个被雨水淋得全湿的客人。不用说他便是志摩，一进门一把扯着源宁向外跑，说快来我们到桥上去等着。这一来把源宁怔住了，他问志摩等什么在这大雨里。志摩睁大了眼睛，孩子似的高兴地说"看雨后的虹去"。源宁不止说他不去，并且劝志摩趁早将湿透的衣服换下，再穿上雨衣出去，英国的湿气岂是儿戏，志摩不等他说完，一溜烟地自己跑了！

以后我好奇地曾问过志摩这故事的真确，他笑着点头承认这全段故事的真实。我问：那么下文呢，你立在桥上等了多久，并且看到虹了没有？他说记不清但是他居然看到了虹。我诧异地打断他对那虹的描写，问他：怎么他便知道，准会有虹的。他得意地笑答我说："完全诗意的信仰！"

"完全诗意的信仰"，我可要在这里哭了！也就是为这"诗意的信仰"他硬要借航空的方便达到他"想飞"的宿愿！"飞机是很稳当的，"他说，"如果要出事那是我的运命！"他真对运命这样完全诗意的信仰！

志摩我的朋友，死本来也不过是一个新的旅程，我们没有到过的，不免过分地怀疑，死不定就比这生苦，"我们不能轻易断定那一边没有阳光与人情的温慰"，但是我前边说过最难堪的是这永远的静寂。我们生在这没有宗教的时代，对这死实在太没有把握了。这以后许多思念你的日子，怕要全是昏暗的苦楚，不会有一点点光明，除非我也有你那美丽的诗意的信仰！

我个人的悲绪不竟又来扰乱我对他生前许多清晰的回忆，朋友们原谅。

诗人的志摩用不着我来多说，他那许多诗文便是估价他的天平。我们新诗的历史才是这样的短，恐怕他的判断人尚在我们儿孙辈的中间。我要谈的是诗人之外的志摩。人家说志摩的为人只是不经意的浪漫，志摩的诗全是抒情诗，这断语从不认识他的人听来可以说很公平，从他朋友们看来实在是对不起他。志摩是个很古怪的人，浪漫固然，但他人格里最精华的却是他对人的同情，和蔼，和优容；没有一个人他对他不和蔼，没有一种人，他不能优容，没有一种的情感，他绝对地不能表同情。我不说了解，因为不是许多人爱说志摩最不解人情么？我说他的特点也就在这上头。

我们寻常人就爱说了解；能了解的我们便同情，不了解的我们便很落漠乃至于酷刻。表同情于我们能了解的，我们以为很适当；不表同情于我们不能了解的，我们也认为很公平。志摩则不然，了解与不了解，他并没有过分地夸张，他只知道温存，和平，体贴，只要他知道有情感的存在，无论出自何人，在何等情况之下，他理智上认为适当与否，他全能表几分同情，他真能体会原谅他人与他自己不相同处。从不会刻薄地单支出严格的迫仄的道德的天平指谪凡是与他不同的人。他这样的温和，这样的优容，真能使许多人惭愧，我可以忠实地说，至少他要比我们多数的人伟大许多；他觉得人类各种的情感动作全有它不同的，价值放大了的人类的眼光，同情是不该只限于我们划定的范围内。他是对的，朋友们，归根说，我们能够懂得几个人，了解几桩事，几种情感？哪一桩事，哪一个人没有多面的看法！为此说来志摩朋友之多，不是个可怪的事；凡是认得他的人不论深浅对他全有特殊的感情，也是极自然的结果。而反过来看他自己在他一生的过程中却是很少得着同情的。不止如是，他还曾为他的一点理想的愚诚几次几乎不见容于社会。但是他却未曾为这个而鄙吝他给他人的同情心，他的性情，不曾为受了刺激而转变刻薄暴戾过，谁能不承认他几有超人的宽量。

志摩的最动人的特点，是他那不可信的纯净的天真，对他的理想的愚诚，对艺术欣赏的认真，体会情感的切实，全是难能可贵到极点。他站在雨中等虹，他甘冒社会的大不韪争他的恋爱自由，他坐曲折的火车到乡间去拜哈岱，他抛弃博士一类的引诱卷了书包到英国，只为要拜罗素做老师，他为了一种特异的境遇，一时特异的感动，从此在生命途中冒险，从此抛弃所有的旧业，只是尝试写几行新诗——这几年新诗尝试的运命并不太令人踊跃，冷嘲热骂只是家常便饭——他常能走几里路去采几茎花，费许多周折去看一个朋友说两句话；这些，还有许多，都不是我们寻常能够轻易了解的神秘。我说神秘，其实竟许是傻，是痴！事实上他只是比我们认真，虔诚到傻气，到痴！他愉快起来，他的快乐的翅膀可以碰得到天；他忧伤起来，他的悲戚是深得没有底。寻常评价的衡量在他手里失了效用，利害轻重他自有他的看法，纯是艺术的情感的脱离寻常的原则，所以往常人常听到朋友们说到他总爱带着嗟叹的口吻说："那是志摩，你又有什么法子！"他真的是个怪人么？朋友们，不，一点都不是，他只是比我们近情，近理，比我们热诚，比我们天真，比我们对万物都更有信仰，对神，对人，对灵，对自然，对艺术！

朋友们我们失掉的不止是一个朋友，一个诗人，我们丢掉的是个极难得可爱的人格。

至于他的作品全是抒情的么？他的兴趣只限于情感么？更是不对。志摩的兴趣是极广泛的。就有几件，说起来，不认得他的人便要奇怪。他早年很爱数学，他始终极喜欢天文，他对天上星宿的名字和部位就认得很多，最喜暑夜观星，好几次他坐火车都是带着关于宇宙的科学的书。他曾经译过爱因斯坦的相对论，并且在一九二二年便写过一篇关于相对论的东西登在《民铎》杂志上。他常向思成说笑："任公先生的相对论的知识还是从我徐君志摩大作上得来的呢，因为他说他看许多关于爱因斯坦的哲学都未曾看懂，看到志摩的那篇才懂了。"今夏我在香山养病，他常来闲谈，有一天谈到他幼年上学的经过和美国克莱克大学两年学经济学的景况，我们不禁对笑了半天，后来他在他的《猛虎集》的"序"里也说了那么一段。可是奇怪的！他不像许多天才，幼年里上学，不是不及格，便是被斥退，他是常得优等的，听说有一次康乃尔暑校里一个极严的经济教授还写了信去克莱克大学教授那里恭维他的学生，关于一门很难的功课。我不是为志摩在这里夸张，因为事实上只有为了这桩事，今夏志摩自己便笑得不亦乐乎！

此外他的兴趣对于戏剧绘画都极深浓，戏剧不用说，与诗文是那么接近，他领略绘画的天才也颇可观，后期印象派的几个画家，他都有极精密的爱恶，对于文艺复兴时代那几位，他也很熟悉，他最爱鲍蒂切利和达文骞。自然他也常承认文人喜画常是间接地受了别人论文的影响，他的，就受了法兰（Roger Fry）和斐德（Walter Pater）的不少。对于建筑审美他常常对思成和我道歉说："太对不起，我的建筑常识全是 Ruskins 那一套。"他知道我们是最讨厌 Ruskins 的。但是为看一个古建的残址，一块石刻，他比任何人都热心，都更能静心领略。

他喜欢色彩，虽然他自己不会作画，暑假里他曾从杭州给我几封信，他自己叫它们做"描写的水彩画"，他用英文极细致地写出西边桑田的颜色，每一分嫩绿，每一色鹅黄，他都仔细地观察到。又有一次他望着我园里一带断墙半晌不语，过后他告诉我说，他正在默默体会，想要描写那墙上向晚的艳阳和刚刚入秋的藤萝。

对于音乐，中西的他都爱好，不止爱好，他那种热心便唤醒过北平一次——也许唯一的一次——对音乐的注意。谁也忘不了那一年，克拉斯拉到北平在"真光"拉一个多钟头的提琴。对旧剧他也得算"在行"，他最后在北平那几天我们曾接连地同去听好几出戏，回家时我们讨论的热闹，比任何剧评都诚恳都起劲。

谁相信这样的一个人，这样忠实于"生"的一个人，会这样早地永远地离开我们另投一个世界，永远地静寂下去，不再透些许声息！

我不敢再往下写，志摩若是有灵听到比他年轻许多的一个小朋友拿着老声老气的语调谈到他的为人不觉得不快？这里我又来个极难堪的回忆，那一年他在这同一个的报纸上写了那篇伤我父亲惨故的文章，这梦幻似的人生转了几个弯，曾几何时，却轮到我在这风紧夜深里握笔吊他的惨变。这是什么人生？什么风涛？什么道路？志摩，你这最后的解脱未始不是幸福，不是聪明，我该当羡慕你才是。

（原载于《北平晨报》，一九三一年十二月七日）

惟其是脆嫩

　　活在这非常富于刺激性的年头里，我敢喘一口气说，我相信一定有多数人成天里为观察听闻到的，牵动了神经，从跳动而有血裹着的心底下累积起各种的情感，直冲出嗓子，逼成了语言到舌头上来。这自然丰富的累积，有时更会倾溢出少数人的唇舌，再奔进到笔尖上，另具形式变成在白纸上驰骋的文字。这种文字便全是我们这个时代的出产，大家该千万珍视它！

　　现在，无论在哪里，假如有一个或多种的机会，我们能把许多这种自然触发出来的文字，交出给同时代的大众见面，因而或能激动起更多方面，更复杂的情感，和由这情感而形成更多方式的文字；一直造成了一大片丰富而且有力的创作的田壤，森林，江山……产生结结实实的我们这个时代特有的表情和文章；我们该不该诚恳的注意到这机会或能造出的事业，各人将各人的一点点心血献出来尝试？

　　假使，这里又有了机会联聚起许多人，为要介绍许多方面的文字，更进而研讨文章的质的方面；或指出以往文章的历程，或讲究到各种文章上比较的问题，进而无形的讲究到程度和标准等问题，我又敢相信，在这种景况下定会发生更严重鼓励写作的主动力，使创作界增加问题，或许。惟其是增加了问题，才助益到创造界的活泼和健康。文艺绝不是蓬勃丛生的野草。

　　我们可否直爽的承认一桩事？创作的鼓动时常要靠着刊物把它的成绩布散出去吹风，晒太阳，和时代的读者把晤的。被风吹冷了，太阳晒萎了，固常有的事。被读者所欢迎，所冷淡，或误会，或同情，归根应该都是激动创造力的药剂！至于，一来就高举趾，二来就气馁的作者，每个时代都免不了有他们起落踪迹。这个与创作界主体的展动只成枝节问题。哪一个创作兴旺的时代缺得了介绍散布作品的刊物，同那或能同情，或不了解的读众？

创作品是不能不与时代见面的，虽然作者的名姓，则并不一定。伟大作品没有和本时代见面，而被他时代发现珍视的固然有，但也只是偶然例外的事。希腊悲剧是在几万人前面唱演的，莎士比亚的戏更是街头巷尾的粗人都看得到的。到有刊物时代的欧洲，更不用说，一首诗文出来人人争买着看，就是中国在印刷艰难的时候，也是什么"传诵一时"；什么"人手一抄"等。

创作的主力固在心底，但逼迫着这只有时间性的情绪语言而留它在空间里的，却常是刊物这一类的鼓励和努力所促成。

现走遍人间是能刺激起创作的主力。尤其在中国，这种日子，那一副眼睛看到了些什么，舌头底下不立刻紧急的想说话，乃至于歌泣！如果创作界仍然有点消沉寂寞的话——努力的少，尝试的稀罕——那或是有别的缘故而使然。我们问：能鼓励创作界的活跃性的是些什么？刊物是否可以救济这消沉的？努力过刊物的诞生的人们，一定知道刊物又时常会因为别的复杂原因而夭折的。它常是极脆嫩的孩儿……那么有创作冲动的笔锋，努力于刊物的手臂，此刻何不联在一起，再来一次合作逼着创造界又挺出一个新鲜的萌芽！管它将来能不能成田壤，成森林，成江山，一个萌芽是一个萌芽。脆嫩？惟其是脆嫩，我们大家才更要来爱护它。

这时代是我们特有的，结果我们单有情感而没有表现这情绪的艺术，眼看着后代人笑我们是黑暗时代的哑子，没有艺术，没有文章，乃至于怀疑到我们有没有情感！

回头再看到祖宗传流下那神气的衣钵，怎不觉得惭愧！说世乱，杜老头子过的是什么日子！辛稼轩当日的愤慨当使我们同情！……何必诉，诉不完。难道现在我们这时代没有形形色色的人物，喜剧悲剧般的人生作题？难道我们现时没有美丽，没有风雅，没有丑陋，恐慌，没有感慨，没有希望？！难道连经这些天灾战祸，我们都不会描述，身受这许多刺骨的辱痛，我们都不会愤慨高歌迸出一缕滚沸的血流？！

　　难道我们真麻木了不成？难道我们这时代的语辞真贫穷得不能达意？难道我们这时代真没有学问真没有文章？！朋友们努力挺出一根活的萌芽来，记着这个时代是我们的。

（原载于《大公报·文艺副刊》创刊号，一九三三年九月二十三日）

山西通信

居然到了山西，天是透明的蓝，白云更流动得使人可以忘记很多的事，单单在一点什么感情底下，打滴溜转；更不用说到那山山水水，小堡垒，村落，反映着夕阳的一角庙，一座塔！景物是美得到处使人心慌心痛。

我是没有出过门的，没有动身之前不容易动，走出来之后却就不知道如何流落才好。旬日来眼看去的都是图画，日子都是可以歌唱的古事。黑夜里在山场里看河南来到山西的匠人，围住一个大红炉子打铁，火花和铿锵的声响，散到四围黑影里去。微月中步行寻到田垄废庙，划一根"取灯"偷偷照看那瞭望观音的脸，一片平静。几百年来，没有动过感情的，在那一闪光底下，倒像挂上一缕笑意。

我们因为探访古迹走了许多路；在种种情形之下感慨到古今兴废。在草丛里读碑碣，在砖堆中间偶然碰到菩萨的一双手一个微笑，都是可以激动起一些不平常的感觉来的。乡村的各种浪漫的位置，秀丽天真：中间人物维持着老老实实的鲜艳颜色，老的扶着拐杖，小的赤着胸背，沿路上点缀的，尽是他们明亮的眼睛和笑脸。由北平城里来的我们，东看看，西走走，夕阳背在背上，真和掉在另一个世界里一样！云块，天，和我们之间似乎失掉了一切障碍。我乐时就高兴地笑，笑声一直散到对河对山，说不定哪一个林子，哪一个村落里去！我感觉到一种平坦，竟许是辽阔，和地面恰恰平行着舒展开来，感觉的最边沿的边沿，和大地的边沿，永远赛着向前伸……

我不会说，说起来也只是一片疯话人家不耐烦听。让我描写一些实际情形我又不大会，总而言之，远地里，一处田亩有人在工作，上面青的，黄的，紫的，分行的长着；每一处山坡上，都有人在走路，放羊，迎着阳光，背着阳光，投射着转动的光影；每一个小城，前面站着城楼，旁边睡着小庙，那里又托出一座石塔，神和人，都服帖的，满足的守着他们那一角天地，近地里，则更有的是热闹，一条街里站满了人，孩子头上梳着三个小辫子的，四个小辫子的，乃至于五六个小辫子的，衣服简单到只剩一个红兜肚，上面隐约也绣有他嬷嬷挑的两三朵花！

娘娘庙前面树荫底下，你又能阻止谁来看热闹？教书先生出来了，军队里兵卒拉着马过来了，几个女人娇羞的手拉着手，也扭着来站在一边了，小孩子争着挤，看我们照相，拉皮尺量平面，教书先生帮我们拓碑文。说起来这个那个庙，都是年代可多了，什么时候盖的，谁也说不清了！说话之人来得太多，我们工作实在发生困难了，可是我们大家都顶高兴的，小孩子一边抱着饭碗吃饭，一边睁着大眼看，一点子也不松懈。

我们走时总是一村子的人来送的，儿媳妇指着说给老婆婆听，小孩们跑着还要跟上一段路。开栅镇，小相村，大相村，哪一处不是一样的热闹，看到北齐天保三年造像碑，我们不小心，漏出一个惊异的叫喊，他们乡里弯着背的，老点儿的人，就也露出一个得意的微笑，知道他们村里的宝贝，居然吓着这古怪的来客了。"年代多了吧？"他们骄傲地问。"多了多了。"我们高兴地回答，"差不多一千四百年了。""呀，一千四百年！"我们便一齐骄傲起来。

我们看看这里金元重修的，那里明季重修的殿宇，讨论那式样做法的特异处，塑像神气，手续，天就渐渐黑下来，嘴里觉到渴，肚里觉到饿，才记起一天的日子圆圆整整的就快结束了。回来躺在床上，绮丽鲜明的印象仍然挂在眼睛前边，引导着种种适意的梦，同时晚饭上所吃的菜蔬果子，便给养充实着，我们明天的精力，直到一大颗太阳，红红地照在我们的脸上。

（原载于《大公报·文艺副刊》第九十六期，一九三四年八月二十五日）

窗子以外

话从哪里说起？等到你要说话，什么话都是那样渺茫地找不到个源头。

此刻，就在我眼帘底下坐着是四个乡下人的背影：一个头上包着黯黑的白布，两个褪色的蓝布，又一个光头。他们支起膝盖，半蹲半坐的，在溪沿的短墙上休息。每人手里一件简单的东西：一个是白木棒，一个篮子，那两个在树荫底下我看不清楚。无疑地他们已经走了许多路，再过一刻，抽完一筒旱烟以后，是还要走许多路的。兰花烟的香味频频随着微风，袭到我官觉上来，模糊中还有几段山西梆子的声调，虽然他们坐的地方是在我廊子的铁纱窗以外。

铁纱窗以外，话可不就在这里了。永远是窗子以外，不是铁纱窗就是玻璃窗，总而言之，窗子以外！

所有的活动的颜色，声音，生的滋味，全在那里的，你并不是不能看到，只不过永远地在你窗子以外罢了。多少百里的平原土地，多少区域的起伏的山峦，昨天由窗子外映进你的眼帘，那是多少生命日夜在活动着的所在；每一根青的什么麦黍，都有人流过汗；每一粒黄的什么米粟，都有人吃去；其间还有的是周折，是热闹，是紧张！可是你则并不一定能看见，因为那所有的周折，热闹，紧张，全都在你窗子以外展演着。

在家里罢，你坐在书房里，窗子以外的景物本就有限。那里两树马缨，几棵丁香；榆叶梅横出疯杈的一大枝；海棠因为缺乏阳光，每年只开个两三朵——叶子上满是虫蚁吃的创痕，还卷着一点焦黄的边；廊子幽秀地开着扇子式，六边形的格子窗，透过外院的日光，外院的杂音。什么送煤的来了，偶然你看到一个两个被煤炭染成黔黑的脸；什么米送到了，一个人捎着一大口袋在背上，慢慢踱过屏门；还有自来水，电灯，电话公司来收账的，胸口斜挂着皮口袋，手里推着一辆自行车；更有时厨子来个朋友了，满脸的笑容，"好呀，好呀"地走进门房；什么赵妈的丈夫来拿钱了，那是每月一号一点都不差的，早来了你就听到两个人唧唧哝哝争吵的声浪。那里不是没有颜色，声音，生的一切活动，只是他们和你总隔个窗子——扇子式的，六边形的，纱的，玻璃的！

你气闷了把笔一搁说，这叫做什么生活！你站起来，穿上不能算太贵的鞋袜，但这双鞋和袜的价钱也就比——想它做什么，反正有人每月的工资，一定只有这价钱的一半乃至于更少。你出去雇洋车了，拉车的嘴里所讨的价钱当然是要比例价高得多，难道你就傻子似的答应下来？不，不，三十二子，拉就拉，不拉，拉倒！心里也明白，如果真要充内行，你就该说，二十六子，拉就拉——但是你好意思争！

车开始辗动了，世界仍在你窗子以外。长长的一条胡同，一个个大门紧紧地关着。就是有开的，那也只是露出一角，隐约可以看到里面有南瓜棚子，底下一个女的，坐在小凳上缝缝做做的；另一个，抓住还不能走路的小孩子，伸出头来喊那过路卖白菜的。至于白菜是多少钱一斤，那你是听不见了，车子早已拉得老远，并且你也无需乎知道的。在你每月费用之中，伙食是一定占去若干的。在那一笔伙食费里，白菜又是多么小的一个数。难道你知道了门口卖的白菜多少钱一斤，你真把你哭丧着脸的厨子叫来申斥一顿，告诉他每一斤白菜他多开了你一个"大子儿"？

车越走越远了，前面正碰着粪车，立刻你拿出手绢来，皱着眉，把鼻子蒙得紧紧的，心里不知怨谁好。怨天做的事太古怪，好好的美丽的稻麦却需要粪来浇！怨乡下人太不怕臭，不怕脏，发明那么两个篮子，放在鼻前手车上，推着慢慢走！你怨市里行政人员不认真办事，如此脏臭不卫生的旧习不能改良，十余年来对这粪车难道真无办法？为着强烈的臭气隔着你窗子还不够远，因此你想到社会卫生事业如何还办不好。

路渐渐好起来，前面墙高高的是个大衙门。这里你简直不止隔个窗子，这一带高高的墙是不通风的。你不懂里面有多少办事员，办的都是什么事；多少浓眉大眼的，对着乡下人做买卖的吆喝诈取；多少个又是脸黄黄的可怜虫，混半碗饭分给一家子吃。自欺欺人，里面天天演的到底是什么把戏？但是如果里面真有两三个人拼了命在那里奋斗，为许多人争一点便利和公道，你也无从知道！

到了热闹的大街了，你仍然像在特别包厢里看戏一样，本身不会，也不必参加那出戏；倚在栏杆上，你在审美的领略，你有的是一片闲暇。但是如果这里洋车夫问你在哪里下来，你会吃一惊，仓卒不知所答。生活所最必需的你并不缺乏什么，你这出来就也是不必需的活动。

偶一抬头，看到街心和对街铺子前面那些人，他们都是急急忙忙地，在时间金钱的限制下采办他们生活所必需的。两个女人手忙脚乱地在监督着店里的伙计称秤。二斤四两，二斤四两的什么东西，且不必去管，反正由那两个女人的认真的神气上面看去，必是非同小可，性命交关的货物。并且如果称得少一点时，那两个女人为那点吃亏的分量必定感到重大的痛苦；如果称得多时，那伙计又知道这年头那损失在东家方面真不能算小。于是那两边的争持是热烈的，必须的，大家声音都高一点；女人脸上呈块红色，头发披下了一缕，又用手抓上去；伙计则维持着客气，口里嚷着：错不了，错不了！

热烈的，必须的，在车马纷纭的街心里，忽然由你车边冲出来两个人；男的，女的，个个提起两脚快跑。这又是干什么的，你心想，电车正在拐大弯。那两个原就追着电车，由轨道旁边擦过去，一边追着，一边向电车上卖票的说话。电车是不容易赶的，你在洋车上真不禁替那街心里奔走赶车的担心。但是你也知道如果这趟没赶上，他们就可以在街旁站个半点来钟，那些宁可盼穿秋水不雇洋车的人，也就是因为他们的生活而必须计较和节省到洋车同电车价钱上那相差的数目。

此刻洋车跑得很快，你心里继续着疑问你出来的目的，到底采办一些什么必需的货物。眼看着男男女女挤在市场里面，门首出来一个进去一个，手里都是持着包包裹裹，里边虽然不会全是他们当日所必需的，但是如果当中夹着一盒稍微奢侈的物品，则亦必是他们生活中间闪着亮光的一个愉快！你不是听见那人说么？里面草帽，一块八毛五，贵倒贵点，可是"真不赖！"他提一提帽盒向着打招呼的朋友，他摸一摸他那剃得光整的脑袋，微笑充满了他全个脸。那时那一点迸射着光闪的愉快，当然的归属于他享受，没有一点疑问，因为天知道，这一年中他多少次地克己省俭，使他赚来这一次美满的，大胆的奢侈！

那点子奢侈在那人身上所发生的喜悦，在你身上却完全失掉作用，没有闪一星星亮光的希望！你想，整年整月你所花费的，和你那窗子以外的周围生活程度一比较，严格算来，可不都是非常糜费的用途？每奢侈一次，你心上只有多难过一次，所以车子经过的那些玻璃窗口，只有使你更惶恐，更空洞，更怀疑，前后彷徨不着边际。并且看了店里那些形形色色的货物，除非你真是傻子，难道不晓得它们多半是由那一国工厂里制造出来的！奢侈是不能给你愉快的，它只有要加增你的戒惧烦恼。每一尺好看点的纱料，每一件新鲜点的工艺品！

你诅咒着城市生活，不自然的城市生活！检点行装说，走了，走了，这沉闷没有生气的生活，实在受不了，我要换个样子过活去。健康的旅行既可以看看山水古刹的名胜，又可以知道点内地纯朴的人情风俗。走了，走了，天气还不算太坏，就是走他一个月六礼拜也是值得的。

没想到不管你走到哪里，你永远免不了坐在窗子以内的。不错，许多时髦的学者常常骄傲地带上"考察"的神气，架上科学的眼镜，偶然走到哪里一个陌生的地方瞭望，但那无形中的窗子是仍然存在的。不信，你检查他们的行李，有谁不带着罐头食品，帆布床，以及别的证明你还在你窗子以内的种种零星用品，你再摸一摸他们的皮包，那里短不了有些钞票；一到一个地方，你有的是一个提梁的小小世界。不管你的窗子朝向哪里望，所看到的多半则仍是在你窗子以外，隔层玻璃，或是铁纱！隐隐约约你看到一些颜色，听到一些声音，如果你私下满足了，那也没有什么，只是千万别高兴起说什么接触了，认识了若干事物人情，天知道那是罪过！洋鬼子们的一些浅薄，千万学不得。

　　你是仍然坐在窗子以内的，不是火车的窗子，汽车的窗子，就是客栈逆旅的窗子，再不然就是你自己无形中习惯的窗子，把你搁在里面。接触和认识实在谈不到，得天独厚的闲暇生活先不容你。一样是旅行，如果你背上掮的不是照相机而是一点做买卖的小血本，你就需要全副的精神来走路：你得留神投宿的地方；你得计算一路上每吃一次烧饼和几颗沙果的钱；遇着同行的战战兢兢的打招呼，互相捧出诚意，遇着困难时好互相关照帮忙，到了一个地方你是真带着整个血肉的身体到处碰运气，紧张的境遇不容你不奋斗，不与其他奋斗的血和肉的接触，直到经验使得你认识。

　　前日公共汽车里一列辛苦的脸，那些谈话，里面就有很多生活的分量。陕西过来做生意的老头和那旁坐的一股客气，是不得已的；由交城下车的客人执着红粉包纸烟递到汽车行管事手里也是有多少理的，穿棉背心的老太婆默默地挟住一个蓝布包袱，一个钱包，是在用尽她的全副本领的，果然到了冀村，她错过站头，还亏别个客人替她要求车夫，将汽车退行两里路，她还不大相信地望着那村站，口里噜苏着这地方和上次如何两样了。开车的一面发牢骚一面爬到车顶替老太婆拿行李，经验使得他有一种涵养，行旅中少不了有认不得路的老太太，这个道理全世界是一样的，伦敦警察之所以特别和蔼，也是从迷路的老太太孩子们身上得来的。

　　话说了这许多，你仍然在廊子底下坐着，窗外送来溪流的喧响，兰花烟气味早已消失，四个乡下人这时候当已到了上流"庆和义"磨坊前面。昨天那里磨坊的伙计很好笑的满脸挂着面粉，让你看着磨坊的构造；坊下的木轮，屋里旋转着的石碾，又在高低的院落里，来回看你所不经见的农具在日影下列着。院中一棵老槐，一丛鲜艳的杂花，一条曲曲折折引水的沟渠，伙计和气地说闲话。他用着山西口音，告诉你，那里一年可出五千多包的面粉，每包的价钱约略两块多钱。又说这十几年来，这一带因为山水忽然少了，磨坊关闭了多少家，外国人都把那些磨坊租去做他们避暑的别墅。惭愧的你说，你就是住在一个磨坊里面，他脸上堆起微笑，让面粉一星星在日光下映着，说认得认得，原来你所租的磨坊主人，一个外国牧师，待这村子极和气，乡下人和他还都有好感情。

　　这真是难得了，并且好感的由来还有实证。就是那一天早上你无意中出去探古寻胜，这一省山明水秀，古刹寺院，动不动就是宋辽的原物，走到山上一个小村的关帝庙里，看到一个铁铎，刻着万历年号，原来是万历赐这村里庆成王的后人的，不知怎样流落到卖古董的手里。七年前让这牧师买去，晚上打着玩，嘹亮的钟声被村人听到，急忙赶来打听，要凑原价买回，情辞恳切。说起这是他们吕姓的祖传宝物，决不能让它流落出境，这牧师于是真个把铁铎还了他们，从此便在关帝庙神前供着。

　　这样一来你的窗子前面便展开了一张浪漫的图画，打动了你的好奇，管它是隔一层或两层窗子，你也忍不住要打听点底细，怎么明庆成王的后人会姓吕！这下子文章便长了。

　　如果你的祖宗是皇帝的嫡亲弟弟，你是不会，也不愿，忘掉的。据说庆成王是永乐的弟弟，这赵庄村里的人都是他的后代。不过就是因为他们记得太清楚了，另一朝的皇帝都有些老大不放心，雍正间诏命他们改姓，由姓朱改为姓吕，但是他们还有用二十字排行的方法，使得他们不会弄错他们是这一脉子孙。

　　这样一来你就有点心跳了，昨天你雇来那打水洗衣服的不也是赵庄村来的，并且还姓吕！果然那土头土脑圆脸大眼的少年是个皇裔贵族，真是有失尊敬了。那么这村子一定穷不了，但事实上则不见得。

　　田亩一片，年年收成也不坏。家家户户门口有特种围墙，像个小小堡垒——当时防匪用的。屋子里面有大漆衣柜衣箱，柜门上白铜擦得亮亮；炕上棉被红红绿绿也颇鲜艳。可是据说关帝庙里已有四年没有唱戏了，虽然戏台还高巍巍地对着正殿。村子这几年穷了，有一位王孙告诉你，唱戏太花钱，尤其是上边使钱。这里到底是隔个窗子，你不懂了，一样年年好收成，为什么这几年村子穷了，只模模糊糊听到什么军队驻了三年多等，更不懂的是，村子向上一年辛苦后的娱乐，关帝庙里唱唱戏，得上面使钱？既然隔个窗子听不明白，你就通气点别尽管问了。

　　隔着一个窗子你还想明白多少事？昨天雇来吕姓倒水，今天又学洋鬼子东逛西逛，跑到下面养着鸡羊，上面挂有武魁匾额的人家，让他们用你不懂得的乡音招呼你吃菜，炕上坐，坐了半天出到门口，和那送客的女人周旋客气了一回，才恍然大悟，她就是替你倒脏水洗衣裳的吕姓王孙的妈，前晚上还送饼到你家来过！

　　这里你迷糊了。算了算了！你简直老老实实地坐在你窗子里得了，窗子以外的事，你看了多少也是枉然，大半你是不明白，也不会明白的。

　　（原载于《大公报·文艺副刊》第九十九期，一九三四年九月五日）

纪念志摩去世四周年

今天是你走脱这世界的四周年！朋友，我们这次拿什么来纪念你？前两次的用香花感伤地围上你的照片，抑住嗓子底下叹息和悲哽，朋友和朋友无聊地对望着，完成一种纪念的形式，俨然是愚蠢的失败。因为那时那种近于伤感，而又不够宗教庄严的举动，除却点明了你和我们中间的距离，生和死的间隔外，实在没有别的成效；几乎完全不能达到任何真实纪念的意义。

去年今日我意外地由浙南路过你的家乡，在昏沉的夜色里我独立火车门外，凝望着那幽暗的站台，默默地回忆许多不相连续的过往残片，直到生和死间居然幻成一片模糊，人生和火车似的蜿蜒一串疑问在苍茫间奔驰。我想起你的：

> 火车禽住轨，在黑夜里奔
> 过山，过水，过……

如果那时候我的眼泪曾不自主地溢出睫外，我知道你定会原谅我的。你应当相信我不会向悲哀投降，什么时候我都相信倔强的忠于生的，即使人生如你底下所说：

> 就凭那精窄的两道，算是轨，
> 驮着这份重，梦一般的累坠！

就在那时候我记得火车慢慢地由站台拖出，一程一程地前进，我也随着酸怆的诗意，那"车的呻吟"，"过荒野，过池塘，……过噤口的村庄"。到了第二站——我的一半家乡。

今年又轮到今天这一个日子！世界仍旧一团糟，多少地方是黑云布满着粗筋络往理想的反面猛进，我并不在瞎说，当我写：

> 信仰只一细炷香，
> 那点子亮再经不起西风
> 沙沙的隔着梧桐树吹

朋友，你自己说，如果是你现在坐我这位子上，迎着这一窗太阳：眼看着菊花影在墙上描画作态；手臂下倚着两叠今早的报纸；耳朵里不时隐隐地听着朝阳门外"打靶"的枪弹声；意识的，潜意识的，要明白这生和死的谜，你又该写成怎样一首诗来，纪念一个死别的朋友？

此时，我却是完全的一个糊涂！习惯上我说，每桩事都像是造物的意旨，归根都是运命，但我明知道每桩事都有我们自己的影子在里面烙印着！我也知道每一个日子是多少机缘巧合凑拢来拼成的图案，但我也疑问其间的摆布谁是主宰。据我看来：死是悲剧的一章，生则更是一场悲剧的主干！我们这一群剧中的角色自身性格与性格矛盾；理智与情感两不相容；理想与现实当面冲突，侧面或反面激成悲哀。日子一天一天向前转，昨日和昨日堆垒起来混成一片不可避脱的背景，做成我们周遭的墙壁或气氛，那么结实又那么缥缈，使我们每一人站在每一天的每一个时候里都是那么主要，又是那么渺小无能为！

此刻我几乎找不出一句话来说，因为，真的，我只是个完全的糊涂；感到生和死一样的不可解，不可懂。

但是我却要告诉你，虽然四年了你脱离去我们这共同活动的世界，本身停掉参加牵引事体变迁的主力，可是谁也不能否认，你仍立在我们烟涛渺茫的背景里，间接的是一种力量，尤其是在文艺创造的努力和信仰方面。间接的你任凭自然的音韵，颜色，不时的风轻月白，人的无定律的一切情感，悠断悠续他仍然在我们中间继续着生，仍然与我们共同交织着这生的纠纷，继续着生的理想。你并不离我们太远。你的身影永远挂在这里那里，同你生前一样的飘忽，爱在人家不经意时茬止，带来勇气的笑声也总是那么嘹亮，还有，还有经过你热情或焦心苦吟的那些诗，一首一首仍串着许多人的心旋转。

说到你的诗，朋友，我正要正经的同你再说一些话。你不要不耐烦。这话迟早我们总要说清的。人说盖棺论定，前者早已成了事实，这后者在这四年中，说来叫人难受，我还未曾读到一篇中肯或诚实的论评，虽然对你的赞美和攻讦由你去世后一两周间，就纷纷开始了。但是他们每人手里拿的都不像纯文艺的天平：有的喜欢你的为人，有的疑问你私人的道德；有的单单尊崇你诗中所表现的思想哲学，有的仅喜爱那些软弱的细致的句子；有的每发议论必须牵涉到你的个人生活之合乎规矩方圆，或断言你是轻薄，或引证你是浮奢豪侈！朋友，我知道你从不介意过这些，许多人的浅陋老实或刻薄处你早就领略过一堆，你不止未曾生过气，并且常常表现怜悯同原谅；你的心情永远是那么洁净；头老抬得那么高；胸中老是那么完整的诚挚；臂上老有那么许多不折不挠的勇气。但是现在的情形与以前却稍稍不同，你自己既已不在这里，做你朋友的，眼看着你被误解，曲解，乃至于谩骂，有时真忍不住替你不平。

但你可别误会我心眼儿窄，把不相干的看成重要，我也知道误解曲解谩骂，都是不相干的，但是朋友，我们谁都需要有人了解我们的时候，真了解了我们，即使是痛下针砭，骂着了我们的弱处错处，那整个的我们却因而更增添了意义，一个作家文艺的总成绩更需要一种就文论文，就艺术论艺术的和平判断。

你在《猛虎集》"序"中说"世界上再没有比写诗更惨的事"，你却并未说明为什么写诗是一桩惨事，现在让我来个注脚好不好？我看一个人一生为着一个愚诚的倾向，把所感受到的复杂的情绪尝味到的生活，放到自己的理想和信仰的锅炉里烧炼成几句悠扬铿锵的语言（哪怕是几声小唱），来满足他自己本能的艺术的冲动，这本来是个极寻常的事。哪一个地方哪一个时代，都不断有这种人。轮着做这种人的多半是为着他情感来的比寻常人浓富敏锐，而为着这情感而发生的冲动更是非实际的——或不全是实际的——追求，而需要那种艺术的满足而已。说起来写诗的人的动机多么简单可怜，正是如你"序"里所说"我们都是受支配的善良的生灵"！虽然有些诗人因为他们的成绩特别高厚广阔，包括了多数人，或整个时代的艺术和思想的冲动，从此便在人间披上神秘的光圈，使"诗人"两字无形中挂着崇高的色彩。这样使一般努力于用韵文表现或描画人在自然万物相交错时的情绪思想的，便被人的成见看做夸大狂的旗帜，需要同时代人的极冷酷的讥讪和不信任来扑灭它，以挽救人类的尊严和健康。

　　我承认写诗是惨淡经营，孤立在人中挣扎的勾当，但是因为我知道太清楚了，你在这上面单纯的信仰和诚恳的尝试，为同业者奋斗，卫护他们的情感的愚诚，称扬他们艺术的创造，自己从未曾求过虚荣，我觉得你始终是很逍遥舒畅的。如你自己所说，"满头血水"，你"仍未曾低头"，你自己相信"一点性灵还在那里挣扎"，"还想在实际生活的重重压迫下透出一些声响来"。

　　简单地说，朋友，你这写诗的动机是坦白不由自主的，你写诗的态度是诚实，勇敢而倔强的。这在讨论你诗的时候，谁都先得明了的。

　　至于你诗的技巧问题，艺术上的造诣，在这新诗仍在彷徨歧路的尝试期间，谁也不能坚决地论断，不过有一桩事我很想提醒现在讨论新诗的人，新诗之由于无条件无形制宽泛到几乎没有一定的定义时代，转入这讨论外形内容，以至于音节韵脚章句意象组织等艺术技巧问题的时期，即是根据着对这方面努力尝试过的那一些诗，你的头两个诗集子就是供给这些讨论见解最多材料的根据。外国的土话说"马总得放在马车的前面"不是？没有一些尝试的成绩放在那里，理论家是不能老在那里发一堆空头支票的，不是？

你自己一向不止在那里倔强地尝试用功，你还会用尽你所有活泼的热心鼓励别人尝试，鼓励"时代"起来尝试，——这种工作是最犯风头嫌疑的，也只有你胆子大头皮硬顶得下来！我还记得你要印诗集子时，我替你捏一把汗，老实说还替你在有文采的老前辈中间难为情过，我也记得我初听到人家找你办"晨副"时我的焦急，但你居然板起个脸抓起两把鼓槌子为文艺吹打开路乃至于扫地，铺鲜花，不顾旧势力的非难，新势力的怀疑，你干你的事"事在人为，做了再说"那股子劲，以后别处也还很少见。

现在你走了，这些事渐渐在人的记忆中模糊下来，你的诗和文章也散漫在各小本集子里，压在有极新鲜的封皮的新书后面，谁说起你来，不是马马糊糊地承认你是过去中一个势力，就是拿能够挑剔看轻你的诗为本事（散文人家很少提到，或许"散文家"没有诗人那么光荣，不值得注意），朋友，这是没法子的事，我却一点不为此灰心，因为我有我的信仰。

我认为我们这写诗的动机既如前面所说那么简单愚诚；因在某一时，或某一刻敏锐地接触到生活上的锋芒，或偶然地触遇到理想峰巅上云彩星霞，不由得不在我们所习惯的语言中，编缀出一两串近于音乐的句子来，慰藉自己，解放自己，去追求超实际的真美，读诗者的反应一定有一大半也和我们这写诗的一样诚实天真，仅想在我们句子中间由音乐性的愉悦，接触到一些生活的底蕴渗合着美丽的憧憬；把我们的情绪给他们的情绪搭起一座浮桥；把我们的灵感，给他们生活添些新鲜；把我们的痛苦伤心再揉成他们自己忧郁的安慰!

我们的作品会不会再长存下去,就看它们会不会活在那一些我们从不认识的人,我们作品的读者,散在各时、各处互相不认识的孤单的人的心里的,这种事它自己有自己的定律,并不需要我们的关心的。你的诗据我所知道的,它们仍旧在这里浮沉流落,你的影子也就浓淡参差地系在那些诗句中,另一端印在许多不相识人的心里。朋友,你不要过于看轻这种间接的生存,许多热情的人他们会为着你的存在,而加增了生的意识的。伤心的仅是那些你最亲热的朋友们和同兴趣的努力者,你不在他们中间的事实,将要永远是个不能填补的空虚。

你走后大家就提议要为你设立一个"志摩奖金"来继续你鼓励人家努力诗文的素志,勉强象征你那种对于文艺创造拥护的热心,使不及认得你的青年人永远对你保存着亲热。如果这事你不觉到太寒伧不够热气,我希望你原谅你这些朋友们的苦心,在冥冥之中笑着给我们勇气来做这一些蠢诚的事吧。

二十四年十一月十九日

(原载于《大公报·文艺副刊》第五十六期,一九三五年十二月八日)

蛛丝和梅花

真真的就是那么两根蛛丝，由门框边轻轻地牵到一枝梅花上。就是那么两根细丝，迎着太阳光发亮……再多了，那还像样么？一个摩登家庭如何能容蛛网在光天白日里作怪，管它有多美丽，多玄妙，多细致，够你对着它联想到一切自然，造物的神工和不可思议处；这两根丝本来就该使人脸红，且在冬天够多特别！可是亮亮的，细细的，倒有点像银，也有点像玻璃制的细丝，委实不算讨厌，尤其是它们那么潇脱风雅，偏偏那样有意无意地斜搭在梅花的枝梢上。

你向着那丝看，冬天的太阳照满了屋内，窗明几净，每朵含苞的，开透的，半开的梅花在那里挺秀吐香，情绪不禁迷茫缥缈地充溢心胸，在那刹那的时间中振荡。同蛛丝一样的细弱，和不必需，思想开始抛引出去：由过去牵到将来，意识的，非意识的，由门框梅花牵出宇宙，浮云沧波踪迹不定。是人性，艺术，还是哲学，你也无暇计较，你不能制止你情绪的充溢，思想的驰骋，蛛丝梅花竟然是瞬息可以千里！

好比你是蜘蛛，你的周围也有你自织的蛛网，细致地牵引着天地，不怕多少次风雨来吹断它，你不会停止了这生命上基本的活动。此刻"……一枝斜好，幽香不知甚处……"

拿梅花来说吧，一串串丹红的结蕊缀在秀劲的傲骨上，最可爱，最可赏，等半绽将开地错落在老枝上时，你便会心跳！梅花最怕开；开了便没话说。索性残了，沁香拂散同夜里炉火都能成了一种温存的凄清。

记起了，也就是说到梅花，玉兰。初是有个朋友说起初恋时玉兰刚开完，天气每天的暖，住在湖旁，每夜跑到湖边林子里走路，又静坐幽僻石上看隔岸灯火，感到好像仅有如此虔诚地孤对一片泓碧寒星远市，才能把心里情绪抓紧了，放在最可靠最纯净的一撮思想里，始不致亵渎了或是惊着那"寤寐思服"的人儿。那是极年轻的男子初恋的情景——对象渺茫高远，反而近求"自我的"郁结深浅——他问起少女的情绪。

　　就在这里，忽记起梅花。一枝两枝，老枝细枝，横着，虬着，描着影子，喷着细香；太阳淡淡金色地铺在地板上；四壁琳琅，书架上的书和书签都像在发出言语；墙上小对联记不得是谁的集句；中条是东坡的诗。你敛住气，简直不敢喘息，踮起脚，细小的身形嵌在书房中间，看残照当窗，花影摇曳，你像失落了什么，有点迷惘。又像"怪东风着意相寻"，有点儿没主意！浪漫，极端的浪漫。"飞花满地谁为扫？"你问，情绪风似的吹动，卷过，停留在惜花上面。再回头看看，花依旧嫣然不语。"如此娉婷，谁人解看花意"，你更沉默，几乎热情地感到花的寂寞，开始怜花，把同情统统诗意地交给了花心！

　　这不是初恋，是未恋，正自觉"解看花意"的时代。情绪的不同，不止是男子和女子有分别，东方和西方也甚有差异。情绪即使根本相同，情绪的象征，情绪所寄托，所栖止的事物却常常不同。水和星子同西方情绪的联系，早就成了习惯。一颗星子在蓝天里闪，一流冷涧倾泻一片幽愁的平静，便激起他们诗情的波涌，心里甜蜜的，热情的便唱着由那些鹅羽的笔锋散下来的"她的眼如同星子在暮天里闪"，或是"明丽如同单独的那颗星，照着晚来的天"，或"多少次了，在一流碧水旁边，忧愁倚下她低垂的脸。"

　　惜花，解花太东方，亲昵自然，含着人性的细致是东方传统的情绪。

　　此外年龄还有尺寸，一样是愁，却跃跃似喜，十六岁时的，微风零

028

乱，不颓废，不空虚，踮着理想的脚充满希望，东方和西方却一样。人老了脉脉烟雨，愁吟或牢骚多折损诗的活泼。大家如香山，稼轩，东坡，放翁的白发华发，很少不梗在诗里，至少是令人不快。话说远了，刚说是惜花，东方老少都免不了这嗜好，这倒不论老的雪鬓曳杖，深闺里也就攒眉千度。

最叫人惜的花是海棠一类的"春红"，那样娇嫩明艳，开过了残红满地，太招惹同情和伤感。但在西方即使也有我们同样的花，也还缺乏我们的廊庑庭院。有了"庭院深深深几许"才有一种庭院里特有的情绪。如果李易安的"斜风细雨"底下不是"重门须闭"也就不"萧条"得那样深沉可爱；李后主的"终日谁来"也一样的别有寂寞滋味。看花更须庭院，深深锁在里面认识，不时还得有轩窗栏杆，给你一点凭藉，虽然也用不着十二栏杆倚遍，那么懦弱无聊。

当然旧诗里伤愁太多；一首诗竟像一张美的证券，可以照着市价去兑现！所以庭花，乱红，黄昏，寂寞太滥，诗常失却诚实。西洋诗，恋爱总站在前头，或是"忘掉"，或是"记起"，月是为爱，花也是为爱，只使全是真情，也未尝不太腻味。就以两边好的来讲。拿他们的月光同我们的月色比，似乎是月色滋味深长得多。花更不用说了；我们的花"不是预备采下缀成花球，或花冠献给恋人的"，却是一树一树绰约的，个性的，自己立在情人的地位上接受恋歌的。

所以未恋时的对象最自然的是花，不是因为花而起的感慨——十六岁时无所谓感慨——仅是刚说过的自觉解花的情绪，寄托在那清丽无语的上边，你心折它绝韵孤高，你为花动了感情，实说你同花恋爱，也未尝不可——那惊讶狂喜也不减于初恋。还有那凝望，那沉思……

一根蛛丝！记忆也同一根蛛丝，搭在梅花上就由梅花枝上牵引出去，虽未织成密网，这诗意的前后，也就是相隔十几年的情绪的联络。

午后的阳光仍然斜照，庭院阒然，离离疏影，房里窗棂和梅花依然伴和成为图案，两根蛛丝在冬天还可算为奇迹，你望着它看，真有点像银，也有点像玻璃，偏偏那么斜挂在梅花的枝梢上。

二十五年新年漫记

（原载于《大公报·文艺副刊》第八十六期，一九三六年二月二日）

《文艺丛刊小说选》题记

《大公报·文艺副刊》出了一年多，现在要将这第一年中属于创造的短篇小说提出来，选出若干篇，印成单行本供给读者更方便的阅览。这个工作的确该使认真的作者和读者两方面全都高兴。

这里篇数并不多，人数也不多，但是聚在一个小小的选集里也还结实饱满，拿到手里可以使人充满喜悦的希望。

我们不怕读者读过了以后，这燃起的希望或者又会黯下变成失望。因为这失望竟许是不可免的，如果读者对创造界诚恳地抱着很大的理想，心里早就叠着不平常的企望。但只要是读者诚实的反应，我们都不害怕。因为这里是一堆作者老实的成绩，合起来代表一年中创造界一部分的试验，无论拿什么标准来衡量它，断定它的成功或失败，谁也没有一句话说的。

现在姑且以编选人对这多篇作品所得的感想来说，供读者流览评阅这本选集时一种参考，简单的就是底下的一点意见。

如果我们取鸟瞰的形势来观察这个小小的局面，至少有一个最显著的现象展在我们眼下。在这些作品中，在题材的选择上似乎有个很偏的倾向：那就是趋向农村或少受教育分子或劳力者的生活描写。这倾向并不偶然，说好一点，是我们这个时代对于他们——农人与劳力者——有浓重的同情和关心；说坏一点，是一种盲从趋时的现象。但最公平的说，还是上面的两个原因都有一点关系。描写劳工社会，乡村色彩已成一种风气，且在文艺界也已有一点成绩。初起的作家，或个性不强烈的作家，就容易不自觉的，因袭种种已有眉目的格调下笔。尤其是在我们这时代，青年作家都很难过自己在物质上享用，优越于一般少受教育的民众，便很自然地要认识乡村的穷苦，对偏僻的内地发生兴趣，反倒撇开自己所熟识的生活不写。拿单篇来讲，许多都写得好，还有些写得特别精彩的。但以创造界全盘试验来看，这种偏向表示贫弱，缺乏创造力量。并且为良心的动机而写作，那作品的艺术成分便会发生疑问。我们希望选集在这一点上可以显露出这种创造力的缺乏，或艺术性的不真纯，刺激作家们自己更有个性，更热诚地来刻画这多面错综复杂的人生，不拘泥于任何一个角度。

除却上面对题材的偏向以外，创造文艺的认真却是毫无疑问的。前一时代在流畅文字的烟幕下，刻薄地以讽刺个人博取流行幽默的小说，现已无形地摈出努力创造者的门外，衰灭下去几至绝迹。这个情形实在也是值得我们作者和读者额手相庆的好现象。

在描写上，我们感到大多数所取的方式是写一段故事，或以一两人物为中心，或以某地方一桩事发生的始末为主干，单纯地发展与结束。这也是比较薄弱的手法。这个我们疑惑或是许多作者误会了短篇的限制，把它的可能性看得过窄的缘故。生活大胆的断面，这里少有人尝试，剖示贴己生活的矛盾也无多少人认真地来做。这也是我们中间一种遗憾。

至于关于这里短篇技巧的水准，平均的程度，编选人却要不避嫌疑地提出请读者注意。无疑的，在结构上，在描写上，在叙事与对话的分配上，多数作者已有很成熟自然的运用。生涩幼稚和冗长散漫的作品，在新文艺早期中毫无愧色地散见于各种印刷物中，现在已完全敛迹。通篇的连贯，文字的经济，着重点的安排，颜色图画的鲜明，已成为极寻常的标准。在各篇中我们相信读者一定还不会不觉察到那些好处的；为着那些地方就给了编选人以不少愉快和希望。

最后如果不算离题太远，我们还要具体地讲一点我们对于作者与作品的见解。作品最主要处是诚实。诚实的重要还在题材的新鲜，结构的完整，文字的流丽之上。即是作品需诚实于作者客观所明了，主观所体验的生活。小说的情景即使整个是虚构的，内容的情感却全得藉力于迫真的，体验过的情感，毫不能用空洞虚假来支持着伤感的"情节"！所谓诚实并不是作者必须实际的经过在作品中所提到的生活，而是凡在作品中所提到的生活，的确都是作者在理智上所极明了，在感情上极能体验得出的情景或人性。许多人因是自疚生活方式不新鲜，而故意地选择了一些特殊浪漫，而自己并不熟识的生活来做题材，然后敲诈自己有限的幻想力去铺张出自己所没有的情感，来骗取读者的同情。这种创造既浪费文字来夸张虚伪的情景和伤感，那些认真的读者要从文艺里充实生活认识人生的，自然要感到十分的不耐烦和失望的。

生活的丰富不在生存方式的种类多与少，如做过学徒，又拉过洋车，去过甘肃又走过云南，却在客观的观察力与主观的感觉力同时的锐利敏捷，能多面地明了及尝味所见，所听，所遇，种种不同的情景；还得理会到人在生活上互相的关系与牵连；固定的与偶然的中间所起戏剧式的变化；最后更得有自己特殊的看法及思想，信仰或哲学。

一个生活丰富者不在客观的见过若干事物，而在能主观的能激发很复杂，很不同的情感，和能够同情于人性的许多方面的人。

所以一个作者，在运用文字的技术学问外，必须是能立在任何生活上面，能在主观与客观之间，感觉和了解之间，理智上进退有余，情感上横溢奔放，记忆与幻想交错相辅，到了真即是假，假即是真的程度，他的笔下才现着活力真诚。他的作品才会充实伟大，不受题材或文字的影响，而能持久普遍的动人。

这些道理，读者比作者当然还要明白点，所以作品的估价永远操在认真的读者手里，这也是这个选集不得不印书，献与它的公正的评判者的一个原因。

（原载于《大公报·文艺副刊》第一百零二期，一九三六年三月一日）

究竟怎么一回事

写诗究竟是怎么一回事？

写诗，或可说是要抓紧一种一时闪动的力量，一面跟着潜意识浮沉，摸索自己内心所萦回，所着重的情感——喜悦，哀思，忧怨，恋情，或深，或浅，或缠绵，或热烈；又一方面顺着直觉，认识，辨味，在眼前或记忆里官感所触遇的意象——颜色，形体，声音，动静，或细致，或亲切，或雄伟，或诡异；再一方面又追着理智探讨，剖析，理会这些不同的性质，不同分量，流转不定的情感意象所互相融会，交错策动而发生的感念；然后以语言文字（运用其声音意义）经营，描画，表达这内心意象，情绪，理解在同时间或不同时间里，适应或矛盾的所共起的波澜。

写诗，或又可说是自己情感的，主观的，所体验了解到的；和理智的客观的所体察辨别到的，同时达到一个程度，腾沸横溢，不分宾主的互相起了一种作用，由于本能的冲动，凭着一种天赋的兴趣和灵巧，驾驭一串有声音，有图画，有情感的言语，来表现这内心与外物息息相关的联系，及其所发生的悟理或境界。

写诗，或又可以说是若不知其所以然的，灵巧的，诚挚的，在传译给理想的同情者，自己内心所流动的情感穿过繁复的意象时，被理智所窥探而由直觉与意识分着记取的符箓！一方面似是惨淡经营——至少是专诚致意，一方面似是藉力于平时不经意的准备，"下笔有神"的妙手偶然拈来；忠于情感，又忠于意象，更忠于那一串刹那间内心整体闪动的感悟。

写诗，或又可说是经过若干潜意识的酝酿，突如其来的，在生活中意识到那么凑巧的一顷刻小小时间；凑巧的，灵异的，不能自已的，流动着一片浓挚或深沉的情感，敛聚着重重繁复演变的情绪，更或凝定入一种单纯超卓的意境，而又本能地迫着你要刻划一种适合的表情。这表情积极的，像要流泪叹息或歌唱欢呼，舞蹈演述；消极的，又像要幽独静处，沉思自语。换句话说，这两者合一，便是一面要天真奔放，热情地自白去邀同情和了解，同时又要寂寞沉默，孤僻地自守来保持悠然自得的完美和严肃！

在这一个凑巧的一顷刻小小时间中（着重于那凑巧的），你的所有直觉，理智，官感，情感，记性和幻想，独立的及交互的都迸出它们不平常的锐敏，紧张，雄厚，壮阔及深沉。在它们潜意识的流动——独立的或交互的融会之间——如出偶然而又不可避免地涌上一闪感悟，和情趣——或即所谓灵感——或是亲切的对自我得失悲欢；或辽阔的对宇宙自然；或智慧的对历史人性。这一闪感悟或是混沌朦胧，或是透彻明晰。像光同时能照耀洞察，又能揣摩包含你的所有已经尝味，还在尝味，及幻想尝味的"生"的种种形色质量，且又活跃着其间错综重叠于人于我的意义。

这感悟情趣的闪动——灵感的脚步——来得轻时，好比潺潺清水婉转流畅，自然的洗涤，浸润一切事物情感，倒影映月，梦残歌罢，美感的旋起一种超实际的权衡轻重，可抒成慷慨缠绵千行的长歌，可留下如幽咽微叹般的三两句诗词。愉悦的心声，轻灵的心画，常如啼鸟落花，轻风满月，夹杂着情绪的缤纷；泪痕巧笑，奔放轻盈，若有意若无意地遗留在各种言语文字上。

但这感悟情趣的闪动，若激越澎湃来得强时，可以如一片惊涛飞沙，由大处见到纤微，由细弱的物体看它变动，宇宙人生，幻若苦谜。一切又如经过烈火燃烧锤炼，分散，减化成为净纯的茫焰气质，升处所有情感意象于空幻，神秘，变移无定，或不减不变绝对，永恒的玄哲境域里去，卓越隐奥，与人性情理遥远的好像隔成距离。身受者或激昂通达，或禅寂淡远，将不免挣扎于超情感，超意象，乃至于超言语，以心传心的创造。隐晦迷离，如禅偈玄诗，便不可制止地托生在与那幻想境界几不适宜的文字上，估定其生存权。

写诗……

总而言之，天知道究竟写诗是怎么一回事。在写诗的时候，或者是"我知道，天知道"；到写了之后，最好学 Browning（罗伯特·布朗宁）不避嫌疑的自讯的，只承认"天知道"，天下关于写诗的笔墨官司便都省了。

我们仅听到写诗人自己说一阵奇异的风吹过，或是一片澄清的月色，一个惊讶，一次心灵的振荡，便开始他写诗的尝试，迷于意境文字音乐的搏斗，但是究竟这灵异的风和月，心灵的振荡和惊讶是什么？是不是仍为那可以追踪到内心直觉的活动；到潜意识后面那综错交流的情感与意象；那意识上理智的感念思想；以及要求表现的本能冲动？灵异的风和月所指的当是外界的一种偶然现象，同时却也是指它们是内心活动的一种引火线。诗人说话没有不打比喻的。

我们根本早得承认诗是不能脱离象征比喻而存在的。在诗里情感必依附在意象上，求较具体的表现；意象则必须明晰地或沉着地，恰适地烘托情感，表征含义。如果这还需要解释，常识的，我们可以问：在一个意识的或直觉的，官感，情感，理智，同时并重的一个时候，要一两句简约的话来代表一堆重叠交错的外象和内心情绪思想所发生的微妙的联系，而同时又不失却原来情感的质素分量，是不是容易或可能的事？一个比喻或一种象征在字面或事物上可以极简单，而同时可以带着字面事物以外的声音颜色形状，引起它们与其他事物关系的联想。这个办法可以多方面地来辅助每句话确实的含义，而又加增官感情感理智每方面的刺激和满足，道理甚为明显。

　　无论什么诗都从不会脱离过比喻象征，或比喻象征式的言语。诗中意象多不是寻常纯客观的意象。诗中的云霞星宿，山川草木，常有人性的感情，同时内心人性的感触反又变成外界的体象，虽简明浅显隐奥繁复各有不同的。但是诗虽不能缺乏比喻象征，象征比喻却并不是诗。

　　诗的泉源，上面已说过，是意识与潜意识的融会交流错综的情感意象和概念所促成；无疑地，诗的表现必是一种形象情感思想合一的语言。但是这种语言，不能仅是语言，它又须是一种类似动作的表情，这种表情又不能只是表情，而须是一种理解概念的传达。它同时须不断传译情感，描写现象诠释感悟。它不是形体而须创造形体颜色；它是音声，却最多仅要留着长短节奏。最要紧的是按着疾徐高下，和有限的铿锵音调，依附着一串单独或相联的字义上边；它须给直觉意识，情感理智，以整体的快惬。

　　因为相信诗是这样繁难的一列多方面条件的满足，我们不能不怀疑到纯净意识的，理智的，或可以说是"技术的"创造——或所谓"工"之绝无能为。诗之所以发生，就不叫它做灵感的来临，主要的亦在那一闪力量突如其来，或灵异的一刹那的"凑巧"，将所有繁复的"诗的因素"都齐集荟萃于一俄顷偶然的时间里。所以诗的创造或完成，主要亦当在那灵异的，凑巧的，偶然的活动一部分属意识，一部分属直觉，更多一部分属潜意识的，所谓"不以文而妙"的"妙"。理智情感，明晰隐晦都不失之过偏。意象瑰丽迷离，转又朴实平淡，像是纷纷纭纭不知所从来，但飘忽中若有必然的缘素可寻，理解玄奥繁难，也像是纷纷纭纭莫明所以。但错杂里又是斑驳分明，情感穿插联系其中，若有若无，给草木气候，给热情颜色。一首好诗在一个会心的读者前边有时真会是一个奇迹！但是伤感流丽，铺张的意象，涂饰的情感，用人工连缀起来，疏忽地看去，也未尝不像是诗。故作玄奥渊博，颠倒意象，堆砌起重重理喻的诗，也可以赫然惊人一下。

　　写诗究竟是怎么一回事，真是惟有天知道得最清楚！读者与作者，读者与读者，作者与作者关于诗的意见，历史告诉我传统的是要永远的差别分歧，争争吵吵到无尽时。因为老实地说，谁也仍然不知道写诗是怎么一回事的，除却这篇文字所表示的，勉强以抽象的许多名词，具体的一些比喻来捉摸描写那一种特殊的直觉活动，献出一个极不能令人满意的答案。

　　（原载于《大公报·文艺副刊》第二百零六期，一九三六年八月三十日）

彼　此

朋友又见面了，点点头笑笑，彼此晓得这一年不比往年，彼此是同增了许多经验。个别地说，这时间中每一人的经历虽都有特殊的形相，含着特殊的滋味，需要个别的情绪来分析来描述。

综合地说，这许多经验却是一整片仿佛同式同色，同大小，同分量的迷惘。你触着那一角，我碰上这一头，归根还是那一片迷惘笼罩着彼此。七月！——这两字就如同史歌的开头那么有劲——八月，九月带来了那狂风，后来，后来过了年——那无法忘记的除夕！——又是那一月，二月，三月，到了七月，再接再厉的又到了年夜。现在又是一月二月在开始……谁记得最清楚，这串日子是怎样地延续下来，生活如何地变？想来彼此都不会记得过分清晰，一切都似乎在迷离中旋转，但谁又会忘掉那么切肤的重重忧患的网膜？

经过炮火或流浪的洗礼，变换又变换的日月，难道彼此脸上没有一点记载这经验的痕迹？但是当整一片国土纵横着创痕，大家都是"离散而相失……去故乡而就远"，自然"心婵媛而伤怀兮，眇不知其所蹠"，脸上所刻那几道并不使彼此惊讶，所以还只是笑笑好。口角边常添几道酸甜的纹路，可以帮助彼此咀嚼生活。何不默认这一点：在迷惘中人最应该有笑，这种的笑，虽然是敛住神经，敛住肌肉，仅是毅力的后背，它却是必需的，如同保护色对于许多生物，是必需的一样。

那一晚在××江心，某一来船的甲板上，热臭的人丛中，他记起他那时的困顿饥渴和狼狈，旋绕他头上的却是那真实倒如同幻象，幻象又成了真实的狂敌杀人的工具，敏捷而近代型的飞机：美丽得像鱼像鸟……这里黯然的一掬笑是必需的，因为同样的另外一个人懂得那原始的骤然唤起纯筋肉反射作用的恐怖。他也正在想那时他在××车站台上露宿，天上有月，左右有人，零落如同被风雨摧落后的落叶，瑟索地蜷伏着，他们心里都在回味那一天他们所初次尝到的敌机的轰炸！谈话就可以这样无限制的延长，因为现在都这样的记忆，——比这样更辛辣苦楚的——在各人心里真是太多了！随便提起一个地名大家所熟悉的都会或商埠，随着全会涌起怎样的一个最后印象！

再说初入一个陌生城市的一天，——这经验现在又多普遍——尤其是在夜间，这里就把个别的情形和感触除外，在大家心底曾留下的还不是一剂彼此都熟识的清凉散？苦里带涩，那滋味侵入脾胃时，小小的冷噤会轻轻在背脊上爬过，用不着丝毫锐性的感伤！也许他可以说他在那夜进入某某城内时，看到一列小店门前凄惶的灯，黄黄的发出奇异的晕光，使他嗓子里如梗着刺，感到一种发紧的触觉。你所记得的却是某一号车站后面黯白的煤汽灯射到陌生的街心里，使你心里好像失落了什么。

那陌生的城市，在地图上指出时，你所经过的同他所经过的也可以有极大的距离，你同他当时的情形也可以完全的不相同。但是在这里，个别的异同似乎非常之不相干；相干的仅是你我会彼此点头，彼此会意，于是也会彼此地笑笑。

七月在卢沟桥与敌人开火以后，纵横中国土地上的脚印密密地衔接起来，更加增了中国地域广漠的证据。每个人参加过这广漠地面上流转的大韵律的，对于尘土和血，两件在寻常不多为人所理会的，极寻常的天然质素，现在每人在他个别的角上，对它们都发生了莫大亲切的认识。每一寸土，每一滴血，这种话，已是可接触，可把持的十分真实的事物，不仅是一句话一个"概念"而已。

在前线的前线，兴奋和疲劳已掺拌着尘土和血另成一种生活的形体魂魄。睡与醒中间，饥与食中间，生和死中间，距离短得几乎不存在！生活只是一股力，死亡一片沉默的恨，事情简单得无可再简单。尚在生存着的，继续着是力，死去的也继续着堆积成更大的恨。恨又生力，力又变恨，惘惘地却勇敢地循环着，其他一切则全是悬在这两者中间悲壮热烈地穿插。

在后方，事情却没有如此简单，生活仍然缓弛地伸缩着；食宿生死间距离恰像黄昏长影，长长的，尽向前引伸，像要扑入夜色，同夜溶成一片模糊。在日夜宽泛的循回里于是穿插反更多了，真是天地无穷，人生长勤。生之穿插零乱而琐屑，完全无特殊的色泽或轮廓，更不必说英雄气息壮烈成分。斑斑点点仅像小血锈凝在生活上，在你最不经意中烙印生活。如果你有志不让生活在小处窳败，逐渐减损，由锐而钝，由张而弛，你就得更感谢那许多极平常而琐碎的摩擦，无日无夜地透过你的神经、肌肉或意识。这种时候，叹息是悬起了，因一切虽然细小，却绝非从前所熟识的感伤。每件经验都有它粗壮的真实，没有叹息的余地。口边那酸甜的纹路是实际哀乐所刻划而成，是一种坚忍韧性的笑。因为生活既不是简单的火焰时，它本身是很沉重，需要韧性地支持，需要产生这韧性支持的力量。

现在后方的问题，是这种力量的源泉在哪里？决不凭着平日均衡的理智，——那是不够的，天知道！尤其是在这时候，情感就在皮肤底下"踊跃其若汤"，似乎它所需要的是超理智的冲动！现在后方被缓的生活，紧的情感，两面摩擦得愁郁无快，居戚戚而不可解，每个人都可以苦恼而又热情地唱"终长夜之曼曼兮，掩此哀而不去"，或"宁溘死而流亡兮，不忍为此之常愁！"支持这日子的主力在哪里呢？你我生死，就不检讨它的意义以自大。也还需要一点结实的凭借才好。

我认得有个人，很寻常地过着国难日子的寻常人，写信给他朋友说，他的嗓子虽然总是那么干哑，他却要哑着嗓子私下告诉他的朋友：他感到无论如何在这时候，他为这可爱的老国家带着血活着，或流着血或不流着血死去，他都觉到荣耀，异于寻常的，他现在对于生与死都必然感到满足。这话或许可以在许多心弦上叩起回响，我常思索这简单朴实的情感是从哪里来的。信念？像一道泉流透过意识，我开始明了理智同热血的冲动以外，还有个纯真的力量的出处。信心产生力量，又可储蓄力量。

信仰坐在我们中间多少时候了，你我可曾觉察到？信仰所给予我们的力量不也正是那坚忍韧性的倔强？我们都相信，我们只要都为它忠贞地活着或死去，我们的大国家自会永远地向前迈进，由一个时代到又一个时代。我们在这生是如此艰难，死是这样容易的时候，彼此仍会微笑点头的缘故也就在这里吧？现在生活既这样的彼此患难同味，这信心自是，我们此时最主要的联系，不信你问他为什么仍这样硬朗地活着，他的回答自然也是你的回答，如果他也问你。

信仰坐在我们中间多少时候了？那理智热情都不能代替的信心！

思索许多事，在思流的过程中，总是那么晦涩，明了时自己都好笑所想到的是那么简单明显的事实！此时我拭下额汗，差不多可以意识到自己口边的纹路，我尊重着那酸甜的笑，因为我明白起来，它是力量。

话不用再说了，现在一切都是这么彼此，这么共同，个别的情绪这么不相干。当前的艰苦不是个别的，而是普遍的，充满整一个民族，整一个时代！我们今天所叫做生活的，过后它便是历史。客观的无疑我们彼此所熟识的艰苦正在展开一个大时代。所以别忽略了我们现在彼此地点点头。且最好让我们共同酸甜的笑纹，有力地，坚韧地，横过历史。

（原载于《今日评论》第一卷第六期，一九三九年二月五日）

一片阳光

　　放了假，春初的日子松弛下来。将午未午时候的阳光，澄黄的一片，由窗棂横浸到室内，晶莹地四处射。我有点发怔，习惯地在沉寂中惊讶我的周围。我望着太阳那湛明的体质，像要辨别它那交织绚烂的色泽，追逐它那不着痕迹的流动。看它洁净地映到书桌上时，我感到桌面上平铺着一种恬静，一种精神上的豪兴，情趣上的闲逸；即或所谓"窗明几净"，那里默守着神秘的期待，漾开诗的气氛。那种静，在静里似可听到那一处玲琮的泉流，和着仿佛是断续的琴声，低诉着一个幽独者自误的音调。看到这同一片阳光射到地上时，我感到地面上花影浮动，暗香吹拂左右，人随着响午的光霭花气在变幻，那种动，柔谐婉转有如无声音乐，令人悠然轻快，不自觉地脱落伤愁。至多，在舒扬理智的客观里使我偶一回头，看看过去幼年记忆步履所留的残迹，有点儿惋惜时间；微微怪时间不能保存情绪，保存那一切情绪所曾流连的境界。

　　倚在软椅上不但奢侈，也许更是一种过失，有闲的过失。但东坡的辩护："懒者常似静，静岂懒者徒"，不是没有道理。如果此刻不倚榻上而"静"，则方才情绪所兜的小小圈子便无条件地失落了去！人家就不可惜它，自己却实在不能不感到这种亲密的损失的可哀。

　　就说它是情绪上的小小旅行吧，不走并无不可，不过走走未始不是更好。归根说，我们活在这世上到底最珍惜一些什么？果真珍惜万物之灵的人的活动所产生的种种，所谓人类文化？这人类文化到底又靠一些什么？我们怀疑或许就是人身上那一撮精神同机体的感觉，生理心理所共起的情感，所激发出的一串行为，所聚敛的一点智慧，——那么一点点人之所以为人的表现。宇宙万物客观的本无所可珍惜，反映在人性上的山川草木禽兽才开始有了秀丽，有了气质，有了灵犀。反映在人性上的人自己更不用说。没有人的感觉，人的情感，即便有自然，也就没有自然的美，质或神方面更无所谓人的智慧，人的创造，人的一切生活艺术的表现！这样说来，谁该鄙弃自己感觉上的小小旅行？为壮壮自己胆子，我们更该相信惟其人类有这类情绪的驰骋，实际的世间才赓续着产生我们精神所寄托的文物精萃。

此刻我竟可以微微一咳嗽，乃至于用播音的圆润口调说：我们既然无疑的珍惜文化，即尊重盘古到今种种的艺术——无论是抽象的思想的艺术，或是具体的驾驭天然材料另创的非天然形象，——则对于艺术所由来的渊源，那点点人的感觉，人的情感智慧（通称人的情绪的），又当如何地珍惜才算合理？

但是情绪的驰骋，显然不是诗或画或任何其他艺术建造的完成。这驰骋此刻虽占了自己生活的若干时间，却并不在空间里占任何一个小小位置！这个情形自己需完全明了。此刻它仅是一种无踪迹的流动，并无栖身的形体。它或含有各种或可捉摸的质素，但是好奇地探讨这个质素而具体要表现它的差事，无论其有无意义，除却本人外，别人是无能为力的。我此刻为着一片清婉可喜的阳光，分明自己在对内心交流变化的各种联想发生一种兴趣的注意，换句话说，这好奇与兴趣的注意已是我此刻生活的活动。一种力量又迫着我来把握住这个活动，而设法表现它，这不易抑制的冲动，或即所谓艺术冲动也未可知！只记得冷静的杜工部散散步，看看花，也不免会有"江上被花恼不彻，无处告诉只颠狂"的情绪上一片紊乱！玲珑煦暖的阳光照人面前，那美的感人力量就不减于花，不容我生硬地自己把情绪分划为有闲与实际的两种，而权其轻重，然后再决定取舍的。我也只有情绪上的一片紊乱。

情绪的旅行本偶然的事，今天一开头并为着这片春初晌午的阳光，现在也还是为着它。房间内有两种豪侈的光常叫我的心绪紧张如同花开，趁着感觉的微风，深浅零乱于冷智的枝叶中间。一种是烛光，高高的台座，长垂的烛泪，熊熊红焰当帘幕四下时各处光影掩映。那种闪烁明艳，雅有古意，明明是画中景象，却含有更多诗的成分。另一种便是这初春晌午的阳光，到时候有意无意的大片子洒落满室，那些窗棂栏板几案笔砚浴在光霭中，一时全成了静物图案；再有红蕊细枝点缀几处，室内更是轻香浮溢，叫人俯仰全触到一种灵性。

这种说法怕有点会发生误会，我并不说这片阳光射入室内，需要笔砚花香那些儒雅的托衬才能动人，我的意思倒是：室内顶寻常的一些供设，只要一片阳光这样又幽娴又洒脱地落在上面，一切都会带上另一种动人的气息。

这里要说到我最初认识的一片阳光。那年我六岁，记得是刚刚出了水珠以后——水珠即寻常水痘，不过我家乡的话叫它做水珠。当时我很喜欢那美丽的名字，忘却它是一种病，因而也觉到一种神秘的骄傲。只要人过我窗口问问出"水珠"么？我就感到一种荣耀。那个感觉至今还印在脑子里。也为这个缘故，我还记得病中奢侈的愉悦心境。虽然同其他多次的害病一样，那次我仍然是孤独的被囚禁在一间房屋里休养的。那是我们老宅子里最后的一进房子；白粉墙围着小小院子，北面一排三间，当中夹着一个开敞的厅堂。我病在东头娘的卧室里。西头是婶婶的住房。娘同婶永远要在祖母的前院里行使她们女人们的职务的，于是我常是这三间房屋惟一留守的主人。

在那三间屋子里病着，那经验是难堪的。时间过得特别慢，尤其是在日中毫无睡意的时候。起初，我仅集注我的听觉在各种似脚步，又不似脚步的上面。猜想着，等候着，希望着人来。间或听听隔墙各种琐碎的声音，由墙基底下传达出来又消敛了去。过一会儿，我就不耐烦了——不记得是怎样的，我就趿着鞋，捱着木床走到房门边。房门向着厅堂斜斜地开着一扇，我便扶着门框好奇地向外探望。

那时大概刚是午后两点钟光景，一张刚开过饭的八仙桌，异常寂寞地立在当中。桌下一片由厅口处射进来的阳光，泄泄融融地倒在那里。一个绝对悄寂的周围伴着这一片无声的金色的晶莹，不知为什么，忽使我六岁孩子的心里起了一次极不平常的振荡。

那里并没有几案花香，美术的布置，只是一张极寻常的八仙桌。如果我的记忆没有错，那上面在不多时间以前，是刚陈列过咸鱼、酱菜一类极寻常俭朴的午餐的。小孩子的心却呆了。或许两只眼睛倒张大一点，四处地望，似乎在寻觅一个问题的答案。为什么那片阳光美得那样动人？我记得我爬到房内窗前的桌子上坐着，有意无意地望望窗外，院里粉墙疏影同室内那片金色和煦绝然不同趣味。顺便我翻开手边娘梳妆用的旧式镜箱，又上下摇动那小排状抽屉，同那刻成花篮形的小铜坠子，不时听雀跃过枝清脆的鸟语。心里却仍为那片阳光隐着一片模糊的疑问。

时间经过二十多年，直到今天，又是这样一泄阳光，一片不可捉摸，不可思议流动的而又恬静的瑰宝，我才明白我那问题是永远没有答案的。事实上仅是如此：一张孤独的桌，一角寂寞的厅堂。一只灵巧的镜箱，或窗外断续的鸟语，和水珠——那美丽小孩子的病名——便凑巧永远同初春静沉的阳光整整复斜斜地成了我回忆中极自然的联想。

（原载于《大公报·文艺副刊》，一九四六年十一月二十四日）

讨论《软体动物》设计和幕后困难问题

自从小剧院公演《软体动物》以来，剧刊上关于排演这剧的文章已有好几篇，一个没有看到这场公演的人读到这些文章，所得的印象是：（一）赵元任先生的译本大成功；（二）公演的总成绩极好，大受欢迎；（三）演员表演成绩极优，观众异常满足；（四）设计或是布景不满人望，受了指摘；（五）设计和幕后有许多困难处，所以布景（根据批评人）"凑合敷衍"一点，（根据批评人）"处处很将就些"了。

公平说，凡做一桩事没有不遇困难的。我们几乎可以说：事的本身就是种种困难的综合，而我们所以用以对付，解决这些困难的，便是"方法"，"技巧"和"艺术创作"。排演一场戏，和做一切别的事情一样，定有许多困难的，对待这困难，而完成这个戏的排演，便是演戏者的目的。排演一个规模极大的营业性质的戏，和排演一个"爱美""小剧院公演"的戏，都有它的不同的困难。各有各的困难，所以各有各的对待方法、技巧和艺术。可是无论规模大小的戏，它们的目标，（有一个至少）是相同的。这目标，不说是"要观众看了满意"，因为这话说出来许要惹祸的，多少艺术家是讲究表达他的最高理想，不肯讲迎合观众的话。所以换过来说，这目标，是要表达他的理想到最高程度为止，尽心竭力来解决，对待，凡因这演剧所发生的种种困难，到最圆满的程度为止，然后拿出来贡献给观众评阅鉴赏，这话许不会错的。

观众的评判是对着排演者拿出来的成绩下的，排演中间所经过的困难苦处，他们是看不见的，也便不原谅的（除非明显的限制阻碍如地点和剧团之大小贫富）。一方面，凡去看"爱美"剧社或"小剧院"等组织演剧的人，不该期待极周全奢丽的设计，张罗，不用说的。一方面，演者无论是多小，经费多窘的，小团体，小剧院，也不该以为幕后有种种困难苦处，便是充分理由，可以"处处将就""敷衍"的。并且除非有不得已的地方，决不要向观众要求原谅或同情。道理是：成绩上既有了失败，要求原谅和同情定不会有补助于这已有失败点的成绩的。如果演戏演到一半台上倒下一面布景，假如倒的原因是极意外的不幸，那么自然要向观众声明的，如果那是某助手那一天起晚了没有买到钉子只用了绳子，而这绳子又不甚结实的话，这幕后的困难便不成立。

讲到幕后，那是无论哪一个幕后都是困难到万分的，拿一方戏台来作种种人生缩影的背景，不管这个戏台比那一个大多少，设备好多少，那也不过百步五十步之比，问题是一样会有的。用几个人来管许多零零碎碎的物件，一会儿搬上一会儿搬下，一定是麻烦的。

余上沅先生在他《软体动物》的舞台设计一篇文章和陈治策先生幕后里都重复提到他们最大的苦处"借"的问题。设计人件件东西不够，要到各处"借"，是件苦痛事情！那是不可否认的，但是谈到"布景艺术是个'借'的艺术"这个恐怕不止中国现在如此，或者他们小剧院这次如此，实在可以说到处都是如此，不过程度有些高下罢了。所谓"道具"虽然有许多阔绰的剧院经常自制，而租（即花费的借），买，借的时候却要占多数。试想戏剧是人生的缩影；时代，地点，种族，社会阶级之种种不同，哪有一个戏剧有偌大宝库里面万物尽有的储起来待用？哪一个戏剧愿意如此浪费，每次演戏用的特别东西都去购制起来堆着？结果是每次所用"道具"凡是可以租借的便当然租去。租与借的分别是很少的，在精力方面，一样是去物色，商量，接洽等麻烦。除却有几个大城有专"租道具"的地方，恐怕世界上哪一个地方演戏，后台设计布景的人都少不了要跑腿到硬化或软化了的，我记在耶鲁大学戏院的时候我帮布景，一幕美国中部一个老式家庭的客厅，有一个"三角架"，我和另一个朋友足足走了三天足迹遍纽海芬全城，走问每家木器铺的老板，但是每次他都笑了半天说现在哪里还有地方找这样一件东西！（虽然在中国"三角架"——英文原名"What—not"——还是一件极通行的东西）耶鲁是个经济特殊宽裕的剧院，每次演的戏也都是些人生缩影，并不神奇古怪，可是哪一次布景，我们少了跑腿去东求西借的？戏院主任贝克老头儿，每次公演完戏登台对观众来了一个绝妙要求；便是要东西，东西中最需要的？鞋！因为外国鞋的式样最易更改戏的时代，又常常是十年前五十年前这种不够古代的古装，零碎的服饰道具真难死人了。这个小节妙在如果全对了，观众里几乎没有人注重到的，可是你一错，那就有了热闹了！所以我以为小剧院诸位朋友不应该太心焦，以为"借"东西是你们特有的痛苦。

陈治策先生又讲到另几种苦处，但是归纳起来好像都在东西不齐全和"乱七八糟"，还有时间似乎欠点从容。戏台设计在戏剧艺术中占极重要的地位的，导演人之次，权威最大的便是"设计图稿"。排演规矩，为简朴许多纠纷图样一经审定（导演人和设计人磋商之后），便是绝对标准。各方面（指配光，服装，道具，着色，构造，各组）在可能范围内要绝对服从的。那么所有困难设计师得比别人先知道，顺着事势，在经费舞台以及各种的限制内，设计可以实现的，最圆满布置法，关于形式色彩等等，尤宜先拟就计划，以备实行布景时按序进行的。陈先生所讲的幕后细节中，所给我的印象是他们并没有计划，只是将要的东西的部位定出，临时"杂凑"借来填入，不知道事实是否如此？这印象尤其是陈先生提到"白布单子"一节。

台上的色彩不管经济状况如何，我认为绝对可以弄到调和有美术价值的。沙发软到什么地位，我们怕要限于金钱和事势，颜色则轻易得多了，弄到调和不该是办不到的。我对于"白布单"并不单是因为它像协和病房，却是因此我对于他们台上的色调发生很大疑心。照例台上不用白色东西的除非极特别原因故意用它。因为白色过显，会"跳出来打在你眼上"（说句外国土话），所以台上的白色实际上全是"茶色"，微微的带点蜜黄色的，有时简直就是放在茶里泡一会儿拿来用。（也许他们已经如此办了，恕我没有看这戏只能根据剧刊上文章）绘画也是本这原则，全画忌唐突的白色，尤其是在背景里，并且这白单子是要很接近白太太的东西，它一定会无形中扰乱观众对于白太太全神贯注的留意，所以不止在美术上欠调和，并且与表演大有妨碍。

说已经说太多，实在正经问题没有讨论起一点只好留之将来，有机会和小剧院诸位细细面谈。他们幕后和设计最大困难我认为还是协和礼堂的戏台太浅不适用，我自己在那里吃过一次大苦，所以非常之表同情。还有一节便是配光问题，可是这次他们没有提起我又没看到戏，现在也不必提了。关于戏台一节，以建筑师的眼光看来既盖个礼堂可以容二三百人的何在乎省掉那几尺的地面和材料，只用一个讲台，我老实的希望将来一切学校凡修礼堂的不要在这一点上节省起来，而多多的给后台一点布景的机会，让"爱美"的学生团体或别人租用礼堂演戏的痛痛快快。

再余上沅先生文章（七月十二日）上提到"台左，有法国式的玻璃窗通花园像不像玻璃，是不是法国式"他们"不敢担保"，像不像玻璃我不在场不敢说，据一个到场的朋友说他没有注意到。是不是"法国式"问题，我却敢作担保，因为建筑上所谓"法国窗"（或译"法国式窗"）是指玻璃框到地的"门"而言（法国最多），那一天台上的"窗"的确是"门"，可以通到"花园"的，所以我敢担保它是个"法国窗"。玻璃不玻璃问题，后来陈治策先生倒提到"糊上玻璃纸开窗时胡拉胡拉响"，"玻璃纸"是什么我不知道，不过玻璃窗不用玻璃，或铁丝纱而又不响的有很多很经济的法子，倒可以试用的。

其余的都留到后来和小剧院诸位面谈吧。

又据赵元任夫人说第二次又公演时，布景已较前圆满多多，布景诸位先生受观众评议后如此虚心，卖力气，精神可佩，我为小剧院兴奋。

（原载于《北平晨报·副刊·剧刊》第三十二期，一九三一年八月二日）

和平礼物

在北京举行的亚洲及太平洋区域和平会议的繁重而又细致的筹备工作中，活跃着一个小小部分，那就是在准备着中国人民献给和平代表们的礼物，作为代表们回国以后的纪念品。

经过艺术工作者们热烈的讨论、设计和选择，决定了四大种类礼物：

第一类是专为这次会议而设计的特别的纪念物两种：一是华丽而轻柔的丝质彩印头巾；一是充满节日气氛的刺绣和"平金"的女子坎肩。这两种礼物都有象征和平的图案；都是以飞翔的和平白鸽为主题；图案富于东方格调，色彩鲜明，极为别致。

第二类是道地的中国手工艺品，是出产在北京的几种特种手工艺品，如景泰蓝、镶嵌漆器、"花丝"银饰物、细工绝技的象牙刻字和挑花手绢等。

还有两类：一是各种精印画册；一是文学创作中的名著。画册包括年画集、民间剪纸窗花、敦煌古代壁画的复制画册和老画家与新画家的创作选集等。文学名著包括获得斯大林奖金的三部荣誉作品。

这些礼物中每一件都渗透和充满着中国人民对和平的真挚的愿望。由巨大丰富的画册，到小巧玲珑的银丝的和平鸽子胸针，到必须用放大镜照着看的象牙米粒雕刻的毕加索的和平鸽子，和鸽子四周的四国文字的"和平"字样，无一不是一种和平的呼声。这呼声似乎在说："和平代表们珍重，珍重，纪念着你们这次团结争取和平的光荣会议，继续奋斗吧。不要忘记正在和平建设、拯救亚洲和世界和平的中国人民。看，我们辛勤劳动的一双双的手是永远愿为和平美好的生活服务的。不论我们是用笔墨写出的，颜色画出的，刀子刻出的，针线绣出的，或是用各种工艺材料制造的，它们都说明一个愿望：我们需要和平。代表们，把我们五亿人民保卫和平的意志传达给亚洲及太平洋各岸的你们祖国里的人民吧。"

我们选定了北京的手工艺品作为礼品的一部，也是有原因的。中国工艺的卓越的"功夫"，在世界上古今著名，但这还不是我们选择它的主要原因。我们选择它是因为解放以后，我们新图案设计的兴起，代表了我们新社会在艺术方面一股新生的力量。它在工艺方面正是剔除封建糟粕、恢复民族传统的一支文化生力军。这些似乎平凡的工艺品，每件都确是既代表我们的艺术传统，又代表我们蓬勃气象的创作。我们有很好的理由拿它们来送给为和平而奋斗的代表们。

这些礼品中的景泰蓝图案，有出自汉代刻玉纹样，有出自敦煌北魏藻井和隋唐边饰图案，也有出自宋锦草纹，明清彩磁的。但这些都是经过融会贯通，要求达到体型和图案的统一性的。在体型方面，我们着重轮廓线的柔和优美和实用方面相结合，如台灯，如小圆盒都是经过用心处理的。在色彩方面，我们要对比活泼而设色调和，要取得华贵而安静的总效果，向敦煌传统看齐的。这些都是一反过去封建没落时期的繁琐、堆砌、不健康的工艺作风的。所以这些也说明了我们是努力发扬祖国艺术的幸福人民。我们渴望的就是和平的世界。

在景泰蓝制作期间，工人同志们的生产态度更说明了这问题。当他们知道了他们所承担的工作跟和平有关时，他们的情绪是那么高涨，他们以高度的热诚来对待他们手中那一系列繁重的掐丝、点蓝和打磨的工作。过去"慢工出细活"的思想，完全被"找窍门"的热情所代替。他们不断地缩短制作过程，又自动地加班和缩短午后的休息时间，提早完成了任务。在瑞华等五个独立作坊中，由于工人们工作的积极和认真，使珐琅质地特别匀净，图案的线纹和颜色都非常准确。工人们说：我们的生活一天比一天美满，我们要保证我们的和平幸福生活，承制和平礼品是我们最光荣的任务。当和平宾馆的工人们在一层楼一层楼地建筑上去的时候，这边景泰蓝的工人们也正在一个盒子、一个烟碟上点着珐琅或脚蹬转轮，目不转睛地打磨着台灯座，心里也只有一个念头："是的，我们要过和平的日子。这些美丽的纪念品，无论它们是银丝胸针，还是螺钿漆盒；上面是安静的莲花，还是飞舞的鸽子；它们都是在这种酷爱和平的情绪下完成的。它们是'不简单'的；这些中国劳动人民所积累的智慧的结晶，今天为全世界人民光明的目的——和平而服务了。"

礼品中还应该特别详细介绍的是丝质彩印头巾的图案和刺绣坎肩的制作过程。

头巾的图案本身，就有重要的历史意义。这个彩色图案是由敦煌千佛洞内，北魏时代天花上取来应用的。我们对它的内容只加以简单的变革，将内心主题改为和平鸽子后，它就完全适合于我们这次的特殊用途了。有意义的是：它上面的花纹就是一千多年前，亚洲几个民族在文化艺术上和平交流的记录；西周北魏的"忍冬叶"草纹就是古代西域伊兰语系民族送给我们的——来自中亚细亚的影响。中间的大莲花是我们邻邦印度民族在艺术图案上宝贵的赠礼。莲瓣花纹今天在我国的雕刻图案中已极普遍地应用着，我们的亚洲国家的代表们一定都会认出它们的来历的。这些花样里还有来自更遥远的希腊的，它们是通过波斯（伊朗）和印度的健驮罗而来到我国的。

这个图案在颜色上比如土黄、石绿、赭红和浅灰蓝等美妙的配合，也是受过许多外来影响之后，才在中国生根的。以这个图案作为保卫亚洲和世界和平的纪念物是再巧妙、再适当没有的。三位女青年工作同志赶完了这个细致的图样之后，兴奋得说不出话来。她们曾愉快地做过许多临摹工作，但这次向着这样光荣的目的赶任务，使她们感到像做了和平战士一样的骄傲。

在刺绣坎肩制作过程中，由镶边到配色都是工人和艺术工作者集体创造的记录。永合成衣铺内，两位女工同志和四位男工同志，都是热情高涨地用尽一切力量，为和平礼品工作。他们用套裁方法，节省下材料，增产了八件成品。在二十天的工作中，他们每天都是由早晨七点工作至夜深十二点。只有一次因为等衣料，工作中断过两小时。参加这次工作的刺绣业工作者共有十七家独立生产户，原来每日十小时的工作都增至十四至十六小时，共完成二百十六只鸽子。绣工和金线平金都做得非常整齐。这一百零八件坎肩因不同绣边，不同颜色的处理，每一件都不同而又都够得上称为一件优秀的艺术品。三年来我们欢庆节日正要求有像这一类美丽服装的点缀，青年男女披上金绣彩边的坎肩会特别显出东方民族的色彩。但更有意思的是世界上许多国家的男女都用绣花坎肩，如西班牙、匈牙利与罗马尼亚等；此外在我国的西南与西北，男子们也常穿革制背心，上面也有图案。

和平战士们，请接受这份小小的和平礼品吧，这是中国劳动人民送给你们的一点小小的纪念品。

（原载于《新观察》第十八期，一九五二年十月十五日）

致 胡 适

一

适之先生：

也许你很诧异这封唐突的来信，但是千万请你原谅，你到美的消息传到一个精神充军的耳朵里，这不过是个很自然的影响。

我这两年多的渴想北京和最近惨酷的遭遇给我许多烦恼和苦痛。我想你一定能够原谅我对于你到美的踊跃。我愿意见着你，我愿意听到我所狂念的北京的声音和消息，你不以为太过吧？

纽约离此很近，我有希望欢迎你到费城来么？哥伦比亚演讲一定很忙，不知周末可以走动不？

这二月底第三或第四周末有空否，因为那时彭校新创的教育会有个演讲，托找中国 speaker。胡先生若可以来费，可否答应当那晚的 speaker？本来这会极不要紧的不该劳动大驾，只因因此我们可以聚会晤谈，所以函问。

若是月底太忙不能来费，请即示知，以便早早通知该会（Dr. G.H.Minnich 会长），过些时候我也许可以到纽约来拜访。

很不该这样唐突打扰，但是——原谅。

徽音上
二月六日于费城

（一九二七年二月六日）

二

适之先生：

　　我真不知道怎样谢谢你这次的 visit 才好！ 星五那天我看你从早到晚不是说话便是演讲真是辛苦极了。第二天一清早我想着你又在赶路到华京去，着实替你感着疲劳。希望你在华京从容一点稍稍休息过来。

　　那天听讲的人都高兴得了不得。那晚饭后我自己只觉得有万千的感触。倒没有向你道谢。要是道谢的话"谢谢"两字真是太轻了，不能达到我的感激。一个小小的教育会把你辛苦了足三天，真是！

　　你的来费给我好几层的安慰，老实说当我写信去请你来时实在有些怕自己唐突，就是那天见了你之后也还有点不自在。但是你那老朋友的诚意温语立刻把我 Put at ease 宽慰了。

　　你那天所谈的一切——宗教，人事，教育到政治——我全都忘不了的尤其是"人事"；一切的事情我从前不明白，现在已经清楚了许多。就还有要说要问的，也就让他们去，不说不问了。"让过去的算过去的"这是志摩的一句现成话。

　　大概在你回国以前我不能到纽约来了，如果我再留美国一年的话，大约还有一年半我们才能再见了。适之先生，我祝你一切如意快乐和健康。回去时看见朋友们替我问候，请你告诉志摩，我这三年来寂寞受够了，失望也遇多了，现在倒能在寂寞和失望中得着自慰和满足。告诉他我绝对的不怪他，只有盼他原谅我从前的种种的不了解。但是路远隔膜误会是所不免的，他也该原谅我。我昨天把他的旧信一一翻阅了。旧的志摩我现在真真透澈的明白了，但是过去，现在不必重提了，我只求永远纪念着。

　　如你所说的，经验是可宝贵的，但是有价值的经验全是苦痛换来的，我在这三年中真是得了不少的阅历，但就也够苦了。经过了好些的变励的环境和心理，我是如你所说的老成了好些。换句话说便是会悟了从青年的 idealistic phase 走到了成年的 realistic phase。做人便这样做罢。idealistic 的梦停止了，也就可以医好了许多 vanity。这未始不是个好处。

照事实上看来我没有什么不满足的。现在一时国内要不能开始我的工作，我便留在国外继续用一年工夫再说。有便请你再告诉志摩，他怕美国把我宠坏了，事实上倒不尽然，我在北京那一年的 spoilt 生活用了三年的工夫才一点一点改过来，要说"spoilt"世界上没有比中国更容易 spoil 人了，他自己也就该留心点。

通伯和夫人为我道念，叔华女士若是有暇可否送我几张房子的相片，自房子修改以后我还没有看见过，我和那房子的感情实是深长。旅居的梦魂常常绕着琼塔雪池。她母亲的院子里就有我无数的记忆，现在虽然已不堪回首，但是房主人们都是旧友，我极愿意有几张影片留作纪念。

感情和理性可以说是反对的。现在夜深我不由得不又让情感激动，便就无理的写了这么长一封信，费你时间扰你精神。适之先生，我又得apologize 了。回国以后如有机会，闲暇的时候给我个把字吧，我眼看着还要充军一年半，不由得不害怕呀。

胡太太为我问好，希望将来到北京时可以见着。就此祝你
旅安

徽音寄自费城
三月十五日

（一九二七年三月十五日）

三

适之先生：

新月总店经济状况甚为窘迫，今晚要开董事会，由此也许会有新的变动。

代订《独立评论》的款项，已去信北平分店先筹付百元。《新月》第三卷合订本二份和《四十自述》第六章原稿都已先后挂号寄上。

敬祝安好！

徽音　敬上

十一月三日

（一九三一年十一月三日）

四

适之先生：

志摩走时嘱购绣货赠 Bell 夫妇，托先生带往燕京大学，现奉上。渠眷念 K.M. 之情直转到她姊姊身上，真可以表示多情厚道的东方色彩，一笑。

大驾刚北返，尚未得晤面，怅怅。迟日愚夫妇当同来领教。

徽音

（一九三一年十一月十日左右）

五

适之先生：

下午写了一信，今附上寄呈，想历史家必不以我这种信为怪，我为人直爽性急，最恨人家小气曲折说瞎话。此次因为叔华瞎说，简直气糊涂了。

我要不是因为知道公超看到志摩日记，就不知道叔华处会有的。谁料过了多日，向她要借看时，她倒说"遍找不得"，"在书画箱内多年未检"的话。真叫人不寒而栗！我从前不认得她，对她无感情，无理由的，没有看得起她过。后来因她嫁通伯，又有"送车"等作品，觉得也许我狗眼看低了人，始大大谦让真诚的招呼她，万料不到她是这样一个人！真令人寒心。

志摩常说"叔华这人小气极了"。我总说"是么？小心点吧，别得罪了她"。

女人小气虽常有事，像她这种有相当学问知名的人也该学点大方才好。

现在无论日记是谁裁去的，当中一段缺了是事实，她没有坦白的说明以前，对那几句瞎话没有相当解释以前，她永有嫌疑的。（志摩自己不会撕的，小曼尚在可问。）

关于我想着那段日记，想也是女人小气处或好奇处多事处，不过这心理太 Human 了，我也不觉得惭愧。

实说，我也不会以诗人的美谀为荣，也不会以被人恋爱为辱。我永是"我"，被诗人恭维了也不会增美增能，有过一段不幸的曲折的旧历史也没有什么可羞惭。（我只是要读读那日记，给我是种满足，好奇心满足，回味这古怪的世事，纪念老朋友而已。）

我觉得这桩事人事方面看来真不幸，精神方面看来这桩事或为造成志摩为诗人的原因，而也给我不少人格上知识上磨练修养的帮助，志摩 in a way 不悔他有这一段苦痛历史，我觉得我的一生至少没有太堕入凡俗的满足也不算一桩坏事，志摩警醒了我，他变成一种 stimulant 在我生命中，或恨，或怒，或 happy 或 sorry，或难过，或苦痛，我也不悔的，我也不 proud 我自己的倔强，我也不惭愧。

我的教育是旧的，我变不出什么新的人来，我只要"对得起"人——爹娘、丈夫（一个爱我的人，待我极好的人）、儿子、家族等等，后来更要对得起另一个爱我的人，我自己有时的心，我的性情便弄得十分为难。前几年不管对得起他不，倒容易——现在结果，也许我谁都没有对得起，您看多冤！

我自己也到了相当年纪，也没有什么成就，眼看得机会愈少——我是个兴奋 type, accomplish things by sudden inspiration and master stroke, 不是能用功慢慢修炼的人。现在身体也不好，家常的负担也繁重，真是怕从此平庸处世，做妻生仔的过一世！我禁不住伤心起来。想到志摩今夏的 inspiring friendship and love 对于我，我难过极了。

这几天思念他得很，但是他如果活着，恐怕我待他仍不能改的。事实上太不可能。也许那就是我不够爱他的缘故，也就是我爱我现在的家在一切之上的确证。志摩也承认过这话。

徽音

二十年正月一日

（一九三一年二月十七日）

六

适之先生：

志摩刚刚离开我们，遗集事尚觉毫无头绪，为他的文件就有了些纠纷，真是不幸到万分，令人想着难过之极。

我觉得甚对不起您为我受了许多麻烦，又累了许多朋友也受了些许牵扰，更是不应该。

事情已经如此，现在只得听之，不过我求您相信我不是个多疑的人，这一桩事的蹊跷曲折，全在叔华一开头便不痛快——便说瞎话——所致。

我这方面的事情很简单：

（一）大半年前志摩和我谈到我们英国一段事，说到他的"康桥日记"仍存在，回硖石时可找出给我看。如果我肯要，他要给我（因为他知道我留有他当时的旧信，他觉得可收藏在一起）。

　　（注：整三年前，他北来时，他向我诉说他订婚结婚经过，
　　讲到小曼看到他的"雪池时代日记"不高兴极了，把它烧了的
　　话，当时也说过：不过我尚存下我的"康桥日记"。）

（二）志摩死后，我对您说了这段话——还当着好几个人说的——在欧美同学会，奚若思成从渭南回来那天。

（三）十一月廿八日星期六晨，由您处拿到一堆日记簿（有满的一本，有几行的数本，皆中文，有小曼的两本，一大一小，后交叔华由您负责取回的），有两本英文日记，即所谓 Cambridge 日记者一本，乃从 July 31 1921 起。次本从 Dec. 2nd（同年）起始，至回国止者，又有一小本英文为志摩一九二五年在意大利写的。此外几包晨副原稿，两包晨副零张杂纸，空本子小相片，两把扇面，零零星星纸片，住址本。

　　（注：那天在您处仅留一小时，理诗刊稿子，无暇细看箱内
　　零本，所以一起将箱带回细看，此箱内物是您放入的，我丝毫
　　未动，我更知道此箱装的不是志摩平日原来的那些东西，而是
　　在您将所有信件分人分类捡出后，单单将以上那些本子纸包子
　　聚成这一箱的。）

（四）由您处取出日记箱后约三四日或四五日听到奚若说：公超在叔华处看到志摩的康桥日记，叔华预备约公超共同为志摩作传的。

（注：据公超后来告我，叔华是在十一月廿六日开会，〈讨论 悼志摩〉的那一晚上约他去看日记的。）

（五）追悼志摩的第二天（十二月七号）叔华来到我家向我要点志摩给我的信，由她编辑，成一种"志摩信札"之类的东西，我告诉她旧信全在天津，百分之九十为英文，怕一时拿不出来，拿出来也不能印，我告诉她我拿到有好几本日记，并请她看一遍大概是些什么，并告诉她，当时您有要交给大雨的意思，我有点儿不赞成。您竟然将全堆"日记类的东西"都交我，我又 embarrassed 却又不敢负您的那种 trust——您要我看一遍编个目录——所以我看东西绝对的 impersonal 带上历史考据眼光。Interesting only in 事实的辗进变化，忘却谁是谁。

最后我向她要公超所看到的志摩日记——我自然作为她不会说"没有"的可能说法，公超既已看到。（我说：听说你有志摩的康桥日记在你处，可否让我看看等等。她停了一停说可以。）

我问她"你处有几本？两本么？"

她说两——本，声音拖慢，说后极不高兴。

我问"两本是一对么？ 未待答，是否与这两本（指我处康桥日记两本）相同的封皮？"

她含糊应了些话，似乎说"是！不是，说不清"等，"似乎一本是——"现在我是绝对记不清这个答案（这句话待考）。因为当时问此话时，她的神色极不高兴，我大窘。

（六）我说要去她家取，她说她下午不在，我想同她回去，却未敢开口。

后约定星三（十二月九号）遣人到她处去取。

（七）星三九号晨十一时半，我自己去取，叔华不在家，留一信备给我的，信差带复我的。

此函您已看过，她说（原文）："昨归遍找志摩日记不得，后捡自己当年日记，乃知志摩交我乃三本：两小，一大，小者即在君处箱内，阅完放入的。大的一本（满写的）未阅完，想来在字画箱内（因友人物多，加意保全）因三四年中四方奔走，家中书物皆堆叠成山，甚少机缘重为整理，日间得闲当细捡一下，必可找出来阅。此两日内，人事烦扰，大约须此星期底才有空翻寻也。"

[注：这一篇信内有几处瞎说不必再论，即是"阅完放入"，"未阅完"两句亦有语病，既说志摩交她三本日记，何来"阅完放入"君处箱内。可见非志摩交出，乃从箱内取出阅，而"阅完放入"，而有一本（？）未阅完而未放入。

此箱偏偏又是当日志摩曾寄存她处的一个箱子，曾被她私开过的（此句话志摩曾亲语我。他自叔华老太太处取回箱时，亦大喊"我锁的，如何开了，这是我最要紧的文件箱，如何无锁，怪事——"）又"太奇怪，许多东西不见了，missing，旁有思成 Lilian Tailor 及我三人。]

（八）我留字，请她务必找出借我一读。说那是个不幸事的留痕，我欲一读，想她可以原谅我。

（九）我觉得事情有些周折，气得通宵没有睡着，可是，我猜她推到"星期底"必是要抄留一份底子，故或需要时间（她许怕我以后不还她那日记）。我未想到她不给我。更想不到以后收到半册而这半册日记正巧断在刚要遇到我的前一两日。

（十）十二月十四日（星一）

half a book with l28 Pages received（dated from Nov.17, 1920 ended with sentence "it was badly planned.")叔华送到我家来，我不在家，她留了一个 note 说怕我急，"赶早送来"的话。

（十一）事后知道里边有古（故）事，却也未胡猜，后奚若来说叔华跑到性仁家说她处有志摩日记（未说清几本）徽音要，她不想给（不愿意给）的话，又说小曼日记两本她拿去也不想还等等，大家都替我生气，觉得叔华这样，实在有些古怪。

（十二）我到底全盘说给公超听了（也说给您听了）。公超看了日记说，一本正是他那天（离十一月廿八日最近的那星期）看到了的，不过当时未注意底下是如何，是否只是半册未注意到，她告诉他是两本，而他看到的只是一本，但他告诉您（适之）"refuse to be quoted"，底下事不必再讲了。

二十一年元旦

（一九三二年一月一日下午）

七

适之先生：

多天未通音讯，本想过来找您谈谈，把一些零碎待接头的事情一了。始终办不到。日前，人觉得甚病不大动得了，后来赶了几日夜，两三处工程图案，愈弄得人困马乏。

上星期起到现在一连走了几天协和检查身体，消息大不可人，医生和思成又都皱开眉头！看来我的病倒进展些，医生还在商量根本收拾我的办法。

身体情形如此，心绪更不见佳，事情应着手的也复不少，甚想在最近期间能够一晤谈，将志摩几本日记事总括筹个办法。

此次，您从硖带来一部分日记尚未得见，能否早日让我一读，与其它部分作个整个的 Survey？

据我意见看来，此几本日记，英文原文并不算好，年轻得利害，将来与他"整传"大有补助处固甚多，单印出来在英文文学上价值并不太多（至少在我看到那两本中，文字比他后来的作品书札差得很远），并且关系人个个都活着，也极不便，一时只是收储保存问题。

志摩作品中，诗已差不多全印出，散文和信札大概是目前最要紧问题，不知近来有人办理此事否？"传"不"传"的，我相信志摩的可爱的人格永远会在人们记忆里发亮的，暂时也没有赶紧（的）必要。至多慢慢搜集材料为将来的方便而已。

日前，Mr.E.S.Bernett 来访说 Mrs. Richard 有信说康桥志摩的旧友们甚想要他的那两篇关于《康桥》的文章译成英文寄给他们，以备寄给两个杂志刊登。The Richards 希望就近托我翻译。我翻阅那两篇东西不禁出了许多惭愧的汗。你知道那两篇东西是他散文中极好的两篇。我又有什么好英文来翻译它们。一方面我又因为也是爱康河的一个人，对康桥英国晚春景子有特殊感情的一个人，又似乎很想"努力""尝试"（都是先生的好话），并且康桥那方面几个老朋友我也认识几个，他那文章里所引的事，我也好像全彻底明白……

但是，如果先生知道有人能够十分的 do his work justice in rendering into really charming English，最好仍请一个人快快的将那东西译出寄给 Richards 为妥。

身体一差，伤感色彩便又深重。这几天心里万分的难过。怎办？

从文走了没有，还有没有机会再见到。

湘玫又北来，还未见着。南京似乎日日有危险的可能，真糟。思忠在八十八师已开在南京下关前线，国"难"更"难"得迫切，这日子又怎么过！

先生这两天想也忙，过两天可否见到，请给个电话。

胡太太伤风想已好清。我如果不是因为闹协和这一场，本来还要来进"研究院"的。现在只待静候协和意旨，不进医院也得上山了。

此问

著安

徽音拜上

思成寄语问候，他更忙得不亦乐乎

（一九三二年春）

八

适之先生：

上次我上山以前，你到我们家里来，不凑巧我正出去，错过了，没有晤着，真可惜。你大忙中来我们家，使我疑心到你是有什么特别事情的，可是猜了半天都猜不出，如果真的有事，那就请你给我个信罢。

那一天我答应了胡太太代找房子，似乎对于香山房子还有一点把握，这两天打听的结果，多半是失望，请转达。但是这不是说香山绝对没有可住的地方，租的是说没有了，可借的却似乎还有很多。双清别墅听说已让××夫妇暂借了，虽然是短期。

我的姑丈卓君庸的"自青榭"倒也不错，并且他是极欢迎人家借住的，如果愿意，可以去接洽一下。去年刘子楷太太借住几星期，客人主人都高兴一场。自青榭在玉泉山对门，虽是平地，却也别饶风趣，有池；

有柳；有荷花鲜藕；有小山坡；有田陌；即是游卧佛寺，碧云寺，香山，骑驴洋车皆极方便。

谢谢送来独立周刊。听说这刊出世已久，却尚未得一见，前日那一期还是初次见面。读杨金甫那篇东西颇多感触，志摩已别半载，对他的文集文稿一类的整理尚未有任何头绪，对他文字严格批评的文章也没有人认真做过一篇。国难期中大家没有心绪，沪战烈时更谈不到文章自是大原因，现在过时这么久，集中问题不容易了，奈何！

我今年入山已月余，触景伤怀，对于死友的悲念，几乎成个固定的咽哽牢结在喉间，生活则仍然照旧辗进，这不自然的缄默像个无形的十字架，我奇怪我不曾一次颠仆在那重量底下。

有时也想说几句话，但是那些说话似乎为了它们命定的原因，绝不会诞生在语言上，虽然它们的幻灭是为了忠诚，不是为了虚伪，但是一样的我感到伤心，不可忍的苦闷。整日在悲思悲感中挣扎，是太没意思的颓废。先生你有什么通达的哲理赐给我没有？

新月的新组织听说已经正式完成，月刊在那里印，下期预备那一天付印，可否示之一二。"独立"容否小文字？有篇书评只怕太长些。（关于萧翁与爱莲戴莱通讯和戈登克雷写的他母亲的小传作对照的评论，我认为那两本东西是剧界极重要的 document，不能作浪漫通讯看待。）

思成又跑路去，这次又是一个宋初木建——在宝坻县——比蓟州独乐寺或能更早。这种工作在国内甚少人注意关心，我们单等他的测绘详图和报告印出来时吓日本鬼子一下痛快：省得他们目中无人以为中国好欺负。

天气好得很，有空千万上山玩一次，保管你欢喜不觉得白跑。

徽音

六月十四日香山

（一九三二年六月十四日）

致沈从文

一

沈二哥：

初二回来便忙乱成一堆，莫明其所以然。文章写不好，发脾气时还要呕出韵文！十一月的日子我最消化不了，听听风知道枫叶又凋零得不堪，只想哭。昨天哭出的几行勉强叫它做诗，日后呈正。

萧先生文章甚有味。我喜欢，能见到当感到畅快。你说的是否礼拜五？如果是下午，五时在家里候教，如嫌晚，星六早上也一样可以的。

关于云冈现状是我正在写的一短篇，那天再赶个落花流水时当送上。

思成尚在平汉线边沿吃尘沙，星六晚上可以到家。

此问

俪安

二嫂统此

徽音拜上

（一九三三年十一月）

二

二哥：

怎么了？大公报到底被收拾，真叫人生气！有办法否？

昨晚我们这里忽收到两份怪报，名叫"亚洲民报"，篇幅大极，似乎内中还有文艺副刊，是大规模的组织，且有计划的，看情形似乎要大公报永远关门。气糊涂了我！我只希望是我神经过敏。社论看了叫人毛发能倒竖。

这日子如何"打发"？我们这国民连骨头都腐了！有消息请告一二。

徽因

（一九三五年十二月）

三

二哥：

世间事有你想不到的那么古怪，你的信来的时候正遇到我双手托着头在自恨自伤的一片苦楚的情绪中熬着。在廿四个钟头中，我前前后后，理智的，客观的，把许多纠纷痛苦和挣扎或希望或颓废的细目通通看过好几遍，一方面展开事实观察，一方面分析自己的性格情绪历史，别人的性格情绪历史，两人或两人以上互相的生活，情绪和历史，我只感到一种悲哀，失望，对自己对生活全都失望无兴趣。我觉到像我这样的人应该死去；减少自己及别人的痛苦！这或是暂时的一种情绪，一会儿希望会好。

在这样的消极悲伤的情景下，接到你的信，理智上，我虽然同情你所告诉我你的苦痛（情绪的紧张），在情感上我却很羡慕你那么积极那么热烈，那么丰富的情绪，至少此刻同我的比，我的显然萧条颓废消极无用。你的是在情感的尖锐上奔进！

可是此刻我们有个共同的烦恼，那便是可惜时间和精力，因为情绪的盘旋而耗废去。

你希望抓住理性的自己，或许找个聪明的人帮忙你整理一下你的苦恼或是"横溢的情感"，设法把它安排妥帖一点，你竟找到我来，我懂得的，我也常常被同种的纠纷弄得左不是右不是，生活掀在波澜里，盲目的同危险周旋，累得我既为旁人焦灼，又为自己操心，又同情自己又很不愿意宽恕放任自己。

不过我同你有大不同处：凡是在横溢奔放的情感中时，我便觉到抓住一种生活的意义，即使这横溢奔放的情感所发生的行为上纠纷是快乐与苦辣对渗的性质，我也不难过不在乎。我认定了生活本身原质是矛盾的，我只要生活；体验到极端的愉快，灵质的，透明的，美丽的近于神话理想的快活，以下我情愿也随着赔偿这天赐的幸福，坑在悲痛，纠纷失望，无望，寂寞中挨过若干时候，好像等自己的血来在创伤上结痂一样！一切我都在无声中忍受，默默的等天来布置我，没有一句话说！（我且说说来给你做个参考）

我所谓极端的、浪漫的或实际的都无关系，反正我的主义是要生活，没有情感的生活简直是死！生活必须体验丰富的情感，把自己变成丰富，宽大能优容，能了解，能同情种种"人性"，能懂得自己，不苟责自己，也不苟责旁人，不难自己以所不能，也不难别人所不能，更不愿运命或是上帝，看清了世界本是各种人性混合做成的纠纷，人性又就是那么一回事，脱不掉生理，心理，环境习惯先天特质的凑合！把道德放大了讲，别裁判或裁削自己。任性到损害旁人时如果你不忍，你就根本办不到任性的事，（如果你办得到，那你那种残忍，便是你自己性格里的一点特性，也用不着过分的去纠正。）想做的事太多，并且互相冲突时，拣最想做——想做到顾不得旁的牺牲——的事做，未做时心中发生纠纷是免不了的，做后最用不着后悔，因为你既会去做，那桩事便一定是不可免的，别尽着罪过自己。

我方才所说到极端的愉快，灵质的，透明的，美丽的快乐，不知道你有否同一样感觉。我的确有过，我不忘却我的幸福。我认为最愉快的事都是一闪亮的，在一段较短的时间内迸出神奇的——如同两个人透彻的了解：一句话打到你心里，使得你理智和感情全觉到一万万分满足；如同相爱：在一个时候里，你同你自身以外另一个人互相以彼此存在为极端的幸福；如同恋爱，在那时那刻眼所见，耳所听，心所触无所不是美丽，情感如诗歌自然的流动，如花香那样不知其所以。这些种种便都是一生中不可多得的瑰宝。世界上没有多少人有那机会，且没有多少人有那种天赋的敏感和柔情来尝味那经验，所以就有那种机会也无用。如果有如诗剧神话般的实景，当时当事者本身却没有领会诗的情感又如何行？即使有了，只是浅俗的赏月折花的限量，那又有什么话说？！转过来说，对悲哀的敏感容量也是生活中可贵处。当时当事，你也许得流出血泪，过去后那些在你经验中也是不可鄙视的创痂。（此时此刻说说话，我倒暂时忘记了昨天到今晚已整整哭了廿四小时，中间仅仅睡着三四个钟头，方才在过分的失望中颓废着觉到浪费去时间精力，很使自己感叹。）在夫妇中间为着相爱纠纷自然痛苦，不过那种痛苦也是夹着极端丰富的幸福在内的。冷漠不关心的夫妇结合才是真正的悲剧！

　　如果在"横溢情感"和"僵死麻木的无情感"中叫我来拣一个，我毫无问题要拣上面的一个，不管是为我自己或是为别人。人活着的意义基本的是在能体验情感。能体验情感还得有智慧有思想来分别了解那情感——自己的或别人的！如果再能表现你自己所体验所了解的种种在文字上——不管那算是宗教或哲学，诗，或是小说，或是社会学论文——（谁管那些）——使得别人也更得点人生意义，那或许就是所有的意义了——不管人文明到什么程度，天文地理科学的通到哪里去，这点人性还是一样的主要，一样的是人生的关键。

（在一些微笑或皱眉印象上称较分量，在无边际人事上驰骋细想正是一种生活。）

算了吧！二哥，别太虐待自己，有空来我这里，咱们再费点时间讨论讨论它，你还可以告诉我一点实在情形。我在廿四小时中只在想自己如何消极到如此田地苦到如此如此，而使我苦得想去死的那个人自己在去上海火车中也苦得要命，已经给我来了两封电报一封信，这不是"人性"的悲剧么？那个人便是说他最不喜管人性的梁二哥！

徽因

你一定得同老金（金岳霖）谈谈，他真是能了解同时又极客观极同情极懂得人性，虽然他自己并不一定会提起他的历史。

（一九三六年二月七日）

四

二哥：

我欠你一封信，欠得太久了！现在第一件事要告诉你的就是我们又都在距离相近的一处了。大家当时分手得那么突兀惨淡，现在零零落落的似乎又聚集起来。一切转变得非常古怪，两月以来我种种的感到糊涂。事情越看得多点，心越焦，我并不奇怪自己没有青年人抗战中兴奋的情绪，因为我比许多人明白一点自己并没有抗战，生活离前线太远，一方面自己的理智方面也仍然没有失却它寻常的职能，观察得到一些叫人心里顶难过的事。心里有时像个药罐子。

自你走后我们北平学社方面发生了许多叫我们操心的事，好容易挨过了俩仨星期（我都记不清有多久了）才算走脱，最后我是病的，却没有声张，临走去医院检查了一遍，结果是得着医生严重的警告——但警告白警告，我的寿命是由天的了。临行的前夜一直弄到半夜三点半，次早六时由家里出发，我只觉得是硬由北总布胡同扯出来上车拉倒。东西全弃下倒无所谓，最难过的是许多朋友都像是放下忍心的走掉，端公太太、公超太太住在我家，临别真是说不出的感到似乎是故意那么狠心的把她们抛下，兆和也是一个使我顶不知怎样才好的，而偏偏我就根本赶不上去北城一趟看看她。我恨不得是把所有北平留下的太太孩子挤在一块走出到天津再说。可是我也知道天津地方更莫名其妙，生活又贵，平津那一节火车情形那时也是一天一个花样，谁都不保险会出什么样把戏的。

这是过去的话了，现在也无从说起，自从那时以后，我们真走了不少地方。由卢沟桥事变到现在，我们把中国所有的铁路都走了一段！最紧张的是由北平到天津，由济南到郑州。带着行李小孩奉着老母，由天津到长沙共计上下舟车十六次，进出旅店十二次，这样走法也就很够经验的，所为的是回到自己的后方。现在后方已回到了，我们对于战时的国家仅是个不可救药的累赘而已。同时我们又似乎感到许多我们可用的力量废放在这里，是因为各方面缺乏更好的组织来尽量的采用。我们初到时的兴奋，现实已变成习惯的悲感。更其糟的是这几天看到许多过路的队伍兵丁，由他们吃的穿的到其它一切一切。"惭愧"两字我嫌它们过于单纯，所以我没有字来告诉你，我心里所感触的味道。

前几天我着急过津浦线上情形，后来我急过"晋北"的情形——那时还是真正的"晋北"——由大营到繁峙代县，雁门朔县宁武原平崞县忻县一带路，我们是熟极的，阳明堡以北到大同的公路更是有过老朋友交情，那一带的防御在卢变以后一星期中我们所知道的等于是"鸡蛋"。我就不信后来赶得及怎样"了不起"的防御工作，老西儿的军队更是软懦到万分，见不得风的，怎不叫我跳急到万分！好在现在情形已又不同了，谢老天爷，但是看战报的热情是罪过的。如果我们再按紧一点事实的想象：天这样冷……（就不说别的！！）战士们在怎样的一个情形下活着或死去！三个月以前，我们在那边已穿过棉！所以一天到晚，我真不知想什么好，后方的热情是罪过，不热情的话不更罪过？二哥，你想，我们该怎样的活着才有法子安顿这一副还未死透的良心？

我们太平时代（考古）的事业，现时谈不到别的了，在极省俭的法子下维护它不死，待战后再恢复算最为得体的办法。个人生活已甚苦，但尚不到苦到"不堪"。我是女人，当然立刻变成纯净的"糟糠"的典型，租到两间屋子烹调、课子、洗衣、铺床，每日如在走马灯中过去。中间来几次空袭警报，生活也就饱满到万分。注：一到就发生住的问题，同时患腹泻所以在极马虎中租到一个人家楼上的两间屋。就在火车站旁，火车可以说是从我窗下过去！所以空袭时颇不妙，多暂避于临时大学（熟人尚多见面，金甫亦"高个子"如故）。文艺、理想都像在北海五龙亭看虹那么样，是过去中一种偶然的遭遇，现实只有一堆矛盾的现实抓在手里。

话又说多了，且乱，正像我的老样子。二哥你现实在做什么，有空快给我一封信。（在汉口时，我知道你在隔江，就无法来找你一趟）我在长沙回首雁门，正不知有多少伤心呢，不日或起早到昆明，长途车约七八日，天已寒冷，秋气肃杀，这路不太好走，或要去重庆再到成都，一切以营造学社工作为转移（而其间问题尚多，今天不谈了）。现在因时有空袭警报，所以一天不能离开老的或小的，精神上真是苦极苦极，一天的操作也于我的身体有相当威胁。

徽因 在长沙

（一九三七年十月）

五

二哥：

在黑暗中，在车站铁篷子底分别，很有种清凉味道，尤其是走的人没有找着车位，车上又没有灯，送的打着雨伞，天上落着很凄楚的雨，地下一块亮一块黑的反映着泥水洼，满车站的兵——开拔的到前线的，受伤开回到后方的！那晚上很代表我们这一向所过的日子的最黯淡的底层——这些日子表面上固然还留一点未曾全褪败的颜色。

这十天里长沙的雨更象征着一切霉湿，凄怆，惶惑的生活。那种永不开缝的阴霾封锁着上面的天，留下一串串继续又继续着檐漏般不痛快的雨，屋里人冻成更渺小无能的小动物，缩着脖子只在呆想中让时间赶到头里，拖着自己半蛰伏的灵魂。接到你第一封信后我又重新发热伤风过一次，这次很规矩的躺在床上发冷，或发热，日子清苦得无法设想，偏还老那么悬着，叫人着一种无可奈何的急。如果有天，天又有意旨，我真想他明白点告诉我一点事，好比说我这种人需要不需要活着，不需要的话，这种悬着日子也不都是侈奢？好比说一个非常有精神喜欢挣扎着生存的人，为什么需要肺病，如果是需要，许多希望着健康的想念在她也就很侈奢，是不是最好没有？死在长沙雨里，死得虽未免太冷点，往昆明跑，跑后的结果如果是 样，那又怎样？咋天我们夫妇算算到昆明去，现在要不就走，再去怕更要落雪落雨发生问题，就走的话，除却旅费，到了那边时身上一共剩下三百来元，万一学社经费不成功，带着那一点点钱，一家子老老小小流落在那里颇不妥当，最好得等基金方面一点消息。……

可是今天居然天晴，并且有大蓝天，大白云，顶美丽的太阳光！我坐在一张破藤椅上，破藤椅放在小破廊子上，旁边晒着棉被和雨鞋，人也就轻松一半，该想的事暂时不再想它，想想别的有趣的事：好比差不多二十年前，我独自坐在一间顶大的书房里看雨，那是英国的不断的雨。我爸爸到瑞士国联开会去，我能在楼上嗅到顶下层楼下厨房里炸牛腰子同洋咸肉，到晚上又是在顶大的饭厅里（点着一盏顶暗的灯）独自坐着（垂着两条不着地的腿同刚刚垂肩的发辫），一个人吃饭一面咬着手指头哭——闷到实在不能不哭！理想的我老希望着生活有点浪漫的发生，或是有个人叩下门走进来坐在我对面同我谈话，或是同我同坐在楼上炉边给我讲故事，最要紧的还是有个人要来爱我。我做着所有女孩做的梦。而实际上却只是天天落雨又落雨，我从不认识一个男朋友，从没有一个浪漫聪明的人走来同我玩——实际生活上所认识的人从没有一个像我所想象的浪漫人物，却还加上一大堆人事上的纷纠。

话说得太远了，方才说天又晴了，我却怎么又转到落雨上去？真糟！肚子有点饿，嗅不着炸牛腰子同咸肉更是无法再想英国或廿年前的事，国联或其他！

方才念到你的第二信，说起爸爸的演讲，当时他说的顶热闹，根本没有想到注意近在自己身边的女儿的日常一点点小小苦痛比那种演讲更能表示他真的懂得那些问题的重要。现在我自己已做了嬷嬷（妈妈），我不愿意在任何情形下把我的任何一角酸辛的经验来换他当时的一篇漂亮话，不管它有多少风趣！这也许是我比他诚实，也许是我比他缺一点幽默！

好久了，我没有写长信，写这么杂乱无系统的随笔信，今晚上写了这许多，谁知道我方才喝了些什么，此刻真是冷，屋子里谁都睡了，温度仅仅五十一度（华氏五十一度相当时摄氏零下三度），也许这是原因！

明早再写关于沅陵及其他向昆明方面设想的信！

又接到另外一封信，关于沅陵我们可以想想，关于大举移民到昆明的事还是个大悬点挂在空里，看样子如果再没有计划就因无计划而在长沙留下来过冬，不过关于一切我仍然还须给你更具体的回信一封，此信今天暂时先拿去付邮而免你惦挂。

昨天张君劢老前辈来此，这人一切仍然极其"混沌"（我不叫它做天真）。天下事原来都是一些极没有意思的，我们理想着一些美妙的完美，结果只是处处悲观叹息着。我真佩服一些人仍然整天说着大话，自己支持着极不相干的自己，以至令别人想哭！

匆匆 徽因

十一月九至十日

（一九三七年十一月九至十日）

六

二哥：

决定了到昆明以便积极的作走的准备。本买二日票，后因思成等周寄梅先生，把票退了，再去买时已经连七号的都卖光了，只好买八号的。

今天中午到了沅陵。昨晚里住在官庄的。沿途景物又秀丽又雄壮时就使我们想到你二哥对这些苍翠的，天排布的深浅山头，碧绿的水和其间稍稍带点天真的人为的点缀，如何的亲切爱好，感到一种愉快。天气是好到不能更好，我说如果不是在这战期中时时心里负着一种悲伤哀愁的话，这旅行真是不知几世修来。

昨晚有人说或许这带有匪，倒弄得我们心有点慌慌的，住在小旅店里灯火荧荧如豆，外边微风撼树，不由得不有一种特别情绪，其实我们很平安的到达很安靖的地带。

今天来到沅陵，风景愈来愈妙，有时颇疑心有翠翠（《边城》女主人公）这种的人物在！沅陵城也极好玩我爱极了。你老兄的房子在小山上非常别致有雅趣，原来你一家子都是敏感的有精致爱好的。我同思成带了两个孩子来找他，意外还见到你的三弟，新从前线回来，他伤已愈可以拐杖走路。他们待我们太好（个个性情都有点像你处）。我们真欢喜极了，都又感到太打扰得他们有点不过意。虽然，有半天工夫在那楼上廊子上坐着谈天，可是我真感到有无限亲切。沅陵的风景，沅陵的城市，同沅陵的人物，在我们心里是一片很完整的记忆，我愿意再回到沅陵一次，无论什么时候，最好当然是打完仗！

说到打仗你别过于悲观，我们还许要吃苦，可是我们不能不争到一种翻身的地步。我们这种人太无用了，也许会死，会消灭，可是总有别的法子，我们中国国家进步了，弄得好一点，争出一种新的局面，不再是低着头的被压迫着，我们根据事实时有时很难乐观，但是往大处看，抓紧信心，我相信我们大家根本还是乐观的，你说对不对？

这次分别大家都怀着深忧！不知以后事如何？相见在何日？只要有着信心，我们还要再见的呢。

无限亲切的感觉，因为我们在你的家乡。

徽因

昆明住址云南大学王赣愚先生转

（一九三七年十二月九日）

七

二哥：

事情多得不可开交，情感方面虽然有许多新的积蓄，一时也不能够去清理（这年头也不是清理情感的时候）。昆明的到达既在离开长沙三十九天之后，其间的故事也就很有可纪念的。我们的日子至今尚似走马灯的旋转，虽然昆明的白云悠闲疏散在蓝天里。现在生活的压迫似乎比从前更有分量了。我问我自己三十年底下都剩一些什么，假使机会好点我有什么样的一两句话说出来，或是什么样事好做，这种问题在这时候问，似乎更没有回答——我相信我已是一整个的失败，再用不着自己过分的操心——所以朋友方面也就无话可说——现在多半的人都最惦挂我的身体。一个机构多方面受过损伤的身体实在用不着惦挂，我看黔滇间公路上所用的车辆颇感到一点同情，在中国做人同在中国坐车子一样，都要承受那种的待遇，磨到焦头烂额，照样有人把你拉过来推过去爬着长长的山坡。你若使懂事，多挣扎一下，也就不见得不会喘着气爬山过岭，到了你最后的一个时候。

不，我这比喻打得不好，它给你的印象好像是说我整日里在忙着服务，有许多艰难的工作做，其实，那又不然，虽然思成与我整天宣言我们愿意义务的替政府或其他公共机关效力，到了如今人家还是不找我们做正经事，现在所忙的仅是一些零碎的私人所委托的杂务，这种私人相委的事如果他们肯给一点实际的酬报，我们生活可以稍稍安定，挪点时候做些其它有价值的事也好，偏又不然，所以我仍然得另想别的办法来付昆明的高价房租，结果是又接受了教书生涯，一星期来往爬四次山坡走老远的路，到云大去教六点钟的补习英文。上月净得四十余元法币，而一方面为一种我们最不可少的皮尺昨天花了二十三元买来！

到如今我还不人明白我们来到昆明是做生意，是"走江湖"还是做"社会性的骗子"——因为梁家老太爷的名分，人家常抬举这对愚夫妇，所以我们是常常有些阔绰的应酬需要我们笑脸的应付——这样说来好像是牢骚，其实也不尽然，事实上就是情感良心均不得均衡！前昨同航空毕业班的几个学生谈，我几乎要哭起来，这些青年叫我一百分的感激同情，一方面我们这租来的房子墙上还挂着那位主席将军的相片，看一眼，话就多了——现在不讲——天天早上那些热血的人在我们上空练习速度、驱逐和格斗，底下芸芸众生吃喝得仍然有些讲究。思成不能酒我不能牌，两人都不能烟，在做人方面已经是十分惭愧！现在昆明人材济济，哪一方面人都有。云南的权贵，香港的服装，南京的风度，大中华民国的洋钱，把生活描画得十三分对不起那些在天上冒险的青年，其他更不用说了。现在我们所认识的穷愁朋友已来了许多，同感者自然甚多。

陇海全线的激战使我十分兴奋，那一带地方我比较熟习，整个心都像在那上面滚，有许多人似乎看那些新闻印象里只有一堆内地县名，根本不发生感应，我就奇怪！我真想在山西随军，做什么自己可不大知道！

二哥，我今天心绪不好，写出信来怕全是不好听的话，你原谅我，我要搁笔了。

这封信暂做一个赔罪的先锋，我当时也知道朋友们一定会记挂，不知怎么我偏不写信，好像是罚自己似的——一股坏脾气发作！

徽因

（一九三八年春）

致梁思庄

思庄：

　　来后还没有给你信，旅中并没有多少时间。每写一封到北平，总以为大家可以传观，所以便不另写。连得三爷、老金等信，给我们的印象总是一切如常，大家都好，用不着我操什么心，或是要赶急回去的。但是出来已两周，我总觉得该回去了，什么怪时候，赶什么怪车都愿意，只要能省时候。尤其是这几天在建筑方面非常失望，所谓大寺庙不是全是垃圾，便是已代以清末简陋的不相干房子，还刷着蓝白色的"天下为公"及其它，变成机关或学校。每去一处都是汗流浃背的跋涉，走路工作的时候又总是早八至晚六最热的时间里。这三天来可真真累得不亦乐乎。吃得也不好，天太热也吃不大下。因此种种，我们比上星期的精神差多了。

　　上星期劳苦功高之后，必到个好去处，不是山明水秀，就是古代遗址眩目惊神，令人忘其所以！青州外表甚雄，城跨山边、河绕城下、石桥横通、气象宽朗，且树木葱郁奇高。晚间到时山风吹过，好像满有希望，结果是一无所得。临淄更惨，古刹大佛有数处。我们冒热出火车，换汽车、洋车，好容易走到，仅在大中午我们已经心灰意懒得见一个北魏石像！庙则统统毁光！

　　你现在是否已在北屋暂住下，Boo 住哪里？你请过客没有？如果要什么请你千万别客气，随便叫陈妈预备。思马一外套取回来没有？天这样热，I can't quite imagine 人穿它！她的衣料拿去做了没有？都是挂念。

匆匆

二嫂

整天被跳蚤咬得慌，坐在三等火车中又不好意思伸手在身上各处乱抓，结果浑身是包！

（一九三六年夏，寄自山东）

致朱光潜

　　我所见到的人生中戏剧价值都是一些淡香清苦如茶的人生滋味，不过这些戏剧场合须有水一般的流动性，波光鳞纹在两点钟时间内能把人的兴趣引到一个 Make—belive 的世界里去，爱憎喜怒一些人物。像梅真那样一个聪明女孩子，在李家算是一个丫头，她的环境极可怜难处。在两点钟时间限制下，她的行动，对己对人的种种处置，便是我所要人注意的。这便是我的戏。

（一九三七年四月）

致傅斯年

孟真先生：

接到要件一束，大吃一惊，开函拜读，则感与惭并，半天作奇异感！空言不能陈万一，雅不欲循俗进谢，但得书不报，意又未安。踌躇了许久仍是临书木讷，话不知从何说起！

今日里巷之士穷愁疾病，屯蹶颠沛者甚多。固为抗战生活之一部，独思成兄弟年来蒙你老兄种种帮忙，营救护理无所不至，一切医药未曾欠缺，在你方面固然是存天下之义，而无有所私，但在我们方面虽感到 lucky 终增愧悚，深觉抗战中未有贡献，自身先成朋友及社会上的累赘的可耻。

现在你又以成永兄弟危苦之情上闻介公，丛细之事累及泳霓先生，为拟长文说明工作之优异，侈誉过实，必使动听，深知老兄苦心，但读后惭汗满背矣！

尤其是关于我的地方，一言之誉可使我疢心疾首，夙夜愁痛。日念平白吃了三十多年饭，始终是一张空头支票难得兑现。好容易盼到孩子稍大，可以全力工作几年，偏偏碰上大战，转入井臼柴米的阵地，五年大好光阴又失之交臂。近来更胶着于疾病处残之阶段，体衰智困，学问工作恐已无分（份），将来终负今日教勉之意，太难为情了。

素来厚惠可以言图报，惟受同情，则感奋之余反而缄默，此情想老兄伉俪皆能体谅，匆匆这几行，自然书不尽意。

思永已知此事否？思成平日谦谦怕见人，得电必苦不知所措。希望

泳霓先生会将经过略告知之，俾引见访谢时不至于茫然，此问——（内容缺失）

双安

（一九四二年春夏之际）

附：

傅斯年致朱家骅信

骝先吾兄左右：

兹且一事与兄商之。梁思成、思永兄弟皆困在李庄。思成之困，是因其夫人林徽音女士生了T.B.，卧床二年矣。思永是闹了三年胃病，甚重之胃病，近忽患气管炎，一查，肺病甚重。梁任公家道清寒，兄必知之，他们二人万里跋涉，到湘、到桂、到滇、到川，已弄得吃尽当光，又逢此等病，其势不可终日，弟在此看着，实在难过，兄必有同感也。弟之看法，政府对于他们兄弟，似当给些补助，其理如下：

一、梁任公虽曾为国民党之敌人，然其人于中国新教育及青年之爱国思想上大有影响启明之作用，在清末大有可观，其人一生未尝有心做坏事，仍是读书人，护国之役，立功甚大，此亦可谓功在民国者也。其长子、次子，皆爱国向学之士，与其他之家风不同。国民党此时应该表示宽大。即如去年蒋先生赙蔡松坡夫人之丧，弟以为甚得事体之正也。

二、思成之研究中国建筑，并世无匹，营造学社，即彼一人耳（在君语）。营造学社历年之成绩为日本人羡妒不置，此亦发扬中国文物之一大科目也。其夫人，今之女学士，才学至少在谢冰心辈之上。

三、思永为人，在敝所同事中最有公道心，安阳发掘，后来完全靠他，今日写报告亦靠他。忠于其职任，虽在此穷困中，一切先公后私。

总之，二人皆今日难得之贤士，亦皆国际知名之中国学人。今日在此困难中，论其家世，论其个人，政府似皆宜有所体恤也。未知吾兄可否与陈布雷先生一商此事，便中向介公一言，说明梁任公之后嗣，人品学问，皆中国之第一流人物，国际知名，而病困至此，似乎可赠以二三万元（此数虽大，然此等病症，所费当不止此也）。国家虽不能承认梁任公在政治上有何贡献，然其在文化上之贡献有不可没者，而名人之后，如梁氏兄弟者，亦复甚少！二人所作皆发扬中国历史上之文物，亦此时介公所提倡者也。此事弟觉得在体统上不失为正。弟平日向不赞成此等事，今日国家如此，个人如此，为人谋应稍从权。此事看来，弟全是多事，弟于任公，本不佩服，然知其在文运上之贡献有不可没者，今日徘徊思永、思成二人之处境，恐无外边帮助要出事，而此帮助似亦有其理由也。此事请兄谈及时千万勿说明是弟起意为感。如何？乞示及，至荷。专此
敬颂

    道安

                        弟斯年谨上 四月十八日
    弟写此信，未告二梁，彼等不知。
    因兄在病中，此写了同样信给泳霓，泳霓与任公有故也。弟为人谋，故标准看得松。如何？

                                弟年又白

致梁再冰

宝宝：

妈妈不知道要怎样告诉你许多的事，现在我分开来一件一件的讲给你听。

第一，我从六月二十六日离开太原到五台山去，家里给我的信就没有法子接到，所以你同金伯伯、小弟弟所写的信我就全没有看见（那些信一直到我到了家，才由太原转来）。第二，我同爹爹不止接不到信，连报纸在路上也没有法子看见一张，所以日本同中国闹的事情也就一点不知道！

第三，我们路上坐大车同骑骡子，走得顶慢，工作又忙，所以到了七月十二日才走到代县，有报，可以打电报的地方，才算知道一点外面的新闻。那时候，我听说到北平的火车，平汉路同同蒲路已然不通，真不知道多着急！

第四，好在平绥铁路没有断，我同爹就慌慌张张绕到大同由平绥路回北平。现在我画张地图你看看，你就可以明白了。

请看第二版第三版

注意万里长城、太原、五台山、代县、雁门关、大同、张家口等地方，及平汉铁路、正太铁路、平绥铁路。

你就可以明白一切。

第五，（现在你该明白我走的路线了）我要告诉你我在路上就顶记挂你同小弟，可是没法子接信。等到了代县一听见北平方面有一点战事，更急得了不得。好在我们由代县到大同比上太原还近，由大同坐平绥路火车回来也顶方便的（看地图）。可是又有人告诉我们平绥路只通到张家口，这下子可真急死了我们！

第六（原信如此），后来居然回到西直门站（不能进前门车站），我真是欢喜得不得了。清早七点钟就到了家，同家里人同吃早饭，真是再高兴没有了。

第六，现在我要告诉你这一次日本人同我们闹什么。

你知道他们老要我们的"华北"地方，这一次又是为了点小事就大出兵来打我们！现在两边兵都停住，一边在开会商量"和平解决"，以后还打不打谁也不知道呢。

第七，反正你在北戴河同大姑、姐姐哥哥们一起也很安稳的，我也就不叫你回来。我们这里一时也很平定，你也不用记挂。我们希望不打仗事情就可以完；但是如果日本人要来占北平，我们都愿意打仗，那时候你就跟着大姑姑那边，我们就守在北平，等到打胜了仗再说。我觉得现在我们做中国人应该要顶勇敢，什么都不怕，什么都顶有决心才好。

第八，你做一个小孩，现在顶要紧的是身体要好，读书要好，别的不用管。现在既然在海边，就痛痛快快的玩。你知道你妈妈同爹爹都顶平安的在北平，不怕打仗，更不怕日本。过几天如果事情完全平下来，我再来北戴河看你，如果还不平定，只好等着。大哥、三姑过两天就也来北戴河，你们那里一定很热闹。

第九，请大姐多帮你忙学游水。游水如果能学会了，这趟海边的避暑就更有意思了。

第十，要听大姑姑的话。告诉她爹爹妈妈都顶感谢她照应你，把你"长了磅"。你要的衣服同书就寄来。

妈妈

（一九三七年七月中旬）

本信中所提到地图第一版

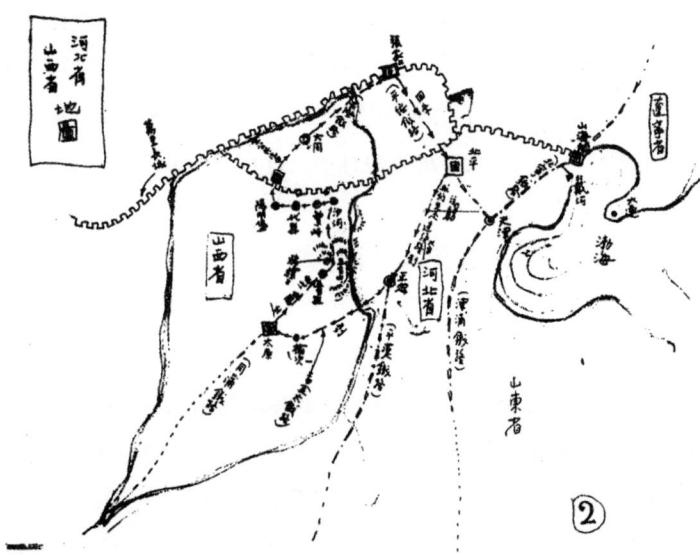

本信中所提到地图第二版

致梁思成

一

思成：

…… ……

我现在正在由以养病为任务的一桩事上考验自己，要求胜利完成这个任务。在胃口方面和睡眠方面都已得到非常好的成绩，胃口可以得到九十分，睡眠八十分，现在最难的是气管，气管影响痰和呼吸，又影响心跳，甚为复杂，气管能进步一切进步最有把握，气管一坏，就全功尽废了。

我的工作现实限制在碑建会设计小组的问题，有时是把几个有限的人力拉在一起组织一下分配一下工作，技术方面讨论如云纹，如碑的顶部；有时是讨论应如何集体向上级反映一些具体意见作一两种重要建议，今天就是刚开了一次会有阮邱莫吴梁连我六人，前天已开过一次拟了一信稿呈郑副主任和薛秘书长的，今天阮将所拟稿带来又修正了一次，今晚抄出大家签名明天可发出（主要要求立即通知施工组停扎钢筋，美工合组事难定了，尚未开始，所以也趁此时再要求增加技术人员加强设计实力，反映我们对去掉大台认为对设计有利，可能将塑型改善，而减掉复杂性质的陈列室和厕所设备等等使碑的思想性明确单纯许多）。再冰、小弟都曾回来，娘也好，一切勿念。信到时可能已过三月廿一日了。

天安门追悼会的情形已见报我不详写了。

昨李宗津由广西回来还不知道你到莫斯科呢。

徽因　三月十二日写完

（一九五三年三月十二日）

二

思成：

今天是十六日，此刻黄昏六时，电灯没有来，房很黑又不能看书做事，勉强写这封信已快看不见了。十二日发一信后仍然忙于碑的事。今天小吴老莫都到城中开会去，我只能等听他们的传达报告了。讨论内容为何，几方面情绪如何，决议了什么具体办法，现在也无法知道。昨天是星期天，老金不到十点钟就来了，刚进门再冰也回来，接着小弟来了，此外无他人，谈得正好，却又从无线电中传到捷克总统逝世消息。这种消息来在那样沉痛的斯大林同志的殡仪之后，令人发愣发呆，不能相信不幸的事可以这样的连着发生。大家心境又黯然了，……

中饭后老金小弟都走了。再冰留到下午六时，她又不在三月结婚了，想改到国庆，理由是于中干说他希望在广州举行。那边他们两人的熟人多，条件好，再冰可以玩一趟。这次他来，时间不够也没有充分心理准备，六月又太热。我是什么都赞成。反正孩子高兴就好。

我的身体方面吃得那么好，睡得也不错，而不见胖，还是爱气促和闹清痰打"呼噜出泡声"，血脉不好好循环冷热不正常等等，所以疗养还要彻底，病状比从前深点，新陈代谢作用太坏，恢复的现象极不显著，也实在慢，今天我本应该打电话问校医室血沉率和痰化验结果的，今晚便可以报告，但因害怕结果不完满因而不爱去问！

学习方面可以报告的除了报上主要政治文章和理论文章外，我连着看了四本书都是小说式传记。都是英雄的真人真事。……

还要和你谈什么呢？又已经到了晚饭时候，该吃饭了，只好停下来。（下午一人甚闷时，关肇业来坐一会儿，很好。太闷着看书觉到晕昏。）（十六日晚写）

十七日续　我最不放心的是你的健康问题，我想你的工作一定很重，你又容易疲倦，一边又吃 Rimifon 不知是否更易累和困，我的心里总惦着，我希望你停 Rimifon 吧，已经满两个半月了。苏联冷，千万注意呼吸器官的病。

昨晚老莫回来报告，大约把大台改低是人人同意，至于具体草图什么时候可以画出并决定，是真真伤脑筋的事，尤其是碑顶仍然意见分歧。

徽因匆匆写完三月十七午

（一九五三年三月十七日）

致金岳霖

老金：

多久多久了，没有用中文写信，有点儿不舒服。

John 到底回美国来了，我们愈觉到寂寞，远，闷，更盼战事早点结束。

一切都好。近来身体也无问题的复原，至少同在昆明时完全一样。本该到重庆去一次，一半可玩，一半可照 X 光线等。可惜天已过冷，船甚不便。

思成赶这一次大稿，弄得苦不可言。可是总算了一桩大事，虽然结果还不甚满意，它已经是我们好几年来想写的一种书的起头。我得到的教训是，我做这种事太不行，以后少做为妙，虽然我很爱做。自己过于不 efficient，还是不能帮思成多少忙！可是我学到许多东西，很有趣的材料，它们本身于我也还是有益。

已经是半夜，明早六时思成行。

我随便写几行，托 John 带来，权当晤面而已

徽寄爱

（一九四三年十一月下旬，于李庄）

论中国建筑之几个特征

中国建筑为东方最显著的独立系统，渊源深远，而演进程序简纯，历代继承，线索不紊，而基本结构上又绝未因受外来影响致激起复杂变化者。不止在东方三大系建筑之中，较其它两系——印度及阿拉伯（回教建筑）——享寿特长，通行地面特广，而艺术又独臻于最高成熟点。即在世界东西各建筑派系中，相较起来，也是个极特殊的直贯系统。大凡一例建筑，经过悠长的历史，多参杂外来影响，而在结构，布置乃至外观上，常发生根本变化，或循地理推广迁移，因致渐改旧制，顿易材料外观，待达到全盛时期，则多已脱离原始胎形，另具格式。独有中国建筑经历极长久之时间，流布甚广大的地面，而在其最盛期中或在其后代繁衍期中，诸重要建筑物，均始终不脱其原始面目，保存其固有主要结构部分，及布置规模，虽则同时在艺术工程方面，又皆无可置议的进化至极高程度。更可异的是：产生这建筑的民族的历史却并不简单，且并不缺乏种种宗教上、思想上、政治组织上的迭出变化；更曾经多次与强盛的外族或在思想上和平的接触（如印度佛教之传入），或在实际利害关系上发生冲突战斗。

这结构简单，布置平整的中国建筑初形，会如此的泰然，享受几千年繁衍的直系子嗣，自成一个最特殊、最体面的建筑大族，实是一桩极值得研究的现象。

虽然，因为后代的中国建筑，即达到结构和艺术上极复杂精美的程度，外表上却仍呈现出一种单纯简朴的气象，一般人常误会中国建筑根本简陋无甚发展，较诸别系建筑低劣幼稚。

这种错误观念最初自然是起于西人对东方文化的粗忽观察，常作浮躁轻率的结论，以致影响到中国人自己对本国艺术发生极过当的怀疑乃至于鄙薄。好在近来欧美迭出深刻的学者对于东方文化慎重研究，细心体会之后，见解已迥异从前，积渐彻底会悟中国美术之地位及其价值。但研究中国艺术尤其是对于建筑，比较是一种新近的趋势。外人论著关于中国建筑的，尚极少好的贡献，许多地方尚待我们建筑家今后急起直追，搜寻材料考据，作有价值的研究探讨，更正外人的许多隔膜和谬解处。

在原则上，一种好建筑必含有以下三要点：实用；坚固；美观。实用者：切合于当时当地人民生活习惯，适合于当地地理环境。坚固者：不违背其主要材料之合理的结构原则，在寻常环境之下，含有相当永久性的。美观者：具有合理的权衡（不是上重下轻巍然欲倾，上大下小势不能支；或孤耸高峙或细长突出等等违背自然律的状态），要呈现稳重，舒适，自然的外表，更要诚实的呈露全部及部分的功用，不事掩饰，不矫揉造作，勉强堆砌。美观，也可以说，即是综合实用，坚稳，两点之自然结果。一，中国建筑，不容疑义的，曾经包含过以上三种要素。所谓曾经者，是因为在实用和坚固方面，因时代之变迁已有疑问。近代中国与欧西文化接触日深，生活习惯已完全与旧时不同，旧有建筑当然有许多跟着不适用了。在坚稳方面，因科学发达结果，关于非永久的木料，已有更满意的代替，对于构造亦有更经济精审的方法。

已往建筑因人类生活状态时刻推移，致实用方面发生问题以后，仍然保留着它的纯粹美术的价值，是个不可否认的事实。和埃及的金字塔，希腊的巴瑟农庙（Parthenon）一样，北京的坛，庙，宫，殿，是会永远继续着享受荣誉的，虽然它们本来实际的功用已经完全失掉。纯粹美术价值，虽然可以脱离实用方面而存在，它却绝对不能脱离坚稳合理的结构原则而独立的。因为美的权衡比例，美观上的多少特征，全是人的理智技巧，在物理的限制之下，合理的解决了结构上所发生的种种问题的自然结果。二，人工制造和天然趋势调和至某程度，便是美术的基本，设施雕饰于必需的结构部分，是锦上添花；勉强结构纯为装饰部分，是画蛇添足，足为美术之玷。

中国建筑的美观方面，现时可以说，已被一般人无条件的承认了。但是这建筑的优点，绝不是在那浅现的色彩和雕饰，或特殊之式样上面，却是深藏在那基本的，产生这美观的结构原则里，及中国人的绝对了解控制雕饰的原理上。我们如果要赞扬我们本国光荣的建筑艺术，则应该就它的结构原则，和基本技艺设施方面稍事探讨；不宜只是一味的，不负责任，用极抽象，或肤浅的诗意美谀，披挂在任何外表形式上，学那英国绅士骆斯肯（Ruskin）对高矗式（Gothic）建筑，起劲的唱些高调。

建筑艺术是个在极酷刻的物理限制之下，老实的创作。人类由使两根直柱架一根横楣，而能稳立在地平上起，至建成重楼层塔一类作品，其间辛苦艰难的展进，一部分是工程科学的进境，一部分是美术思想的活动和增富。这两方面是在建筑进步的一个总题之下，同行并进的。虽然美术思想这边，常常背叛他们的共同目标——创造好建筑——脱逾常轨，尽它弄巧的能事，引诱工程方面牺牲结构上诚实原则，来将就外表取巧的地方。在这种情形之下时，建筑本身常被连累，损伤了真正的价值。在中国各代建筑之中，也有许多这样的证例，所以在中国一系列建筑之中的精品，也是极罕有难得的。

大凡一派美术都分有创造，试验，成熟，抄袭，繁衍，堕落诸期，建筑也是一样。初期作品创造力特强，含有试验性。至试验成功，成绩满意，达尽善尽美程度，则进到完全成熟期。成熟之后，必有相当时期因承相袭，不敢，也不能，逾越已有的则例；这期间常常是发生订定则例章程的时候。再来便是在琐节上增繁加富，以避免单调，冀求变换，这便是美术活动越出目标时。这时期始而繁衍，继则堕落，失掉原始骨干精神，变成无意义的形式。堕落之后，继起的新样便是第二潮流的革命元勋。第二潮流有鉴于已往作品的优劣，再研究探讨第一代的精华所在，便是考据学问之所以产生。

中国建筑的经过，用我们现有的极有限的材料作参考，已经可以略略看出各时期的起落兴衰。我们现在也已走到应作考察研究的时代了。在这有限的各朝代建筑遗物里，很可以观察，探讨其结构和式样的特征，来标证那时代建筑的精神和技艺是兴废还是优劣。但此节非等将中国建筑基本原则分析以后，是不能有所讨论的。

在分析结构之前，先要明了的是主要建筑材料，因为材料要根本影响其结构法的。中国主要建筑材料为木，次加砖石瓦之混用。外表上一座中国式建筑物，可明显的分作三大部：台基部分；柱梁部分；屋顶部分。台基是砖石混用。由柱脚至梁上结构部分，直接承托屋顶者则全是木造。屋顶除少数用茅茨，竹片，泥砖之外自然全是用瓦。而这三部分——台基，柱梁，屋顶——可以说是我们建筑最初胎形的基本要素。

《易经》里"上古穴居而野处，后世圣人易之以宫室，上栋。下宇。以待风雨"。还有《史记》里："尧之有天下也，堂高三尺……"可见这"栋""宇"及"堂"（基）在最古建筑里便占定了它们的部分势力。自然最后经过繁重发达的是"栋"——那木造的全部，所以我们也要特别注意。

这架构制的特征，影响至其外表式样的，有以下最明显的几点：（一）高度无形的受限制，绝不出木材可能的范围。（二）即极庄严的建筑，也是呈现绝对玲珑的外表。结构上既绝不需要坚厚的负重墙，除非故意为表现雄伟的时候，酌量增用外，（如城楼等建筑）任何大建，均不需墙壁堵塞部分。（三）门窗部分可以不受限制，柱与柱之间可以完全安装透光线的细木作——门屏窗牖之类。实际方面，即在玻璃未发明以前，室内已有极充分光线。北方因气候关系，墙多于窗，南方则反是，可伸缩自如。

这不过是这结构的基本方面，自然的特征。还有许多完全是经过特别的美术活动，而成功的超等特色，使中国建筑占极高的美术位置的，而同时也是中国建筑之精神所在。这些特色最主要的便是屋顶、台基、斗栱、色彩和均称的平面布置。

屋顶本是建筑上最实际必需的部分，中国则自古，不殚烦难的，使之尽善尽美。使切合于实际需求之外，又特具一种美术风格。屋顶最初即不止为屋之顶，因雨水和日光的切要实题，早就扩张出檐的部分。使檐突出并非难事，但是檐深则低，低则阻碍光线，且雨水顺势急流，檐下溅水问题因之发生。为解决这个问题，我们发明飞檐，用双层瓦椽，使檐沿稍翻上去，微成曲线。又因美观关系，使屋角之檐加甚其仰翻曲度。这种前边成曲线，四角翘起的"飞檐"，在结构上有极自然又合理的布置，几乎可以说它便是结构法所促成的。

如何是结构法所促成的呢？简单说：例如"庑殿"式的屋瓦，共有四坡五脊。正脊寻常称房脊，它的骨架是脊桁。那四根斜脊，称"垂脊"，它们的骨架是从脊桁斜角，下伸至檐桁上的部分，称由戗及角梁。桁上所钉并排的椽子虽像全是平行的，但因偏左右的几根又要同这"角梁平行"，所以椽的部位，乃由真平行而渐斜，像裙裾的开展。

角梁是方的，椽为圆径（有双层时上层便是方的，角梁双层时则仍全是方的）。角梁的木材大小几乎倍于椽子，到椽与角梁并排时，两个的高下不同，以致不能在它们上面铺钉平板，故此必需将椽依次的抬高，令其上皮同角梁上皮平。在抬高的几根椽子底下填补一片三角形的木板称"枕头木"。

这个曲线在结构上几乎不可信的简单，和自然，而同时在美观方面不知增加多少神韵。飞檐的美，绝用不着考据家来指点的。不过注意那过当和极端的倾向常将本来自然合理的结构变成取巧与复杂。这过当的倾向，外表上自然也呈出脆弱，虚张的弱点，不为审美者所取，但一般人常以为愈巧愈繁必是愈美，无形中多鼓励这种倾向。南方手艺灵活的地方，过甚的飞檐便是这种证例。外观上虽是浪漫的姿态，容易引诱赞美，但到底不及北方的庄重恰当，合于审美的最真纯条件。

屋顶曲线不止限于挑檐，即瓦坡的全部也不是一片直坡倾斜下来。屋顶坡的斜度是越往上越增加。

这斜度之由来是依着梁架叠层的加高，这制度称做"举架法"。这举架的原则极其明显，举架的定例也极其简单只是叠次将梁架上瓜柱增高，尤其是要脊瓜柱特别高。

使檐沿作仰翻曲度的方法，再增加第二层檐椽。这层椽甚短只驮在头檐椽上面，再出挑一节。这样则檐的出挑虽加远，而不低下阻蔽光线。

总的说起来，历来被视为极特异神秘之屋顶曲线，并没有什么超出结构原则，和不自然造作之处，同时在美观实用方面均是非常的成功。这屋顶坡的全部曲线，上部巍然高举，檐部如翼轻展，使本来极无趣，极笨拙的屋顶部，一跃而成为整个建筑的美丽冠冕。

在《周礼》里发现有"上欲尊而宇欲卑；上尊而宇卑，则吐水疾而霤远"之句。这句可谓明晰的写出实际方面之功效。

既讲到屋顶，我们当然还是注意到屋瓦上的种种装饰物。上面已说过，雕饰必是设施于结构部分才有价值，那么我们屋瓦上的脊瓦吻兽又是如何？

脊瓦可以说是两坡相联处的脊缝上一种镶边的办法，当然也有过当复杂的，但是诚实的来装饰一个结构部分，而不肯勉强的来掩饰一个结构枢纽或关节，是中国建筑最长之处。

瓦上的脊吻和走兽，无疑的，本来也是结构上的部分。现时的龙头形"正吻"古称"鸱尾",最初必是总管"扶脊木"和脊桁等部分的一块木质关键。这木质关键突出脊上,略作鸟形,后来略加点缀竟然刻成鸱鸟之尾,也是很自然的变化。其所以为鸱尾者还带有一点象征意义,因有传说鸱鸟能吐水,拿它放在瓦脊上可制火灾。

走兽最初必为一种大木钉,通过垂脊之瓦,至"由戗"及"角梁"上,以防止斜脊上面瓦片的溜下,唐时已变成两座"宝珠"在今之"戗兽"及"仙人"地位上。后代鸱尾变成"龙吻",宝珠变成"戗兽"及"仙人",尚加增"戗兽""仙人"之间一列"走兽",也不过是雕饰上变化而已。

并且垂脊上戗兽较大,结束"由戗"一段,底下一列走兽装饰在角梁上面,显露基本结构上的节段,亦甚自然合理。

南方屋瓦上多加增极复杂的花样,完全脱离结构上任务纯粹的显示技巧,甚属无聊,不足称扬。

外国人因为中国人屋顶之特殊形式,迥异于欧西各派,早多注意及之。论说纷纷,妙想天开。有说中国屋顶乃根据游牧时代帐幕者,有说象形蔽天之松枝者,有目中国飞檐为怪诞者,有谓中国建筑类儿戏者,有的全由走兽龙头方面,无谓的探讨意义,几乎不值得在此费时反证。总之这种曲线屋顶已经从结构上分析了,又从雕饰设施原则上审察了,而其美观实用方面又显著明晰,不容否认。我们的结论实可以简单的承认它艺术上的大成功。

中国建筑的第二个显著特征,并且与屋顶有密切关系的,便是"斗栱"部分。最初檐承于椽,椽承于檐桁,桁则架于梁墙。此梁端即是由梁架延长,伸出柱的外边。但高大的建筑物出檐既深,单指梁端支持,势必不胜,结果必产生重叠木"翘"支于梁端之下。但单籍木翘不够担全檐沿的重量,尤其是建筑物愈大,两柱间之距离也愈远,所以又生左右岔出的横"栱"来接受"檐桁"。这前后的木翘，左右的横栱，结合而成的"斗栱"全部（在栱或翘昂的两端和相交处，介于上下两层栱或翘之间的斗形木块称"枓"）。"昂"最初为又一种之翘，后部斜伸出斗栱后用以支"金桁"。

斗栱是柱与屋顶的过渡部分。使支出的房檐的重量渐次集中下来直到柱的上面。斗栱的演化，每是技巧上的进步，但是后代斗栱，约略从宋元以后，便变化到非常复杂，在结构上已有过当的部分，部位上也有改变。本来斗栱只限于柱的上面（今称柱头斗），后来为外观关系，又增加一攒所谓"平身科"者，在柱与柱之间。明清建筑上平身科加增到六七攒，排成一列，完全成为装饰品，失去本来功用。"昂"之后部功用变废除，只馀前部形式而已。

不过当复杂的斗栱，的确是柱与檐之间最恰当的关节，集中横展的屋檐重量，到垂直的立柱上面，同时变成檐下的一种点缀，可作结构本身变成装饰部分的最好条例。可惜后代的建筑多减轻斗栱的结构上重要，使之几乎纯为奢侈的装饰品，令中国建筑失却一个优越的中坚要素。

斗栱的演进式样和结构限于篇幅不能再仔细述说，只能就它的极基本原则上在此指出它的重要及优点。

斗栱以下的最重要部分，自然是柱，及柱与柱之间的细巧的木作。魁伟的圆柱和细致的木刻门窗对照，又是一种艺术上的得意之点。不止如此，因为木料不能经久的原始缘故，中国建筑又发生了色彩的特征。涂漆在木料的结构上为的是：（一）保存木质抵制风日雨水，（二）可牢结各处接合关节，（三）加增色彩的特征。这又是兼收美观实际上的好处，不能单以色彩作奇特繁华之表现。彩绘的设施在中国建筑上，非常之慎重，部位多限于檐下结构部分，在阴影掩映之中。主要彩色亦为"冷色"如青蓝碧绿，有时略加金点。其它檐以下的大部分颜色则纯为赤红，与檐下彩绘正成反照。中国人的操纵色彩可谓轻重得当。设使滥用彩色于建筑全部，使上下耀目辉煌，必成野蛮现象，失掉所有庄严和调谐，别系建筑颇有犯此忌者，更可见中国人有超等美术见解。

至彩色琉璃瓦产生之后，连黯淡无光的青瓦，都成为片片堂皇的黄金碧玉，这又是中国建筑的大光荣，不过滥用杂色瓦，也是一种危险，幸免这种引诱，也是我们可骄傲之处。

还有一个最基本结构部分——台基——虽然没有特别可议论称扬之处，不过在全个建筑上看来，有如许壮伟巍峨的屋顶如果没有特别舒展或多层的基座托衬，必显出上重下轻之势，所以既有那特种的屋顶，则必需有这相当的基座。架构建筑本身轻于垒砌建筑，中国又少有多层楼阁，基础结构颇为简陋。大建筑的基座加有相当的石刻花纹，这种花纹的分配似乎是根据原始木质台基而成，积渐施之于石。与台基连带的有石栏，石阶，辇道的附属部分，都是各有各的功用而同时又都是极美的点缀品。

最后的一点关于中国建筑特征的，自然是它的特种的平面布置。平面布置上最特殊处是绝对本着均衡相称的原则，左右均分的对峙。这种分配倒并不是由于结构，主要原因是起于原始的宗教思想和形式，社会组织制度，人民俗习，后来又因喜欢守旧仿古，多承袭传统的惯例。结果均衡相称的原则变成中国特有的一个固执嗜好。

例外于均衡布置建筑，也有许多。因庄严沉闷的布置，致激起故意浪漫的变化；此类若园庭，别墅，宫苑楼阁者是平面上极其曲折变幻，与对称的布置正相反其性质。中国建筑有此两种极端相反布置，这两种庄严和浪漫平面之间，也颇有混合变化的实例，供给许多有趣的研究，可以打消西人浮躁的结论，谓中国建筑布置上是完全的单调而且缺乏趣味。但是画廊亭阁的曲折纤巧，也得有相当的限制。过于勉强取巧的人工虽可令寻常人惊叹观止，却是审美者所最鄙薄的。

在这里我们要提出中国建筑上的几个弱点。

（一）中国的匠师对木料，尤其是梁，往往用得太费。他们显然不明了横梁载重的力量只与梁高成正比例，而与梁宽的关系较小。所以梁的宽度，由近代的工程眼光看来，往往嫌其太过。同时匠师对于梁的尺寸，因没有计算木力的方法，不得不尽量的放大，用极大的 factor of safety，以保安全。结果是材料的大糜费。

（二）他们虽知道三角形是惟一不变动的几何形，但对于这原则极少应用。所以中国的屋架，经过不十分长久的岁月，便有倾斜的危险。我们在北平街上，到处可以看见这种倾斜而用砖墙或木桩支撑的房子。不惟如此，这三角形原则之不应用，也是屋梁费料的一个大原因，因为若能应用此原则，梁就可用较小的木料。

（三）地基太浅是中国建筑的大病。普通则例规定是台明高之一半，下面再垫上几点灰土。这种做法很不彻底，尤其是在北方，地基若不刨到结冰线（Frost Line）以下，建筑物的坚实方面，因地的冻冰，一定要发生问题。好在这几个缺点，在新建筑师的手里，并不成难题。我们只怕不了解，了解之后，要去避免或纠正是很容易的。

结构上细部枢纽，在西洋诸系中，时常成为被憎恶部分。建筑家不惜费尽心思来掩蔽它们。大者如屋顶用女儿墙来遮掩，如梁架内部结构，全部藏入顶篷之内；小者如钉，如合叶，莫不全是要掩藏的细部。独有中国建筑敢袒露所有结构部分，毫无畏缩遮掩的习惯，大者如梁，如椽，如梁头，如屋脊；小者如钉，如合叶，如箍头，莫不全数呈露外部，或略加雕饰，或布置成纹，使转成一种点缀。几乎全部结构各成美术上的贡献。这个特征在历史上，除西方高矗式（Gothic）建筑外，惟有中国建筑有此优点。

现在我们方在起始研究，将来若能将中国建筑的源流变化悉数考察无遗，那时优劣诸点，极明了的陈列出来，当更可以慎重讨论，作将来中国建筑趋途的指导。省得一般建筑家，不是完全遗弃这已往的制度，则是追随西人之后，盲目抄袭中国宫殿，作无意义的尝试。

关于中国建筑之将来，更有特别可注意的一点：我们架构制的原则适巧和现代"洋灰铁筋架"或"钢架"建筑同一道理，以立柱横梁牵制成架为基本。现代欧洲建筑为现代生活所驱，已断然取革命态度，尽量利用近代科学材料，另具方法形式，而迎合近代生活之需求。若工厂，学校，医院，及其它公共建筑等为需要日光便利，已不能仿取古典派之全砌制，致多墙壁而少窗牖。中国架构制既与现代方法恰巧同一原则，将来只需变更建筑材料，主要结构部分则均可不有过激变动，而同时因材料之可能，更作新的发展，必有极满意的新建筑产生。

（原载于《中国营造学社汇刊》第三卷第一期，一九三二年三月）

《清式营造则例》第一章绪论

一

中国建筑为东方独立系统，数千年来，继承演变，流布极广大的区域。虽然在思想及生活上，中国曾多次受外来异族的影响，发生多少变异，而中国建筑直至成熟繁衍的后代，竟仍然保存着它固有的结构方法及布置规模，始终没有失掉它原始面目，形成一个极特殊，极长寿，极体面的建筑系统。故这系统建筑的特征，足以加以注意的，显然不单是其特殊的形式，而是产生这特殊形式的基本结构方法，和这结构法在这数千年中单纯顺序的演进。

所谓原始面目，即是我国所有建筑，由民舍以至宫殿，均由若干单个独立的建筑物集合而成；而这单个建筑物，由最古代简陋的胎形，到最近代穷奢极巧的殿宇，均始终保留着三个基本要素：台基部分，柱梁或木造部分，及屋顶部分。在外形上，三者之中，最庄严美丽，迥然殊异于他系建筑，为中国建筑博得最大荣誉的，自是屋顶部分。但在技艺上，经过最艰巨的努力，最繁复的演变，登峰造极，在科学美学两层条件下最成功的，却是支承那屋顶的柱梁部分，也就是那全部木造的骨架。这全部木造的结构法，也便是研究中国建筑的关键所在。

中国木造结构方法，最主要的就在构架之应用。北方有句通行的谚语，"墙倒房不塌"，正是这结构原则的一种表征。其用法则在构屋程序中，先用木材构成架子作为骨干，然后加上墙壁，如皮肉之附在骨上，负重部分全赖木架，毫不借重墙壁（所有门窗装修部分绝不受限制，可尽量充满木架下空隙,墙壁部分则可无限制的减少);这种结构法与欧洲古典派建筑的结构法,在演变的程序上,互异其倾向。中国木构正统一贯享了三千多年的寿命,仍还健在。希腊古代木构建筑则在纪元前十几世纪,已被石取代,由构架变成垒石,支重部分完全倚赖"荷重墙"(墙既荷重,墙上开辟门窗处,因能减损荷重力量,遂受极大限制;门窗与墙在同建筑中乃成冲突原素)。在欧洲各派建筑中,除去最现代始盛行的钢架法,及铁筋水泥构架法外,唯有哥特式建筑,曾经用过构架原理;但哥特式仍是垒石发券(arch)作为构架,规模与单纯木架甚是不同。哥特式中又有所谓"半木构法"(half-timber)则与中国构架极相类似。唯因有垒石制影响之同时存在,此种半木构法之应用,始终未能如中国构架之彻底纯净。

屋顶的特殊轮廓为中国建筑外形上显著的特征,屋檐支出的深远则又为其特点之一。为求这檐部的支出,用多层曲木承托,便在中国构架中发生了一个重要的斗栱部分;这斗栱本身的进展,且代表了中国各时代建筑演变的大部分历程。斗栱不惟是中国建筑独有的一个部分,而且在后来还成为中国建筑独有的一种制度。就我们所知,至迟自宋始,斗栱就有了一定的大小权衡;以斗栱之一部为全部建筑物权衡的基本单位,如宋式之"材""栔"与清式之"斗口"。这制度与欧洲文艺复兴以后以希腊罗马旧物作则所制定的法式,以柱径之倍数或分数定建筑物各部一定的权衡极相类似。所以这用斗栱的构架,实是中国建筑真髓所在。

斗栱后来虽然变成构架中极复杂之一部,原始却甚简单,它的历史竟可以说与华夏文化同长。秦汉以前,在实物上,我们现在还没有发现有把握的材料,供我们研究,但在文献里,关于描写构架及斗栱的词句,则多不胜载,如臧文仲之"山节藻梲",鲁灵光殿"层栌礧佹以岌峨,曲枅要绍而环句……"等。但单靠文人的辞句,没有实物的印证,由现代研究工作的眼光看去极感到不完满。没有实物我们是永没有法子真正认识，或证实，如"山节""层栌""曲枅"这些部分之为何物，但猜疑它们为木构上斗栱部分，则大概不会太谬误的。现在我们只能希望在最近的将来考古家实地挖掘工作里能有所发现，可以帮助我们更确实的了解。

实物真正之有"建筑的"价值者，现在只能上达东汉。墓壁的浮雕画像中往往有建筑的图形；山东，四川，河南多处的墓阙，虽非真正的宫室，但是用石料摹仿木造的实物（早代木造建筑，因限于木料之不永久性，不能完整的存在到今日，所以供给我们研究的古代实物，多半是用石料明显的摹仿木造建筑物。且此例不单限于中国古代建筑）。在这两种不同的石刻之中，构架上许多重要的基本部分，如柱，梁，额，屋顶，瓦饰等等，多已表现；斗栱更是显著，与两千年后的，在制度，权衡，大小上，虽有不同，但其基本的观念和形体，却是始终一贯的。

在云冈，龙门，天龙山诸石窟，我们得见六朝遗物。其中天龙山石窟，尤为完善，石窟口凿成整个门廊，柱，额，斗栱，椽檐，瓦，样样齐全。这是当时木造建筑忠实的石型，由此我们可以看到当时斗栱之形制，和结构雄大，简单疏朗的特征。

唐代给后人留下的实物最多是砖塔，垒砖之上又雕刻成木造部分，如柱，如阑额，斗栱。唐时木构建筑完整存在到今日，虽属可能，但在国内至今尚未发现过一个，所以我们常依赖唐人画壁里所描画的伽蓝，殿宇，来作各种参考。由西安大雁塔门楣上石刻——一幅惊人的清晰写真的描画——研究斗栱，知已较六朝更进一步。在柱头的斗栱上有两层向外伸出的翘，翘头上已有横栱厢栱。敦煌石窟中唐五代的画壁，用鲜明准确的色与线，表现出当时殿宇楼阁，凡是在建筑的外表上所看得见的结构，都极忠实的表现出来。斗栱虽是难于描画的部分，但在画里却清晰，可以看到规模。当时建筑的成熟实已可观。

全个木造实物，国内虽尚未得见唐以前物，但在日本则有多处，尚巍然存在。其中著名的，如奈良法隆寺之金堂，五重塔，和中门，乃飞鸟时代物，适当隋代，而其建造者乃由高丽东渡的匠师。奈良唐招提寺的金堂及讲堂乃唐僧鉴真法师所立，建于天平时代，适为唐肃宗至德二年。这些都是隋唐时代中国建筑在远处得流传者，为现时研究中国建筑演变的极重要材料；尤其是唐招提寺的金堂，斗栱的结构与大雁塔石刻画中的斗栱结构，几完全符合——一方面证明大雁塔刻画之可靠，一方面又可以由这实物一探当时斗栱结构之内部。

宋辽遗物甚多，即限于已经专家认识，摄影，或测绘过的各处来说，最古的已有距唐末仅数十年时的遗物。近来发现又重新刊行问世的李明仲《营造法式》一书，将北宋晚年"宫式"建筑，详细的用图样说明，乃是罕中又罕的术书。于是宋代建筑蜕变的程序，步步分明。使我们对这上承汉唐，下启明清的关键，已有十分满意的把握。

元明术书虽然没有存在的，但遗物可征者，现在还有很多，不难加以相当整理。清代于雍正十二年钦定公布《工程做法则例》，凡在北平的一切公私建筑，在京师以外许多的"敕建"建筑，都崇奉则例，不敢稍异。现在北平的故宫及无数庙宇，可供清代营造制度及方法之研究。优劣姑不论，其为我国几千年建筑的嫡嗣，则绝无可疑。不研究中国建筑则已，如果认真研究，则非对清代则例相当熟识不可。在年代上既不太远，术书遗物又最完全，先着手研究清代，是势所必然。有一近代建筑知识作根底，研究古代建筑时，在比较上便不至茫然无所依傍，所以研究清式则例，也是研究中国建筑史者所必须经过的第一步。

二

以现代眼光，重新注意到中国建筑的一般人，虽然尊崇中国建筑特殊外形的美丽，却常忽视其结构上之价值。这忽视的原因，常常由于笼统的对中国建筑存一种不满的成见。这不满的成见中最重要的成分，是觉到中国木造建筑之不能永久。其所以不能永久的主因，究为材料本身或是其构造法的简陋，却未尝深加探讨。中国建筑在平面上是离散的，若干座独立的建筑物，分配在院宇各方，所以虽然最主要雄伟的宫殿，若是以一座单独的结构，与欧洲任何全座负盛名的石造建筑物比较起来，显然小而简单，似有逊色。这个无形中也影响到近人对本国建筑的怀疑或蔑视。

中国建筑既然有上述两特征；以木材作为主要结构材料，在平面上是离散的独立的单座建筑物，严格的，我们便不应以单座建筑作为单位，与欧美全座石造繁重的建筑物作任何比较。但是若以今日西洋建筑学和美学的眼光来观察中国建筑本身之所以如是，和其结构历来所本的原则，及其所取的途径，则这统系建筑的内容，的确是最经得起严酷的分析而无所惭愧的。

我们知道一座完善的建筑，必须具有三个要素：适用，坚固，美观。但是这三个条件都不是有绝对的标准的。因为任何建筑皆不能脱离产生它的时代和环境来讲的；其实建筑本身常常是时代环境的写照。建筑里一定不可避免的，会反映着各时代的智识，技能，思想，制度，习惯，和各地方的地理气候。所以所谓适用者，只是适合于当时当地人民生活习惯气候环境而讲。所谓坚固，更不能脱离材料本质而论；建筑艺术是产生在极酷刻的物理限制之下，天然材料种类很多，不一定都凑巧的被人采用，被选择采用的材料，更不一定就是最坚固，最容易驾驭的。既被选用的材料，人们又常常习惯的继续将就它，到极长久的时间，虽然在另一方面，或者又引用其它材料，方法，在可能范围内来补救前者的不足。所以建筑艺术的进展，大部也就是人们选择，驾驭，征服天然材料的试验经过。所谓建筑的坚固，只是不违背其所用材料之合理的结构原则，运用通常智识技巧，使其在普通环境之下——兵火例外——能有相当永久的寿命的。例如石料本身比木料坚固，然在中国用木的方法竟达极高度的圆满，而用石的方法甚不妥当，且建筑上各种问题常不能独用石料解决，即有用石料处亦常发生弊病，反比木质的部分容易损毁。

至于论建筑上的美，浅而易见的，当然是其轮廓，色彩，材质等，但美的大部分精神所在，却蕴于其权衡中；长与短之比，平面上各大小部分之分配，立体上各体积各部分之轻重均等，所谓增一分则太长，减一分则太短的玄妙。但建筑既是主要解决生活上的各种实际问题，而用材料所结构出来的物体，所以无论美的精神多缥缈难以捉摸，建筑上的美，是不能脱离合理的，有机能的，有作用的结构而独立。能呈现平稳，舒适，自然的外象；能诚实的祖露内部有机的结构，各部的功用，及全部的组织；不事掩饰；不矫揉造作；能自然的发挥其所用材料的本质的特性；只设施雕饰于必需的结构部分，以求更和悦的轮廓，更谐调的色彩；不勉强结构出多余的装饰物来增加华丽；不滥用曲线或色彩来求媚于庸俗；这些便是"建筑美"所包含的各条件。

中国建筑，不容疑义的，曾经具备过以上所说的三个要素：适用，坚固，美观。在木料限制下经营结构"权衡俊美的"，"坚固"的各种建筑物，来适应当时当地的种种生活习惯的需求。我们只说其"曾经"具备过这三要素；因为中国现代生活种种与旧日积渐不同。所以旧制建筑的各种分配，随着便渐不适用。尤其是因政治制度，和社会组织忽然改革，迥然与先前不同；一方面许多建筑物完全失掉原来功用——如宫殿，庙宇，官衙，城楼等等——一方面又需要因新组织而产生的许多公共建筑——如学校，医院，工厂，驿站，图书馆，体育馆，博物馆，商场等等——在适用一条下，现在既完全的换了新问题，旧的答案之不能适应，自是理之当然。

中国建筑坚固问题，在木料本质的限制之下，实是成功的。下文分析里，更可证明其在技艺上，有过极艰巨的努力，而得到许多圆满，且可骄傲的成绩。如"梁架",如"斗栱",如"翼角翘起"种种结构做法及用材。直至最近代科学猛进,坚固标准骤然提高之后,木造建筑之不永久性,才令人感到不满意。但是近代新发明的科学材料,如钢架及钢骨水泥,作木石的更经济更永久的替代,其所应用的结构原则,却正与我们历来木造结构所本的原则符合。所以即使木料本身有遗憾,因木料所产生的中国结构制度的价值则仍然存在,且这制度的设施,将继续的应用在新材料上,效劳于我国将来的新建筑。这一点实在是值得注意的。

已往建筑即使因人类生活状态之更换,至失去原来功用,其历史价值不论,其权衡俊秀或魁伟,结构灵活或诚朴,其纯美术的价值仍显然绝不能讳认的。古埃及的陵殿,希腊的神庙,中世纪的堡垒,文艺复兴中的宫苑,皆是建筑中的至宝,虽然其原始作用已全失去。虽然建筑的美术价值不会因原始作用失去而低减,但是这建筑的"美"却不能脱离适当的,有机的,有作用的结构,而独立的。

中国建筑的美就是合于这原则;其轮廓的和谐,权衡的俊秀伟丽,大部分是有机,有用的,结构所直接产生的结果。并非因其有色彩,或因其形式特殊,我们推崇中国建筑;而是因产生这特殊式样的内部是智慧的组织,诚实的努力。中国木造构架中凡是梁,栋,檩,椽,及其承托,关联的结构部分,全都袒露无遗;或稍经修饰,或略加点缀,大小错杂,功用昭然。

三

虽然中国建筑有如上述的好处,但在这三千年中,各时期差别很大,我们不能笼统的一律看待。大凡一种艺术的始期,都是简单的创造,直率的尝试;规模粗具之后,才节节进步使达完善,那时期的演变常是生气勃勃的。成熟期既达,必有相当时期因承相袭,规定则例,即使对前制有所更改，亦仅限于琐节。单在琐节上用心，"过犹不及"的增繁弄巧，久而久之，原始骨干精神必至全然失掉，变成无意义的形式。中国建筑艺术在这一点上也不是例外，其演进和退化的现象极明显的，在各朝代的结构中，可以看得出来。唐以前的，我们没有实物作根据，但以我们所知道的早唐和宋初实物比较，其间显明的进步，使我们相信这时期必仍是生气勃勃，一日千里的时期。结构中含蕴早期的直率及魄力，而在技艺方面又渐精审成熟。以宋代头一百年实物和北宋末年所规定的则例（宋李明仲《营造法式》）比看，它们相差之处，恰恰又证实成熟期到达后，艺术的运命又难免趋向退化。但建筑物的建造不易，且需时日，它的寿命最短亦以数十年，半世纪计算。所以演进退化，也都比较和缓转折。所以由南宋而元而明而清八百余年间，结构上的变化，虽无疑的均趋向退步，但中间尚有起落的波澜，结构上各细部虽多已变成非结构的形式，用材方面虽已渐渐过当的不经济，大部分骨干却仍保留着原始结构的功用，构架的精神尚挺秀健在。

现在且将中国构架中大小结构各部作个简单的分析，再将几个部分的演变略为申述，俾研究清式则例的读者，稍识那些严格规定的大小部分的前身，且知分别何者为功用的，魁伟诚实的骨干，何者为功用部分之堕落，成为纤巧非结构的装饰物。即引用清式则例之时，若需酌量增减变换，亦可因稍知其本来功用而有所凭藉，或恢复其结构功用的重要，或矫正其纤细取巧之不适当者，或裁削其不智慧的奢侈的用材。在清制权衡上既知其然，亦可稍知其所以然。

构架 木造构架所用的方法，是在四根立柱的上端，用两横梁两横枋周围牵制成一间。再在两梁之上架起层叠的梁架，以支桁；桁通一间之左右两端，从梁架顶上脊瓜柱上，逐级降落，至前后枋上为止。瓦坡曲线即由此而定。桁上钉椽，排比并列，以承望板；望板以上始铺瓦作，这是构架制骨干最简单的说法。这"间"所以是中国建筑的一个单位；

每座建筑物都是由一间或多间合成的。

这构架方法之影响至其外表式样的，有以下最明显的几点：（一）高度受木材长短之限制，绝不出木材可能的范围。假使有高至二层以上的建筑，则每层自成一构架，相叠构成，如希腊，罗马之叠柱式。（二）即极庄严的建筑，也呈现绝对玲珑的外表。结构上无论建筑之大小，绝不需要坚厚的负重墙，除非故意为表现伟雄时，如城楼等建筑，酌量的增厚。（三）门窗大小可以不受限制；柱与柱之间可以全部安装透光线的小木作——门屏窗扇之类，使室内有充分的光线。不似垒石建筑门窗之为负重墙上的洞，门窗之大小与墙之坚弱是成反比例的。（四）层叠的梁架逐层增高，成"举架法"，使屋顶瓦坡，自然的，结构的获得一种特别的斜曲线。

斗栱　中国构架中最显著且独有的特征便是屋顶与立柱间过渡的斗栱。椽出为檐，檐承于檐桁上，为求檐伸出深远，故用重叠的曲木——翘——向外支出，以承挑檐桁。为求减少桁与翘相交处的剪力，故在翘头加横的曲木——栱。在栱之两端或栱与翘相交处，用斗形木块——斗——垫托于上下两层栱或翘之间。这多数曲木与斗形木块结合在一起，用以支撑伸出的檐者，谓之斗栱。

这檐下斗栱的职能，是使房檐的重量渐次集中下来直到柱的上面。但斗栱亦不限于檐下，建筑物内部柱头上亦多用之，所以斗栱不分内外，实是横展结构与立柱间最重要的关节。

在中国建筑演变中，斗栱的变化极为显著，竟能大部分的代表各时期建筑技艺的程度及趋向。最早的斗栱实物我们没有木造的，但由仿木造的汉石阙上看，这种斗栱，明显的较后代简单得多；由斗上伸出横栱，栱之两端承檐桁。不止我们不见向外支出的翘，即和清式最简单的"一斗三升"比较，中间的一升亦未形成（虽有，亦仅为一小斗介于栱之两端）。直至北魏北齐如云冈天龙山石窟前门，始有斗栱像今日的一斗三升之制。唐大雁塔石刻门楣上所画斗栱,给与我们证据,唐时已有前面向外支出的翘(宋称华栱),且是双层,上层托着横栱,然后承桁。关于唐代斗栱形状,我们所知道的,不只限于大雁塔石刻,鉴真所建奈良唐招提寺金堂,其斗栱结构与大雁塔石刻极相似,由此我们也稍知此种斗栱后尾的结束。进化的斗栱中最有机的部分,"昂",亦由这里初次得见。昂的功用详下文。

国内我们所知道最古的斗栱结构,则是思成前年在沛北蓟县所发现的独乐寺的观音阁,阁为北宋初年(公元九八四年)物,其斗栱结构的雄伟,诚实,一望而知其为有功用有机能的组织。这个斗栱中两昂斜起,向外伸出特长,以支深远的出檐,后尾斜削挑承梁底,如是故这斗栱上有一种应力;以昂为横杆,以大斗为支点,前檐为荷载,而使昂后尾下金桁上的重量下压维持其均衡。斗栱成为一种有机的结构,可以负担屋顶的荷载。

由建筑物外表之全部看来,独乐寺观音阁与敦煌的五代壁画极相似,连斗栱的构造及分布亦极相同。以此作最古斗栱之实例,向下跟着时代看斗栱演变的步骤,以至清代,我们可以看出一个一定的倾向,因而可以定清式斗栱在结构和美术上的地位。

辽宋元明清斗栱比较,即可见其(一)由大而小;(二)由简而繁;(三)由雄壮而纤巧;(四)由结构的而装饰的;(五)由真结构的而成假刻的部分如昂部;(六)分布由疏朗而繁密。

辽圣宗朝物,可以说是北宋初年的作品。其高度约占柱高之半至五分之二。斗栱出踩较多一踩,按《工程做法则例》的尺寸,则斗栱高只及柱高之四分之一。而辽清间的其他斗栱,年代逾后,则斗栱与柱高之比逾小。在比例上如此,实际尺寸亦如此。于是后代的斗栱,日趋繁杂纤巧,斗栱的功用,日渐消失;如斗栱原为支檐之用,至清代则将挑檐桁放在梁头上,其支出远度无所赖于层层支出的曲木(翘或昂)。而辽宋斗栱，均为一种有机的结构，负责的承受檐及屋顶的荷载。明清以后的斗栱，除在柱头上者尚有相当结构机能外，其平身科已成为半装饰品了。至于斗栱之分布，在唐画中及独乐寺所见，柱头与柱头之间，率只用补间斗栱（清称平身科）一朵（攒）;《营造法式》规定当心间用两朵，次梢间用一朵。至明清以斗口十一分定攒档，两柱之间，可以用到八攒平身科，密密的排列，不止全没有结构价值，本身反成为额枋上重累，比起宋建，雄壮豪劲相差太多了。

梁架用材的力学问题，清式较古式及现代通用的结构法，都有个显著的大缺点。现代用木梁，多使梁高与宽作二与一或三与二之比，以求其最经济最得力的权衡。宋《营造法式》也规定为三与二之比。《工程做法则例》则定为十与八或十二与十之比，其断面近乎正方形，又是个不科学不经济的用材法。

屋顶　历来被视为极特异极神秘之中国屋顶曲线，其实只是结构上直率自然的结果，并没有什么超出力学原则以外和矫揉造作之处，同时在实用及美观上皆异常的成功。这种屋顶全部的曲线及轮廓，上部巍然高耸，檐部如翼轻展，使本来极无趣，极笨拙的实际部分，成为整个建筑物美丽的冠冕，是别系建筑所没有的特征。

因雨水和光线的切要实题，屋顶早就扩张出檐的部分。出檐远，檐沿则亦低压，阻碍光线，且雨水顺势急流，檐下亦发生溅水问题。为解决这两个问题，于是有飞檐的发明：用双层椽子，上层椽子微曲，使檐沿向上稍翻成曲线。到屋角时，更同时向左右抬高，使屋角之檐加甚其仰翻曲度。这"翼角翘起"，在结构上是极合理，极自然的布置，我们竟可以说：屋角的翘起是结构法所促成的。因为在屋角两檐相交处的那根主要构材——"角梁"及上段"由戗"——是较椽子大得很多的木材，其方向是与建筑物正面成四十五度的，所以那并排一列椽子，与建筑物正面成直角的，到了靠屋角处必须积渐开斜，使渐平行于角梁，并使最后一根直到紧贴在角梁旁边。但又因椽子同这角梁的大小悬殊，要使椽子上皮与角梁上皮平，以铺望板，则必将这开舒的几根椽子依次抬高，在底下垫"枕头木"。凡此种种皆是结构上的问题适当的，被技巧解决了的。

这道曲线在结构上几乎是不可信的简单和自然；而同时在美观上不知增加多少神韵。不过我们须注意过当或极端的倾向，常将本来自然合理的结构变成取巧和复杂。这过当的倾向，表面上且呈出脆弱虚矫的弱点，为审美者所不取。但一般人常以愈巧愈繁必是愈美，无形中多鼓励这种倾向。南方手艺灵活的地方，飞檐及翘角均特别过当，外观上虽有浪漫的姿态，容易引人赞美，但到底不及北方现代所常见的庄重恰当，合于审美的真纯条件。

屋顶的曲线不只限于"翼角翘起"与"飞檐"，即瓦坡的全部，也是微曲的不是一片直的斜坡；这曲线之由来乃从梁架逐层加高而成，称为"举架"，使屋顶斜度越上越峻峭，越下越和缓。《考工记》"……轮人为盖……上欲尊而宇欲卑，上尊而宇卑，则吐水疾而溜远"，很明白的解释这种屋顶实际上的效用。在外观上又因这"上尊而宇卑"，可以矫正本来屋脊因透视而减低的倾向，使屋顶仍得巍然屹立，增加外表轮廓上的美。

至于屋顶上许多装饰物，在结构上也有它们的功用，或是曾经有过功用的。诚实的来装饰一个结构部分，而不肯勉强的来掩蔽一个结构枢纽或关节，是中国建筑最长之处；在屋顶瓦饰上，这原则仍是适用的。脊瓦是两坡接缝处重要的保护者，值得相当的注意，所以有正脊垂脊等部之应用。又因其位置之重要，略异其大小，所以正脊比垂脊略大。正脊上的正吻和垂脊上的走兽等等，无疑也曾是结构部分。我们虽然没有证据，但我们若假定正吻原是管着脊部木架及脊外瓦盖的一个总关键，也不算一种太离奇的幻想；虽然正吻形式的原始，据说是因为柏梁台灾后，方士说"南海有鱼虬，尾似鸱，激浪降雨"，所以做成鸱尾象，以厌火祥的。垂脊下半的走兽仙人，或是斜脊上钉头经过装饰以后的变形。每行瓦陇前头一块上面至今尚有盖钉头的钉帽，这钉头是防止瓦陇下溜的。垂脊上饰物本来必不如清式复杂，敦煌壁画里常见用两座"宝珠"，显然像木钉的上部略经雕饰的。垂兽在斜脊上段之末，正分划底下骨架里由戗与角梁的节段，使这个瓦脊上饰物，在结构方面又增一种意义，不纯出于偶然。

台基　台基在中国建筑里也是特别发达的一部，也有悠久的历史。《史记》里"尧之有天下也，堂高三尺"。汉有三阶之制，左碱右平；三阶就是基台，碱即台阶的踏道，平即御路。这台基部分如希腊建筑的台基一样，是建筑本身之一部，而不可脱离的。在普通建筑里，台基已是本身中之一部，而在宫殿庙宇中尤为重要。如北平故宫三殿，下有白石崇台三重，为三殿作基座，如汉之三阶。这正足以表示中国建筑历来在布局上也是费了精详的较量，用这舒展的基座，来托衬壮伟巍峨的宫殿。在这点上日本徒知摹仿中国建筑的上部，而不采用底下舒展的基座，致其建筑物常呈上重下轻之势。近时新建筑亦常有只注重摹仿旧式屋顶而摒弃底下基座的。所以那些多层的所谓仿宫殿式的崇楼华宇，许多是生硬的直出泥上，令人生不快之感。

关于台基的演变，我不在此赘述，只提出一个最值得注意之点来以供读《清式则例》时参考。台基有两种：一种平削方整的，另一种上下加枭混，清式称须弥座台基。这须弥座台基就是台基而加雕饰者，唐时已有，见于壁画，宋式更有见于实物的，且详载于《营造法式》中。但清式须弥座台基与唐宋的比较有个大不相同处；清式称"束腰"的部分，介于上下枭混之间，是一条细窄长道，在前时却是较大的主要部分——可以说是整个台基的主体。所以唐宋的须弥座基一望而知是一座台基上下加雕饰者，而清式的上下枭混与束腰竟是不分宾主，使台基失掉主体而纯像雕纹，在外表上大减其原来雄厚力量。在这一点上我们便可以看出清式在雕饰方面加增华丽，反倒失掉主干精神，实是个不可讳认的事实。

色彩 色彩在中国建筑上所占的位置，比在别式建筑中重要得多，所以也成为中国建筑主要特征之一。油漆涂在木料上本来为的是避免风日雨雪的侵蚀；因其色彩分配的得当，所以又兼收实用与美观上的长处，不能单以色彩作奇特繁杂之表现。中国建筑上色彩之分配，是非常慎重的。檐下阴影掩映部分，主要色彩多为"冷色"，如青蓝碧绿，略加金点。柱及墙壁则以丹赤为其主色，与檐下幽阴裹冷色的彩画正相反其格调。有时庙宇的柱廊竟以黑色为主，与阶陛的白色相映衬。这种色彩的操纵可谓轻重得当，极含蓄的能事。我们建筑既为用彩色的，设使这些色彩竟滥用于建筑之全部，使上下耀目辉煌，势必鄙俗妖冶，乃至野蛮，无所谓美丽和谐或庄严了。琉璃于汉代自罽宾传入中国；用于屋顶当始于北魏，明清两代，应用尤广，这个由外国传来的宝贵建筑材料，更使中国建筑放一异彩。本来轮廓已极优美的屋宇，再加以琉璃色彩的宏丽，那建筑的冠冕便几无瑕疵可指。但在瓦色的分配上也是因为操纵得宜；尊重纯色的庄严，避免杂色的猥琐，才能如此成功。琉璃瓦即偶有用多色的例，亦只限于庭园小建筑物上面，且用色并不过滥，所砌花样亦能单简不奢。既用色彩又能俭约，实是我们建筑术中值得自豪的一点。

平面 关于中国建筑最后还有个极重要的讨论：那就是它的平面布置问题。但这个问题广大复杂，不包括于本绪论范围之内，现在不能涉及。不过有一点是研究清式则例者不可不知的，当在此略一提到。凡单独一座建筑物的平面布置，依照清《工部工程做法》所规定，虽其种类似乎众多不等，但到底是归纳到极呆板，极简单的定例。所有均以四柱牵制成一间的原则为主体的，所以每座建筑物中柱的分布是极规则的。但就我们所知道宋代单座遗物的平面看来，其布置非常活动，比起清式

119

的单座平面自由得多了。宋遗物中虽多是庙宇，但其殿里供佛设座的地方，两旁供立罗汉的地方，每处不同。在同一殿中，柱之大小有几种不同的，正间、梢间柱的数目地位亦均不同的（参看中国营造学社各期《汇刊》辽宋遗物报告）。

所以宋式不止上部结构如斗栱斜昂是有机的组织，即其平面亦为灵活有功用的布置。现代建筑在平面上需要极端的灵活变化，凡是试验采用中国旧式建筑改为现代用的建筑师们，更不能不稍稍知道清式以外的单座平面，以备参考。

工程 现在讲到中国旧的工程学，本是对于现代建筑师们无所补益的，并无研究的价值。只是其中有几种弱点，不妨举出供读者注意而已。

（一）清代匠人对于木料，尤其是梁，往往用得太费。这点上文已讨论过。他们显然不明了横梁载重的力量只与梁高成正比例，而与梁宽的关系较小。所以梁的宽度，由近代工程学的眼光看来，往往嫌其太过。同时匠师对于梁的尺寸，因没有计算木力的方法，不得不尽量放大，用极高的安全率，以避免危险。结果不但是木料之大靡费，而且因梁本身重量太重，以致影响及于下部的坚固。

（二）中国匠师素不用三角形。他们虽知道三角形是惟一不变动几何形，但对于这原则却极少应用。在清式构架中，上部既有过重的梁，又没有用三角形支撑的柱，所以清代的建筑，经过不甚长久的岁月，便有倾斜的危险。北平街上随处有这种已倾斜而用砖碴或木柱支撑的房子。

（三）地基太浅是中国建筑的一个大病。普通则例规定是台明高之一半，下面垫几步灰土。这种做法很不彻底，尤其是在北方，地基若不刨到冰线以下，建筑物的安全方面，一定要发生问题。

好在这几个缺点，在新建筑师手里，根本就不成问题。我们只怕不了解，了解之后，去避免或纠正它是很容易的。

上文已说到艺术有勃起，呆滞，衰落各种时期，就中国建筑讲，宋代已是规定则例的时期，留下《营造法式》一书；明代的《营造正式》虽未发现，清代的《工程做法则例》却极完整。所以就我们所确知的则例，已有将近千年的根基了。这九百多年之间，建筑的气魄和结构之直率，的确一代不如一代，但是我认为还在抄袭时期；原始精神尚大部保存，未能说是堕落。可巧在这时间，有新材料新方法在欧美产生，其基本原则适与中国几千年来的构架制同一学理。而现代工厂，学校，医院，及其他需要光线和空气的建筑，其墙壁门窗之配置，其铁筋混凝土及钢骨的构架，除去材料不同外，基本方法与中国固有的方法是相同的。这正是中国老建筑产生新生命的时期。在这时期，中国的新建筑师对于他祖先留下的一份产业实在应当有个充分的认识。因此思成将他所已知道的比较详尽的清式则例整理出来，以供建筑师们和建筑学生们的参考。他嘱我为作绪论，申述中国建筑之沿革，并略论其优劣，我对于中国建筑沿革所识几微，优劣的评论，更非所敢。姑草此数千言，拉杂成此一篇，只怕对《清式则例》读者无所裨益但乱听闻。不过我敢对读者提醒一声，规矩只是匠人的引导，创造的建筑师们和建筑学生们，虽须要明了过去的传统规矩，却不要盲从则例，束缚自己的创造力。我们要记着一句普通谚语："尽信书不如无书。"

（原载于《清式营造则例》一书，一九三二年三月）

闲谈关于古代建筑的一点消息

在这整个民族和他的文化，均在挣扎着他们重危的运命的时候，凭你有多少关于古代艺术的消息，你只感到说不出口的难受！艺术是未曾脱离过一个活泼的民族而存在的；一个民族衰败湮没，他们的艺术也就跟着消沉僵死。知道一个民族在过去的时代里，曾有过丰富的成绩，并不保证他们现在仍然在活跃繁荣的。

但是反过来说，如果我们到了连祖宗传留下来的家产都没有能力清理，或保护；乃至于让家里的至宝毁坏散失，或竟拿到旧货摊上变卖；这现象却又恰恰证明我们这做子孙的没有出息，智力德行已经都到了不能再堕落的田地。睁着眼睛向旧有的文艺喝一声"去你的，咱们维新了，革命了，用不着再留丝毫旧有的任何智识或技艺了。"这话不但不通，简直是近乎无赖！

话是不能说到太远，题目里已明显的提过有关于古建筑的消息在这里，不幸我们的国家多故，天天都是迫切的危难临头，骤听到艺术方面的消息似乎觉到有点不识时宜，但是，相信我——上边已说了许多——这也是我们当然会关心的一点事，如果我们这民族还没有堕落到不认得祖传宝贝的田地。

这消息简单的说来，就是新近有几个死心眼的建筑师，放弃了他们盖洋房的好机会，卷了铺盖到各处测绘几百年前他们同行中的先进，用他们当时的一切聪明技艺，所盖惊人的伟大建筑物，在我投稿时候正在山西应县辽代的八角五层木塔前边。

山西应县的辽代木塔，说来容易，听来似乎也平淡无奇，值不得心多跳一下，眼睛睁大一分。但是西历一〇五六到现在，算起来是整整的八百七十七年。古代完全木构的建筑物高到二百八十五尺，在中国也就剩这一座独一无二的应县佛宫寺塔了。比这塔更早的木构专家已经看到，加以认识和研究的，在国内的只不过五处而已。

中国建筑的演变史在今日还是个谜，将来如果有一天，我们有相当的把握写部建筑史时，那部建筑史也就可以像一部最有趣味的侦探小说，其中主要人物给侦探以相当方便和线索的，左不是那几座现存的最古遗物。现在唐代木构在国内还没找到一个，而宋代所刊营造法式又还有困难不能完全解释的地方，这距唐不久，离宋全盛时代还早的辽代，居然遗留给我们一些顶呱呱的木塔，高阁，佛殿，经藏，帮我们抓住前后许多重要的关键，这在几个研究建筑的死心眼人看来，已是了不起的事了。

我最初对于这应县木塔似乎并没有太多的热心，原因是思成自从知道了有这个塔起，对于这塔的关心，几乎超过他自己的日常生活。早晨洗脸的时候，他会说"上应县去不应该是太难吧"，吃饭的时候，他会说"山西都修有顶好的汽车路了"。走路的时候，他会忽然间笑着说，"如果我能够去测绘那应州塔，我想，我一定……"他话常常没有说完，也许因为太严重的事怕语言亵渎了。最难受的一点是他根本还没有看见过这塔的样子，连一张模糊的相片，或翻印都没有见到！

有一天早上，在我们少数信件之中，我发现有一个纸包，寄件人的住址却是山西应县 ×× 斋照相馆——这才是侦探小说有趣的一页——原来他想了这么一个方法，写封信"探投山西应县最高等照相馆"，弄到一张应州木塔的相片。我只得笑着说阿弥陀佛，他所倾心的幸而不是电影明星！这照相馆的索价也很新鲜，他们要一点北平的信纸和信笺作酬金，据说因为应县没有南纸店。

时间过去了三年让我们来夸他一句"有志者事竟成"吧，这位思成先生居然在应县木塔前边——何止，竟是上边，下边，里边，外边——绕着测绘他素仰的木塔了。

（原载于《大公报·文艺副刊》第五期，一九三三年十月七日）

谈北京的几个文物建筑

北京是中国——乃至全世界——文物建筑最多的城市。城中极多的建筑物或是充满了历史意义，或具有高度艺术价值。现在全国人民都热爱自己的首都，而这些文物建筑又是这首都可爱的内容之一，人人对它们有浓厚的兴趣，渴望多认识多了解它们，自是意中的事。

北京的文物建筑实在是太多了，其中许多著名而已为一般人所熟悉的，这里不谈；现在笔者仅就一些著名而比较不受人注意的，和平时不著名而有特殊历史和艺术价值的提出来介绍，以引起人们对首都许多文物更大的兴趣。

还有一个事实值得我们注意的，笔者也要在此附笔告诉大家。那就是：丰富的北京历代文物建筑竟是从来没有经过专家或学术团体做过有系统的全面调查研究；现在北京的文物还如同荒山丛林一样等待我们去开发。关于许许多多文物建筑和园林名胜的历史沿革，实测图说，和照片、模型等可靠资料都极端缺乏。

在这种调查研究工作还不能有效地展开之前，我们所能知道的北京资料是极端散漫而不足的，笔者不但限于资料，也还限于自己知识的不足，所以所能介绍的文物仅是一鳞半爪，希望抛砖引玉，藉此促进熟悉北京的许多人们将他们所知道的也写出来——大家来互相补充彼此对北京的认识。

天安门前广场，和千步廊的制度

北京的天安门广场，这个现在中国人民最重要的广场，在此前数百年中，主要只供封建帝王一年一度祭天时出入之用。一九一九年"五四"运动爆发，中国人民革命由这里开始，这才使广场成了政治斗争中人民集中的地点。到了三十年后的十月一日中国人民伟大英明的领袖毛泽东主席在天安门城楼上向全世界昭告中华人民共和国的成立，这个广场才成了我们首都最富于意义的地点。天安门已象征着我们中华人民共和国，成为国徽中主题，在五星下放出照耀全世界的光芒，更是全国人民所热爱的标志，永在人民眼前和心中了。

这样人人所熟悉，人人所尊敬热爱的天安门广场本来无须再来介绍，但当我们提到它体型风格这方面和它形成的来历时，还有一些我们可以亲切地谈谈的。我们叙述它的过去，也可以讨论它的将来各种增建修整的方向。

这个广场的平面是作"丁"字形的。"丁"字横划中间，北面就是那楼台峋峙规模宏壮的天安门。楼是一横列九开间的大殿，上面是两层檐的黄琉璃瓦顶，檐下丹楹藻绘，这是典型的、秀丽而兼严肃的中国大建筑物的体形。上层瓦坡是用所谓"歇山造"的格式。这就是说它左右两面的瓦坡，上半截用垂直的"悬山"，下半截才用斜坡，和前后的瓦坡在斜脊处汇合。这个做法同太和殿的前后左右四个斜坡的"庑殿顶"，或称"四阿顶"的是不相同的。"庑殿顶"气魄较雄宏，"歇山顶"则较挺秀，姿势错落有致些。天安门楼台本身壮硕高大，朴实无华，中间五洞门，本有金钉朱门，近年来常年洞开，通入宫城内端门的前庭。

广场"丁"字横划的左右两端有两座砖筑的东西长安门。每座有三个券门，所以通常人们称它们为"东西三座门"。这两座建筑物是明初遗物。体型比例甚美，材质也朴实简单。明的遗物中常有纯用砖筑，饰以着色琉璃砖瓦较永远性的建筑物，这两门也就是北京明代文物中极可宝贵的。它们的体型在世界古典建筑中也应有它们的艺术地位。这两门同"丁"字直划末端中华门（也是明建的）鼎足而三，是广场的三个入口，也是天安门的两个掖卫与前哨，形成"丁"字各端头上的重点。

全场周围绕着覆着黄瓦的红墙，铺着白石的板道。此外横亘广场的北端的御河上还有五道白石桥和它们上面雕刻的栏杆，桥前有一双白石狮子，一对高达八米的盘龙白石华表。这些很简单的点缀物，便构成了这样一个伟大的地方。全场的配色限制在红色的壁画，黄色的琉璃瓦，带米白色的石刻和沿墙一些树木。这样以纯红、纯黄、纯白的简单的基本颜色来衬托北京蔚蓝的天空，恰恰给人以无可比拟的庄严印象。

中华门以内沿着东西墙，本来有两排长廊，约略同午门前的廊子相似，但长得多。这两排廊子正式的名称叫做"千步廊"，是皇宫前很美丽整肃的一种附属建筑。这两列千步廊在庚子年毁于侵略军八国联军之手，后来重修的，工程恶劣，已于民国初年拆掉，所以只余现在的两道墙。如果条件成熟，将来我们整理广场东西两面建筑之时，或者还可以恢复千步廊，增建美好的两条长长的画廊，以供人民游息。廊屋内中便可布置有文化教育意义的短期变换的展览。

这所谓的千步廊是怎样产生的呢？谈起来，它的来历与发展是很有意思的。它的确是街市建设一种较晚的格式与制度，起先它是宫城同街市之间的点缀，一种小型的"绿色区"。金、元之后才被统治者拦入皇宫这一边，成为宫前禁地的一部分，而把人民拒于这区域之外。

据我们所知道的汉、唐的两京，长安和洛阳，都没有这千步廊的形制。但是至少在唐末与五代城市中商业性质的市廊却是很发展的。长列廊屋既便于存贮来往货物，前檐又可以遮蔽风雨以便行人，购售的活动便都可以得到方便。商业性质的廊屋的发展是可以理解的，它的普遍应用是由于实际作用而来。至今地名以廊为名而表示商区性质的如南京的估衣廊等等是很多的。实际上以廊为一列店肆的习惯，则在今天各县城中还可以到处看到。

当汴梁（今开封）还不是北宋的首都以前，因为隋开运河，汴河为其中流，汴梁已成了南北东西交通重要的枢纽，为一个商业繁盛的城市。南方的"粮斛百货"都经由运河入汴，可达到洛阳长安。所以是"自江淮达于河洛，舟车辐辏"而被称为雄郡。城的中心本是节度使的郡署，到了五代的梁朝将汴梁改为陪都，才创了宫殿。但这不是我们的要点，汴梁最主要的特点是有四条水道穿城而过，它的上边有许多壮美的桥梁，大的水道汴河上就有十三道桥，其次蔡河上也有十一道，所以那里又产生了所谓"河街桥市"的特殊布局。商业常集中在桥头一带。

上边说的汴州郡署的前门是正对着汴河上一道最大的桥，俗称"州桥"的。它的桥市当然也最大，郡署前街两列的廊子可能就是这种桥市。到北宋以汴梁为国都时，这一段路被称为"御街"，而两边廊屋也就随着被称为御廊，禁止人民使用了。

据《东京梦华录》记载：宫门宣德门南面御街约阔三百余步，两边是御廊，本许市人买卖其间，自宋徽宗政和年号之后，官司才禁止的。并安立黑漆杈子在它前面，安朱漆杈子两行在路心，中心道不得人马通行。行人都拦在朱杈子以外，杈内有砖石砌御沟水两道，尽植莲荷，近岸植桃李梨杏杂花，"春夏之月望之如绣"。商业性质的市廊变成"御廊"的经过，在这里便都说出来了。由全市环境的方面看来，这样地改变嘈杂商业区域成为一种约略如广场的修整美丽的风景中心，不能不算是一种市政上的改善。且人民还可以在朱杈子外任意行走，所谓御街也还不是完全的禁地。到了元宵灯节，那里更是热闹。成为大家看灯娱乐的地方。宫门宣德楼前的"御街"和"御廊"对着汴河上大洲桥显然是宋东京部署上一个特色。此后历史上事实证明这样一种壮美的部署被金、元抄袭，用在北京，而由明清保持下来成为定制。

金人是文化水平远比汉族落后的游牧民族，当时以武力攻败北宋懦弱无能的皇室后，金朝的统治者便很快地要摹仿宋朝的文物制度，享受中国劳动人民所累积起来的工艺美术的精华，尤其是在建筑方面。金朝是由一一四九年起开始他们建筑的活动，迁都到了燕京，称为中都，就是今天北京的前身，在宣武门以西越出广安门之地，所谓"按图兴修宫殿"，"规模宏大"，制度"取法汴京"，就都是慕北宋的文物，蓄意要接受它的宝贵遗产与传统的具体表现。"千步廊"也就是他们所爱慕的一种建筑传统。

金的中都自内城南面天津桥以北的宣阳门起，到宫门的应天楼，东西各有廊二百余间，中间驰道宏阔，两边植柳。当时南宋的统治者曾不断遣使到"金庭"来，看到金的"规制堂皇，仪卫华整"写下不少深刻的印象。他们虽然曾用优越的口气说金的建筑殿阁崛起不合制度，但也不得不承认这些建筑"工巧无遗力"。其实那一切都是我们民族的优秀劳动人民勤劳的创造，是他们以生命与汗血换来的，真正的工作是由于"役民伕八十万，兵伕四十万"并且是"作治数年，死者不可胜计"的牺牲下做成的。当时美好的建筑都是劳动人民的果实，却被统治者所独占。北宋时代商业性的市廊改为御廊之后，还是市与宫之间的建筑，人民还可以来往其间。到了金朝，特意在宫城前东西各建二百余间，分三节，每节有一门，东向太庙，西向尚书省，北面东西转折又各有廊百余间，这样的规模，已是宫前门禁森严之地，不再是老百姓所能够在其中走动享受的地方了。

到了元的大都记载上正式的说，南门内有千步廊，可七百步，建灵星门，门内二十步许有河，河上建桥三座名周桥。汴梁时的御廊和州桥，这时才固定地称做"千步廊"和"周桥"，成为宫前的一种格式和定制，将它们从人民手中掳夺过去，附属于皇宫方面。

明清两代继续用千步廊作为宫前的附属建筑。不但午门前有千步廊到了端门，端门前东西还有千步廊两节，中间开门，通社稷坛和太庙。当一四一九年将北京城向南展拓，南面城墙由现在长安街一线南移到现在的正阳门一线上，端门之前又有天安门，它的前面才再产生规模更大而开展的两列千步廊到了中华门。这个宫前广庭的气魄更超过了宋东京的御街。

这样规模的形制当然是宫前一种壮观，但是没有经济条件是建造不起来的，所以终南宋之世，它的首都临安的宫前再没有力量继续这个美丽的传统，而只能以细沙铺成一条御路。而御廊格式反是由金、元两代传至明、清的，且给了"千步廊"这个名称。

我们日后是可能有足够条件和力量来考虑恢复并发展我们传统中所有美好的体型的。广场的两旁也是可以建造很美丽的长廊的。当这种建筑环境不被统治者所独占时，它便是市中最可爱的建筑型类之一，有益于人民的精神生活。正如层塔的峭峙，长廊的周绕也是最代表中国建筑特征的体型。用于各种建筑物之间它是既有实用，而又美丽的。

团城——古代台的实例

北海琼华岛是今日北京城的基础，在元建都以前那里是金的离宫，而元代将它作为宫城的中心，称作万寿山。北海和中海为太液池。团城是其中又特殊又重要的一部分。

元的皇宫原有三部分，除正中的"大内"外，还有兴圣宫在万寿山之正西，即今北京图书馆一带。兴圣宫之前还有隆福宫。团城在当时称为"瀛洲圆殿"，也叫仪天殿，在池中一个圆坻上。换句话说，它是一个岛，在北海与中海之间。岛的北面一桥通琼华岛（今天仍然如此），东面一桥同当时的"大内"联络，西面是木桥，长四百七十尺，通兴圣宫，中间辟一段，立柱架梁在两条船上才将两端连接起来，所以称吊桥。

当皇帝去上都（察哈尔省多伦附近）时，留守官则移舟断桥，以禁往来。明以后这桥已为美丽的石造的金鳌玉蛛桥所代替，而团城东边已与东岸相连，成为今日北海公园门前三座门一带地方。所以团城本是北京城内最特殊、最秀丽的一个地点。现今的委屈地位使人不易感觉到它所曾处过的中心地位。在我们今后改善道路系统时必须加以注意的。

团城之西，今日的金鳌玉蛛桥是一条美丽的石桥，正对团城，两头各立一牌楼，桥身宽度不大，横跨北海与中海之间，玲珑如画，还保有当时这地方的气氛。但团城以东，北海公园的前门与三座门间，曲折迫隘，必须加宽，给团城更好的布置，才能恢复它周围应有的衬托。到了条件更好的时候，北海公园的前门与围墙，根本可以拆除，团城与琼华岛间的原来关系，将得以更好地呈现出来。过了三座门，转北转东，到了三座门大桥的路旁，北面限小庞杂的小店面和南面的筒子河不太相称；转南至北长街北头的路东也有小型房子阻挡风景，尤其是没有道理，今后一一都应加以改善。尤其重要的，金鳌玉蛛桥虽美，它是东西城间重要交通孔道之一，桥身宽度不足以适应现代运输工具的需要条件，将来必须在桥南适当地点加一道横堤来担任车辆通行的任务，保留桥本身为行人缓步之用。堤的形式绝不能同桥梁重复，以削弱金鳌玉蛛桥驾凌湖心之感，所以必须低平和河岸略同。将来由桥上俯瞰堤面的"车马如织"，由堤上仰望桥上行人则"有如神仙中人"，也是一种奇景。我相信很多办法都可以考虑周密计划得出来的。

此外，现在团城的格式也值得我们注意。台本是中国古代建筑中极普通的类型。从周文王的灵台和春秋秦汉的许多的台，可以知道它在古代建筑中是常有的一种，而在后代就越来越少了。古代的台大多是封建统治阶级登临游宴的地方，上面多有殿堂廊庑楼阁之类，曹操的铜雀台就是杰出的一例。据作者所知，现今团城已是这种建筑遗制的唯一实例，故极可珍贵。现在上面的承光殿代替了元朝的仪天殿，是一六九〇年所重建。殿内著名的玉佛也是清代的雕刻。殿前大玉瓮则是元世祖忽必烈"特诏雕造"，本来是琼华岛上广寒殿的"寿山大玉海"，殿毁后失而复得，才移此安置。这个小台是琼华岛上的大台遥遥相对。它们的关系是很密切的，所以在下文中我们还要将琼华岛一起谈到的。

北海琼华岛白塔的前身

北海的白塔是北京最挺秀的突出点之一，为人人所常能望见的。这塔的式样属于西藏化的印度窣堵坡。元以后北方多建造这种式样。我们现在要谈的重点不是塔而是它的富于历史意义的地址。它同奠定北京城址的关系最大。

本来琼华岛上是一高台，上面建着大殿，还是一种古代台的形制。相传是辽萧太后所居，称"妆台"。换句话说，就是在辽的时代还保持着的唐的传统。金朝将就这个卓越的基础和北海中海的天然湖沼风景，在此建筑有名的离宫——大宁宫。元世祖攻入燕京时破坏城区，而注意到这个美丽的地方，便住这里大台之上的殿中。

到了元筑大都，便依据这个宫苑为核心而设计的。就是上文中所已经谈到的那鼎足而立的三个宫；所谓"大内"兴圣宫和隆福宫，以北海中海的湖沼（称太液池）做这三处的中心，而又以大内为全个都城的核心。忽必烈不久就命令重建岛上大殿，名为广寒殿。上面绿荫清泉，为避暑胜地。马克·波罗（意大利人）在那时到了中国，得以见到，在他的游记中曾详尽地叙述这清幽伟丽奇异的宫苑台殿，说有各处移植的奇树，殿亦作翠绿色，夏日一片清凉。

明灭元之后，曾都南京，命大臣来到北京毁元旧都。有萧洵其人随着这个"破坏使团"而来，他遍查元故宫，心里不免爱惜这样美丽的建筑精华，要遭到无情的破坏，所以一切他都记在他所著的元故宫遗录中。

据另一记载（《日下旧闻考》引《太岳集》）明成祖曾命勿毁广寒殿。到了万历七年五月（一五七九年）"忽自倾圮，梁上有至元通宝的金钱等。"其实那时据说瓦甓已坏，只存梁架，木料早已腐朽，危在旦夕，当然容易忽自倾圮了。

现在的白塔是清初一六五一年——即广寒殿倾圮后七十三年，在殿的旧址上建立的。距今又整整三百年了。知道了这一些发展过程，当我们遥望白塔在朝阳夕照之中时，心中也有了中国悠久历史的丰富感觉，更珍视各朝代中人民血汗所造成的种种成绩。所不同的是当时都是被帝王所占有的奢侈建设，当他们对它厌倦时又任其毁去，而从今以后，一切美好的艺术果实就都属于人民自己，而我们必尽我们的力量永远加以保护。

（原载于《新观察》第三卷第二期，一九五一年八月）

宋辽金建筑特点

北宋之宫殿苑囿寺观都市

宋太祖受周禅，仍以开封为东京，累朝建设于此，故日增月异，极称繁华。洛阳为宋西京，退处屏藩，拱卫京畿，附带繁荣而已。真宗时，虽以太祖旧藩称应天府，建为南京（今河南商丘县），乃即卫城为宫，奉太祖、太宗圣像，终北宋之世，未曾建殿。其正门"犹是双门，未尝改作"。仁宗以大名府为北京，则因契丹声言南下，权为军略措置，建都河北，"示将亲征，以伐其谋"；亦非美术或经济之动态，实少所营建。

北宋政治经济文化之力量，集中于东京建设者百数十年。汴京宫室坊市繁复增盛之状，乃最代表北宋建筑发展之趋势。

东京旧为汴州，唐建中节度使重筑，周二十里许，宋初号里城。新城为周显德所筑，周四十八里许，号曰外城。宋太祖因其制，仅略广城东北隅，仿洛阳制度修大内宫殿而已。真宗以"都城之外，居民颇多，复置京新城外八厢"。神宗徽宗再缮外城，则建敌楼瓮城，又稍增广，城始周五十里余。

太宗之世，城内已"比汉唐京邑繁庶，十倍其人"；继则"甲第星罗，比屋鳞次，坊无广巷，市不通骑"。迄北宋盛世，再接再厉，至于"栋宇密接，略无容隙，纵得价钱，何处买地？"其建筑之活跃，不言而喻，汴京因其水路交通，成为经济中枢，乃商业之雄邑，而建为国都者；加以政治原因，"乘舆之下，士庶走集"，其繁荣尤急促；官私建置均随环境展拓，非若隋唐两京皇帝坊市之预布计划，经纬井井者也。其特殊布置，因地理限制及逐渐改善者，后代或模仿以为定制。

汴京有穿城水道四，其上桥梁之盛，为其壮观，河街桥市，景象尤为殊异。大者蔡河，自城西南隅入，至东南隅出，有桥十一。汴河则自东水门外七里，至西水门外，共有桥十三。小者五丈河，自城东北入，有桥五，金水河从西北水门入城，夹墙遮橹入大内，灌后苑池浦，共有桥三。

桥最著者，为汴河上之州桥，正名大汉桥，正对大内御街，即范成大所谓"州桥南北是大街"者也。桥低平，不通舟船，唯西河平船可过，其下严密排石柱，皆青石为之；又有石梁石笋楯栏。近桥两岸皆石壁，镌刻海马、水兽、飞云之状。"……州桥之北，御路东西，两阙楼观对耸。……"金元两都之周桥，盖有意仿此，为宫前制度之一。桥以结构巧异称者，为东水门外之虹桥，"无柱，以巨木虚架，饰以丹腹，宛如飞虹"。

大内本唐节度使治所，梁建都以为建昌宫，晋号大宁宫，周加营缮，皆未增大，"如王者之制"。太祖始"广皇城东北隅，……命有司画洛阳宫殿，按图修之……，皇居始壮丽。……"

"宫城周五里"。南三门，正门名凡数易，至仁宗明道后，始称宣德，两侧称左掖右掖。宫城东西之门，称东华西华，北门曰拱宸。东华门北更有便门，"西与内直门相直"，成曲屈形。称谤门。此门之设及其位置，与太祖所广皇城之东北隅，或大略有关。

宣德门又称宣德楼，"下列五门，皆金钉朱漆。壁皆砖石间甃，镌镂龙凤飞云之状。……莫非雕甍画栋，峻桷层榱。覆以琉璃瓦，曲尺朵楼，朱栏彩槛。下列两阙亭相对。……"自宣德门南去，"坊巷御街……约阔三百余步。两边乃御廊，旧许市人买卖其间。自政和间，官司禁止，各安立黑漆杈子，路心又安朱漆杈子两行，中心道不得人马行往。行人皆在朱杈子外。杈子内有砖石甃砌御沟水两道，尽植莲荷。近岸植桃李梨杏杂花；春夏之日，望之如绣"。宣德楼建筑极壮丽，宫前布置又改缮至此，无怪金元效法作"千步廊"之制矣。

大内正殿之大致，据史志概括所述，则"王南门（大庆门）内，正殿曰大庆，正衙曰文德。……大庆殿北有紫宸殿，视朝之前殿也。西有垂拱殿，常日视朝之所也。……次西有皇仪殿，又次西有集英殿，宴殿也，殿后有需云殿，东有升平楼，宫中观宴之所也。后宫有崇政殿，阅事之所也。殿后有景福殿，西有殿北向曰延和，便坐殿也。凡殿有门者皆随殿名。……"

大庆殿本为梁之正衙，称崇元殿，在周为外朝，至宋太祖重修，改为乾元殿，后五十年间曾两被火灾，重建易名大庆。至仁宗景祐中（公元一〇三四年），始又展拓为广庭。"改为大庆殿九间，挟各五间，东西廊各六十间，有龙墀沙墀，正值朝会册尊号御此殿。……郊祀斋宿殿之后阁……"。又十余年，皇祐中"飨明堂，恭谢天地，即此殿行礼"。"仁宗御篆明堂二字行礼则揭之"。

秦汉至唐叙述大殿之略者，多举其台基之高峻为其规模之要点；独宋之史志及记述无一语及于大殿之台基，仅称大庆殿有龙墀沙墀之制。

"文德殿在大庆殿之西少次"亦五代旧有，后唐曰端明，在周为中朝，宋初改文明。后灾重建，改名文德。"紫宸殿在大庆殿之后，少西其次又为垂拱……紫宸与垂拱之间有柱廊相通，每日视朝则御文德，所谓过殿也。东西阁门皆在殿后之两旁，月朔不御过殿，则御紫宸，所谓入阁也"。文德殿之位置实堪注意。盖据各种记载广德、紫宸、垂拱三殿成东西约略横列之一组，文德既为"过殿"居其中轴，反不处于大庆殿之正中线上，而在其西北偏也。宋殿之区布情况，即此四大殿论之，似已非绝对均称或设立一主要南北中心线者。

初，太祖营治宫殿"既成，帝坐万岁殿（福宁殿在垂拱后，国初曰万岁），洞开诸门，端直如绳，叹曰：'此如吾心，小有私曲人皆见之矣'"。对于中线引直似极感兴味。又"命怀义等凡诸门与殿顶相望。无得辄差。故垂拱，福宁，柔仪，清居四殿正重，而左右掖与左右升龙银台等诸门皆然"。福宁为帝之正寝，柔仪为其后殿，乃后寝，故垂拱之南北中心线，颇为重要。大庆殿之前为大庆门，其后为紫宸殿，再后，越东华西华横街之北，则有崇政殿，再后更有景福殿，实亦有南北中线之成立，唯各大殿东西部位零落，相距颇远，多与日后发展之便。如皇仪在垂拱之西，集英宴殿自成一组，又在皇仪之西，似皆非有密切关系者，故福宁之两侧后又建置太后宫，如庆寿宝慈，而无困难，而柔仪之西，日后又有睿思殿等。

崇政初为太祖之简贤讲武，"有柱廊，次北为景福殿，临放生池"，规模甚壮。太宗真宗仁宗及神宗之世，均试进士于此，后增置东西两阁，时设讲读，诸帝日常"观阵图，或对藩夷，及宴近臣，赐花作乐于此"，盖为宫后宏壮而又实用之常御正殿，非唯"阅事之所"而已。

宋宫城以内称宫者，初有庆圣及延福，均在后苑，为真宗奉道教所置。广圣宫供奉道家神像，后示奉真宗神御，内有五殿，一阁曰降真，延福宫内有三殿，其中灵顾殿，亦为奉真宗圣容之所。真宗咸平中，"宰臣等言：汉制帝母所居称宫，如长乐积庆……等，请命有司为皇太后李建宫立名。……诏以滋福殿（即皇仪）为万安宫"。母后之宫自此始，英宗以曹太后所居为慈寿宫，至神宗时曹为太皇太后，故改名庆寿（在福宁殿东）；又为高太后建宝慈宫（在福宁西）等皆是也。母后所居既尊为宫，内立两殿，或三殿，与宋以前所谓"宫"者规模大异。此外又有太子所居，至即帝位时改名称宫，如英宗之庆宁宫，神宗之睿成宫皆是。

初，宋内廷藏书之所最壮丽者为太宗所置崇文院三馆，及其中秘阁，收藏天下图籍，"栋宇之制皆帝亲授"，后苑又有太清楼，尤在崇政殿西北，楼"与延春仪凤翔鸾诸阁相接，贮四库书"。真宗常"曲宴后苑临水阁垂钓，又登太清楼，观太宗圣制御书，及亲为四库群书，宴太清楼下"。作诗赐射赏花钓鱼等均在此，及祥符中，真宗"以龙图阁奉太宗御制文集及典籍，图画，宝瑞之物，并置待制学士官，自是每帝置一阁"。天章宝文两阁（在龙图后集英殿西）为真仁两帝时所自命以藏御集，神宗之显谟阁，哲宗之徽猷阁，皆后追建，唯太祖英宗无集不为阁。徽宗御笔则藏敷文阁。是所谓宋"文阁"者也。每阁东西序皆有殿，尤图阁四序曰资政崇和宣德述古，天章阁两序曰群玉蕊珠；宝文阁两序曰嘉德延康。内庭风雅，以此为最，有宋珍视图书翰墨之风，历朝不改，至徽宗世乃臻极盛。宋代精神实多无形寓此类建筑之上。

后苑禁中诸殿，龙图等阁，及太后各宫，无在崇政殿之东者。唯太子读书之资善堂在元符观，居宫之东北隅，盖宫东部为百司供应之所，如六尚局，御厨殿等及禁卫辇官亲从等所在。东华门及宫城供应入口；其外"市井最盛，盖禁中买卖所在"。

所谓外诸司，供应一切燃料、食料、器具、车驾及百物之司，虽散处宫城外，亦仍在旧城外城之东部。盖此以五丈河入城及汴蔡两河出城处两岸为依据。粮仓均沿河而设，由东水门外虹桥至陈州门里，及在五丈河上者，可五十余处。东京宫城以内布置，乃不免受汴梁全城交通趋势之影响。后苑部署偏于宫之西北者，亦缘于"金水河由西北水门入大内，灌其池浦"，地理上之便利也。

考宋诸帝土木之功，国初太祖朝（公元九六〇～九七六年）建设未尝求奢，而多豪壮，或因周庙之制，宋初视为当然，故每有建置，动辄数百间。如太祖诏"于右掖门街临汴水起大第五百间"以赐蜀主孟昶；又于"朱雀门外建大第甲于辇下，名礼贤宅，以待钱俶"，及"开宝寺重起缭廊，朵殿凡二百八十区"，皆为豪举壮观。及太宗世（公元九七六～九九七年），规模愈大。以其降生地建启圣院，"六年而功毕，殿宇凡九百余间，皆以琉璃瓦覆之"。又建上清太平宫："宫成，总千二百四十二区"，实启北宋崇奉道教侈置宫殿之端。其它如崇文院，三馆，秘阁之建筑，"轮奂壮丽，冠乎内庭，近世鲜比"。"端拱中，开宝寺造塔八角十三层，高三百六十尺。"塔成，"田锡上疏曰：众谓金碧荧煌，臣以为涂膏衅血，帝亦不怒"。画家郭忠恕，巧匠喻浩，皆当时建筑人材，超绝流辈者也。

真宗朝（公元九九七～一〇二二年）愈崇道教，趋祥异之说，盛礼缛仪，费金最多。作玉清照应宫"凡二千六百一十楹，以丁谓为修宫使，调诸州工匠为之，七年而成"。不仅工程浩大，乃尤重巧丽制作。所用木石彩色颜料均四方精选。殿宇外有山池亭阁之设，环殿及廊庑皆遍绘壁画。艺术之精，冠于北宋历朝宫观。殿上梁曰"上皆亲临护，……工人以文缯裹梁，金饰木，寓龙负之辂以升。……修宫使以下及营缮掌事者，咸赐以衣带金帛"。此宫兴作之严重，实为特殊，此后真宗其它建置莫能及，但南熏门外奉五岳之会灵观，及大内南，奉圣祖之景灵宫（宫之南壁绘赵氏事迹二十八事）则皆制度华美，均以丁谓董其事。京师以外，宫观亦多宏大，且诏天下州府，皆建道观一所，即以天庆为名。

仁宗之世（公元一〇二三～一〇六三年），夏始自大，屡年构兵，国用枯竭，土木之事仍不稍衰，但多务重修。明道元年（公元一〇三二年），修文德殿成，宫中又大火，延烧八殿，皆大内主要，如紫宸，垂拱，福宁，集英，延和等殿。"乃命宰相吕夷简为修葺大内使，发四路工匠给役，又出内库乘舆物及缗钱二十万助其费"。先此两年（天圣八年），玉清照应宫因雷雨灾，时帝幼，太后垂帘泣告辅臣，众恐有再葺意，力言"先朝以此竭天下之力，遽为灰烬，非出人意；如因其所存，又复修葺，则民不堪命。……"于是宫不复修，仅葺两殿。二十五年后（至和中），始又增缮两殿，改名万寿观，仁宗末季，多修葺增建，现存之开封琉璃塔，即其中之一。名臣迭上疏乞罢修寺观。欧阳修上疏《上仁宗论京师土木劳费》中云："开先殿初因两条柱损，所今用材植物料共一万七千五有零。又有睦亲宅，神御殿，……醴泉观……等处物料不可悉数，……军营库务合行修造者百余处。……使厚地不生它物，唯产木材，亦不能供此广费。"又云："……累年火灾，自玉清照应、洞真、上清、鸿庆、祥源、会灵七宫，开宝、兴国两寺塔殿，并皆焚烧荡尽，足见天厌土木之华侈，为陛下惜国力民财……"。终仁宗朝，四十年间，焚毁旧建，与重修劳费，适成国家双重之痛也。

英宗在位仅四年（公元一〇六四～一〇六七年），土木之事已于司马光《乞停寝京城不急修造》之疏个见其端倪。盖是时宫室之修造，非为帝王一己之意，臣下有司固不时以土木之宏丽取悦上心。人君之侧，实多如温公所言，"外以希旨求知，内以营私规利"之人也。

神宗（公元一〇六七～一〇八五年）行新政，富改革精神以强国富民为目的，故"宫室弗营，池籞苟完，而府寺是崇"。所作盖多衙署之建置：如东西两府御史台、太学等皆是也。元丰中，缮葺城垣，浚治壕堑，亦皆市政之事。又因各帝御容散寓宫中，及宫外诸寺观，未合礼制，故创各帝原庙之制。建六殿于景宁宫内，以奉祖宗像，又别为三殿以奉母后。熙宁中，从司天监之奏，请建中太一宫，但仅就五岳观旧址为之。遵故事"太一"行五宫，四十五年一易，"行度所至，国民受其福"，实不得不从民意。太宗建东太一宫四十五午，至仁宗天圣建西太一宫，至是又四十五年也。

哲宗（公元一〇八六～一一〇〇年）制作多承神宗之训，完成御史台其一也。又于禁中神宗睿思殿后建宣和殿。末年则建景宁西宫于驰道西，亦如神宗所创原庙制度，及崩，徽宗即位续成之。宫期年完工，以神宗原庙为首，哲宗次之。哲宗即位之初，宣仁太后垂帘，时上清太平宫已久毁于火，后重建，称上清储祥宫，以内庭物及金六千两成之。苏

140

轼承旨撰碑。碑云："……雄丽靓深，凡七百余间……"宫之规模虽不如太宗时，当尚可观。

迨徽宗立（公元一一〇一～一一二五年），以天纵艺资，入绍大统，其好奢丽之习，出自天性。且奸邪盈朝，掊剥横赋，倡丰亨豫大之说，故尤侈为营建。崇宁大观以还，大内朝寝均丽若琼瑶，宫苑殿阁又增于昔矣。其著者如"政和三年辟延福新宫于大内之北拱宸门外；悉移其地供应诸库，及两僧寺，两军营，而作焉"。宫共五位，分任五人，各为制度，不务沿袭。其殿阁亭台园苑之制，已为艮岳前驱，"叠石为山，凿池为海，作石梁以升山亭，筑土冈以植杏林，又为茅亭鹤庄之属"，以仿天然。此后作撷芳园，"称延福第六位，跨城之外，西自天波门东过景龙门，至封邱门"，实沿金水可横贯旧城北面之全部。"名景龙江，绝岸至龙德宫，皆奇花珍木，殿宇比比对峙"。又作上清宝箓宫，"密连禁署，内列亭台馆舍，不可胜计。……开景龙门，城上作复道通宫内，……徽宗数从复道往来"。其它如作神霄玉清万寿宫于禁中，又铸九鼎，置九成宫于五岳观后。政和以后，年年营建，皆工程浩大，缀饰繁缛之作。及造艮岳万寿山，驱役万夫，大兴土木；五六年间，穷索珍奇，纲运花石；尽天下之巧工绝技，以营假山，池沼，至于山周十余里，峰高九十步；怪石崭崖，洞峡溪涧，巧牟造化；而亭台馆阁，日增月益，不可殚记；其部署缔构颇越乎常轨，非建筑壮健之姿态，实失艺术真旨。时金已亡辽，宋人纳岁币于金，引狼入室，宫庭犹营建不已，后世目艮岳为亡国之孽，固非无因也。

宋初宫苑已非秦汉游猎时代林囿之规模，即与盛唐离宫园馆相较亦大不相同。北宋百余年间，御苑作风渐趋绮丽纤巧。尤以徽宗宣政以后所辟诸苑为甚。玉津园，太祖之世习射观稼而已，乾德初，置琼林苑，太宗凿金明池于苑北，于是各朝每岁驾幸观楼船。水嬉，赐群臣宴射于此。后苑池名象瀛山，殿阁临水，云屋连蔟。诸帝常规御书，流杯泛觞游宴于玉宸等殿。"太宗雍熙三年，后常以暮春召近臣赏花钓鱼于苑中"。"命群臣赋诗赏花曲宴自此始"。

金明池布置情状，政和以后所纪，当经徽宗增置展拓而成。"池在顺天门街北，周围约九里三十步，池东西径七里许。入池门内南岸西去百余步，有西北临水殿。……又西去数百步乃仙桥，南北约数百步；桥面三虹，朱漆栏楯，下排雁柱，中央隆起，谓之骆驼虹，若飞虹之状。桥尽处五殿正在池之中心，四岸石甃向背大殿，中坐各设御幄。……殿上下回廊。……桥之南立棂星门，门里对立彩楼。……门相对街南有砖石甃砌高台，上有楼，观骑射百戏于此……"。规制之绮丽窈窕与朱画中楼阁廊庑最为迫肖。

徽宗之延福撷芳及艮岳万寿山布置又大异，朱勔，蔡攸辈穷搜太湖灵壁等地花石以实之，"宣和五年，朱勔于太湖取石，高广数丈，载以大舟，挽以千夫，凿河断桥，毁堰拆闸，数月乃至。……"盖所着重者及峰峦崖之缔构；珍禽奇石，环花异木之积累；以人工造天然山水之奇巧，然后以楼阁点缀其间。作风又不同于琼林苑金明池等矣。叠山之风，至南宋乃盛行于江南私园，迄元明情不稍衰。

真仁以后，殖货致富者愈众，巨量交易出入京师，官方管理之设备及民间商业之建筑，皆因之侈大。公卿商贾拥有资产者之园圃第宅，皆争尚靡丽，京师每岁所需木材之夥，使官民由各路市木不已，且有以此居积取利者，营造之盛实普遍民间。

市街店楼之各种建筑，因汴京之富，乃登峰造极。商业区如"潘楼街……南通一巷，谓之界身，并是金银彩帛交易之所；屋宇雄壮，门面广阔，望之森然"。娱乐场如所谓"瓦子"，"其中大小勾栏五十余座，……中瓦莲花棚牡丹棚；里瓦夜叉棚，象棚；最大者可容数千人"。酒店则"凡京师酒店门首皆缚彩楼欢门。……入门一直主廊，约百余步，南北天井，两廊皆小阁子，向晚灯烛荧煌，上下相映。……白矾楼后改丰乐楼，宣和间更修三层相高，五楼相向，各有飞桥栏槛，明暗相通"。其它店面如"马行街南北十几里，夹道药肆，盖多国医，咸巨富。……上元夜烧灯，尤壮观"。

住宅则仁宗景祐中已是"士民之族，罔遵矩度，争尚纷华。……室屋宏丽，交穷土木之工"。"宗戚贵臣之家，第宅园圃，服饰器用，往往穷天下之珍怪……以豪华相尚，以俭陋相訾"。

市政上特种设备，如"望火楼……于高处砖砌，……楼上有人卓望，下有宫屋数间，屯驻军兵百余人，及储藏救火用具。每坊巷三百步设有军巡铺屋一所，容铺兵五人"。新城战棚皆"旦暮修整"。"城里牙道各植榆柳，每二百步置一防城库，贮守御之器，有广固兵士二十指挥，每日修造泥饰"。

工艺所在，则有绫锦院、筑院、裁造院，官窑等等之产生。工商影响所及，虽远至蜀中锦官城，如神宗元丰六年，亦"作锦院于府治之东。……创楼于前，以为积藏待发之所。……织室吏舍出纳之府，为屋百一十七间，而后足居"。

有宋一代，宫庭多崇奉道教，故宫观景盛，对佛寺唯禀续唐风，仍其既成势力，不时修建。汴京梵刹多唐之旧，及宋增修改名者。太祖开宝三年，改唐封禅寺为开宝寺"重起缭廊朵殿凡二百八十区。太宗端拱中建塔，极其伟丽"。塔八角十三层，乃木工喻浩所作，后真宗赐名灵感，至仁宗庆历四年塔毁，乃于其东上方院建铁色琉璃砖塔，亦为八角十三层俗称铁塔，至今犹存，为开封古迹之一。又加开宝二年诏重建唐龙兴寺，太宗赐额太平兴国寺。天清寺则周世宗创建于陈州门里繁台之上，塔曰兴慈塔，俗名繁塔，太宗重建。明初重建，削塔之顶，仅留三级，今日俗称婆塔者是。宝相寺亦五代创建，内有弥勒大像，五百罗汉塑像，元末始为兵毁。

规模最宏者为相国寺，寺建于北齐天保中，唐睿宗景云二年（公元七一一年）改为相国寺；玄宗天宝四年（公元七四五年）建资圣阁；宋至道二年（公元九九六年）敕建三门，制楼其上，赐额大相国寺。曹翰曾夺庐山东林寺五百罗汉北归，诏置寺中。当时寺"乃瓦市也，僧房散处，而中庭两庑可容万余人，凡商旅交易皆萃其中。四方趋京师以货物求售转售它物者，必由于此"。实为东京最大之商场。寺内"有两琉璃塔，……东西塔院。大殿两廊皆国相名公笔迹，左壁画炽盛光佛降九曜鬼百戏。右壁佛降鬼子母，建立殿庭，供献乐部马队之类。大殿朵廊皆壁隐楼殿人物，莫非精妙"。

京外名刹当首推正定府龙兴寺。寺隋开皇创建，初为龙藏寺，宋开宝四年，于原有讲殿之后建大悲阁，内铸铜观音像，高与阁等。宋太祖曾幸之，像至今屹立，阁已残破不堪修葺，其周围廊庑塑壁，虽仅余鳞爪，尚有可观者。寺中宋构如摩尼殿，慈氏阁，转轮藏等，亦幸存至今。

北宋道观，始于太祖，改周之大清观为建隆观，亦诏以扬州行宫为建隆观。太宗建上清太平宫，规模始大。真宗尤溺于符谶之说，营建最多，尤侈丽无比。大中祥符元年，即建隆观增建为玉清照应宫，凡役工日三四万。"初议营官料工须十五年，修宫使丁谓令以夜续昼，每画一壁给二烛，故七年而成。……制度宏丽，屋宇稍不中程式，虽金碧已具，刘承珪必令毁而更造"。又诏天下遍置天庆观，迄于徽宗，惑于道士林灵素等，作上请宝箓宫。亦诏"天下洞天福地，修建宫观，塑造圣像"。宣和元年，竟诏天下更寺院为宫观，次年始复寺院额。

洛阳宋为西京，山陵在焉。"开宝初，遣王仁珪等修洛阳宫室，太祖至洛，睹其壮丽，王等并进秩。……太祖生于洛阳，乐其土风，常有迁都之意"，臣下谏而未果。宫城周九里有奇，城南三门，中曰五凤楼，伟丽之建筑也。东西北各有一门。曰苍龙，曰金虎，曰拱宸。正殿曰太极殿，前有左右龙尾道及日楼月楼。"宫室合九千九百九十余

144

区"，规模可称宏壮。皇城周十八里有奇，各门与宫城东西诸门相直，内则诸司处之。京城周五十二里余，尤大于汴京。神宗曾诏修西京大内。徽宗政和元年至六年间之重修，预为谒陵西幸之备，规模尤大。"以真漆为饰，工役甚大，为费不资"。至于洛阳园林之盛，几与汴京相伯仲。重臣致仕，往往径第西洛。自富郑公至吕文穆等十九园。其馆榭池台配造之巧，亦可见当时洛阳经营之劳，与财力之盛也。

徽宗崇宁二年（公元一一〇三年），李诫作营造法式，其中所定建筑规制，较与宋辽早期手法，已迥然不同。盖宋初禀承唐末五代作风，结构犹硕健质朴。太宗太平兴国（公元九七六年）以后，至徽宗即位之初（公元一一〇一年），百余年间，营建旺盛，木造规制已迅速变更；崇宁所定，多去前之硕大，易以纤靡，其趋势乃刻意修饰而不重魁伟矣。徽宗末季，政和迄宣和间，锐意制作，所本风格，尤尚绮丽，正为实施营造法式之时期，现存山西榆次大中祥符元年（公元一〇〇八年）之永寿寺雨华宫，与太原天圣间（公元一〇二三～一〇三一年）之晋祠等，结构秀整犹带雄劲，骨干虽已无唐制之硕建庞大，细部犹未有崇宁法式之繁琐纤弱，可称其为北宋中坚之典型风格也。

辽之都市及宫殿

契丹之初为东北部落，游牧射生，以给日用，故"草居野处靡有定所"。至辽太祖耶律阿保机并东西奚，统一本族八部，国势始张。其汉化创业之始，用幽州人韩延徽等，"营都邑，建宫殿，法度井井"，中原所为者悉备。迨援立石晋，太宗耶律德光得晋所献燕云十六州，改元会同（公元九三八年），建号称辽，诏以皇都临潢府（今热河林西县）为上京，升幽州为南京，定辽阳为东京。辽势力从此侵入云朔幽蓟（今山西、河北北部）。危患北宋，百数十年。圣宗统和二十五年（公元一〇〇七年）即宋真宗大中祥符之初，以大定府为中京（今热河朝阳平原、赤峰等县地），又三十余年至兴宗重熙十三年（公元一〇四四年），更以大同府为西京，于是五京备焉。

辽东为汉旧郡，渤海人居之，奚与渤海皆深受唐风之熏染。契丹部落之崛起与五代为同时，耶律氏实宗唐末边疆之文化，同化于汉族，进而承袭中原北首州县文物制度之雄者也。契丹本富于盐铁之列，其初有"回国使"往来贩易，鬻其牛羊，毳，罽，驰马，皮革，金珠，药材等以市他国货物，其后辽更与北宋、西夏、高丽、女真诸国沿边所在，共置榷场市易，商业甚形发达，都市因此繁盛。其都市街隅，"有楼对峙，下连市肆"。其中"邑屋市肆有绫锦之作，宦者，伎术，教坊，角抵，儒僧尼道皆中国人，并汾幽蓟为多"。辽世重佛教，营僧寺，刊经藏，不遗余力，尝"择良工于燕蓟"。凡宫殿佛寺主要建筑，实均与北宋相同。盖两者均上承唐制，继五代之余，下启金元之中国传统木构也。

太祖于神册三年（公元九一八年）治城临潢，名曰皇都；二十一年后，至太宗，改称上京。太祖建元神册之前，所居之地曾称西楼。"阿保机以其所为上京，起楼其间，号西楼，又于其东……起东楼，北……起北楼，南木叶山起南楼，往来射猎四楼之间"。盖阿保机自立之始，创建明王楼。初未筑成，其都亦未有名称。如"以所获僧……五十人归西楼，建天雄寺以居之"。"其党神速姑复劫西楼，焚明王楼"，"壬戌上发自西楼"等。"契丹好鬼贵日，朔旦东向而拜日，其大会聚视国事，皆以东向为尊，四楼门屋皆东向"。岂西楼时期，契丹营建乃保有汉，魏，盛唐建楼之古风；而又保留其部族东向为尊之特征欤？

辽建"殿"之事，始于太祖八年冬，建开皇殿于明王楼基，早于城皇都约四年，其方向如何，今无考。"天显元年，平渤海归，乃展郛郭，建宫室，名之以天赞。起三大殿曰：开皇，安德，五銮。中有历代帝王御容……"制度似略改。迨晋遣使上尊号，太宗"诏番部，并依汉制御开皇殿，辟承天门受礼，改皇都为上京"。以后开皇五銮及宣政殿皆数见于太宗纪。

上京"城高二丈，……幅员二十七里。……其北谓之皇城，……中有大内。……大内南门曰承天；有楼阁，……东华西华。……通内出入之所"。城正南街两侧为各司衙寺观国子监，孔子庙及二仓。天雄寺与八作司相对，均在大内南。"南城谓之汉城；南当横街，各有楼对峙，下列井肆"。市容整备，其形制已无所异于汉族。然至圣宗开泰五年，距此时已八十年，宋人记云"承天门内有昭德宣政二殿，与毡庐皆东向"。然则辽上京制度，殆始终留有其部族特殊尊东向之风俗。

辽阳之大部建设为辽以前渤海大氏所遗，而大氏又本唐之旧郡，"拟建宫阙"。辽初以为东丹王国，茸其城，后升为南京，又改东京。"幅员三十里，共八门，……宫城在城东北隅……南为三门，壮以楼观。四隅有角楼，相去各二里。宫壤北有让国皇帝御容殿，大内建二殿。……外城谓之汉城，分南北市，中为看楼，……街西有金德寺，大悲寺。驸马寺铁幡竿在焉"。

辽南京古冀州地，唐属幽州范阳郡；唐末刘仁恭尝据以僭帝号。石晋时地入于辽。太宗立为南京，又曰燕京，是为北京奠都之始。城有八门，其四至广阔，虽屡经史家考证，仍久惑后人。地理志称"方三十六里"，其它或称二十五里及二十七里者。或言三十六里"乃并大内计度"者，其说不一。但燕城令人注意者，乃其基址与今日北京城阙之关系。其址盖在今北京宣武门迤西，越右安广宁门郊外之地。金之中都承其旧城而展拓之，非元明清建都之北京城也。今其址之北面有旧土城及会城门村等可考。其东南隅有古之悯忠寺（今之法源寺）可考，而今郊外之"鹅房营，有土城角，作曲尺式，幸存未铲；有豁口俗呼凤凰嘴，当因辽城丹凤门得名"，乃燕城之西南隅也。今日北京南城著名之海王村琉璃厂等皆在燕城东壁之外。

辽太宗升幽州为南京，初无迁都之举，故不经意于营建，即以幽州子城为大内，位于大城之西南隅；宫殿门楼一仍其旧，幽州经安史之徒，暨刘仁恭父子割据僭号，已有所设施，如拱宸门元和殿等，太宗入时均已有之。太宗但于西城巅诏建一"凉殿"，特书于本纪，岂仍循其"西楼"遗意者耶？

南京初虽仍幽州之旧，未事张皇改建，但至"景宗保宁五年，春正月，御五凤楼观灯"，及"圣宗开泰驻跸，宴于内果园"之时，当已有若于增置，"六街灯火如昼，士庶嬉游，上亦微行观之"，其时市坊繁盛之概，约略可见。及兴宗重熙五年（公元一〇三六年）始诏修南京宫阙府署，辽宫廷土木之功虽不侈，固亦慎重其事，佛寺浮图则多雄伟。迨金世宗二十八年（公元一一八八年）距此时已百五十余年，而金主尚谓其宰臣曰："宫殿制度苟务华饰，必不坚固。今仁政殿，辽时所建，全无华饰，但其它处岁岁修完，惟此殿如旧。以此见虚华无实者不能经久也"。辽代建筑类北宋初期形制，以雄朴为主，结构完固，不尚华饰，证之文献实物，均可征信。今日山西大同应县所幸存之重熙清宁等辽建，实为海内遗物之尤足珍贵者也。

金之都市、宫、殿与佛寺

金之先，出靺鞨，古之肃慎也。唐初，其黑水一部曾附高丽，其后渤海强盛，契丹又取渤海地，乃附属于契丹。其在南者号熟女真，在北者不在契丹族，号生女真。金太祖之先，已统一部落，修弓矢，备器械，日臻强盛，不受辽籍。至太祖败辽兵，招渤海，乃建号称大金。收国元年（公元一一一五年），更节节进攻。数年之间，尽得辽旧地，进逼宋境。

金建会宁府为上京，"初无城郭，星散而居，呼曰皇帝寨，国相寨，太子寨"，当尚为部落帐幕时期。及"升皇帝寨为会宁府，城邑宫室，无异于中原州县廨宇。制度核草创，居民往来，车马杂遝，……略无禁制。……春击土牛，父老士庶皆聚观于殿侧。至熙宗皇统六年（公元一一四六年），始设五路工匠，撤而新之，规模虽仿汴京，然仅得十之二三而已"。宣和六年（公元一一二四年），宋使贺金太宗登位时，所见之上京，则"去北庭十里，一望平原旷野间，有居民千余家，近阙北有阜园，绕三数顷，高丈余，云皇城也。山棚之左曰桃园洞，右曰紫微洞，中作大牌曰翠微宫，高五七丈，建殿七栋甚壮，榜额曰乾元殿，阶高四尺，土坛方阔数丈，名龙墀"，类一道观所改，亦非中原州县制度。其初即此乾元殿亦不常用。"女真之初无城郭，国主屋舍车马……与其下无异，……所独享者唯一殿名曰乾元。所居四处栽柳以作禁宫而已。殿宇绕壁尽置火炕，平居无事则锁之，或时开钥，则与臣下坐于炕，后妃躬侍饮食"。

金初部落色彩浓厚，汉化成分甚微，破辽之时劫夺俘虏；徙辽豪族子女部曲人民，又括其金帛牧马，分赐将帅诸军。燕京经此洗劫，仅余空城。既破坏辽之建设，更进而滋扰宋土，初索岁币银绢，以燕京及涿易檀顺景蓟六州归宋。既盟复悔。乃破太原真定，兵临汴京城下，掳徽钦二帝北去。所经城邑荡毁，老幼流离鲜能恢复。至征江淮诸州，焚毁屠城，所为愈酷。终金太宗之世，上京会宁草创，宫室简陋，未曾着意土木之事，首都若此，他可想见。

金以武力与中原文物接触，十余年后亦步辽之后尘，得汉人辅翼，反受影响，乃逐渐摹仿中原。至熙宗继位，稍崇仪制，亲祭孔子庙，诏封衍圣公等。即位之初（公元一一三五年），建天开殿于爻剌，此后时幸，若行宫焉。上京则于天眷元年（公元一一三八年）四月，"命少府监……营建宫室"，虽云："止从俭素"，"十二月宫成"，为时过促，恐非工程全部。此后有"明德宫享太宗御容于此，太后所居"；"五云楼及重明等殿成"；又有太庙，社稷等建置。皇统六年，以"会宁府太狭，才如郡制，……设五路工匠，撤而新之"。天眷皇统间，北方干戈稍息，州郡亦略有增修之迹，遗物中多有天眷年号者。

自海陵王弑熙宗自立，迄其入汴南征，以暴戾遇刺，为时仅十二年，金之最大建筑活动即在此天德至正隆之时（公元一一四九～一一六一年）。

海陵既跅弛狂躁，对于营建惟求侈丽，不殚工费，或"赐工匠及役夫帛"，或"杖提举营造官"，所为皆任性。天德三年，"诏广燕城，建宫室，按图兴修，规模宏大"。贞元元年，迁入燕京，"称中都，以迁都诏中外"。以宋之汴京为南京，大定为北京，辽阳为东京，大同为西京。乃迎太后居中都寿康宫；增妃嫔以实后宫，临常武殿击鞠，登宝昌门观角抵，御宣华门观迎佛；赐诸寺僧绢。园苑则有瑶池殿之成，御宴已有泰和殿之称，生活与其营建皆息息相关。又以大房山云峰寺为山陵，建行宫其麓。正隆元年，奉迁金始祖以下梓宫葬山陵，翌年，"命会宁府毁旧宫殿，诸大族第宅，及储庆寺，仍夷其址，而耕种之"。削上京号，"称为国中者，以违制论"。既而慕汴京风土，急于巡幸，于正隆四年（公元一一五九年），复诏营建宫室于南京。

汴京烽燧之余，蹂躏烬毁，至是侈其营缮，仍宋之旧，勉力恢复。"宫殿运一木之费至二千万，牵一车之力至五百人；宫殿之饰，遍傅黄金，而后间以五采。……一殿之费以亿万计；成而复毁，务极华丽"。但海陵虽崇饰宫阙，民间固荒残自若。"新城内大抵皆墟，至有犁为田处。四望时见楼阁峥嵘，皆旧宫观寺宇，无不颓毁"。各刹若大相国寺亦"倾檐缺吻，无复旧观"。汴都此时已失其政治经济地位，绝无繁荣之可能。

中都宫殿营建既毕，又增高燕城，辟其四面十二门，广辽旧城之东壁约三里，世宗以后均都于此，与宋剖分疆宇，升平殷富将五十余载，始遭北人兵燹，其间各朝尚多增置，朝市寺观日臻繁盛。

初海陵丞相张浩等，"取真定材木营建宫室及凉位十六"，制度实多取法汴京。皇城周回"九里三十步"，则几倍于汴之皇城，而与洛阳相埒。自内城南门天津桥北之宣阳门至应天楼，东西千步廊各二百余间，中间驰道宏阔，两旁植柳。有东西横街三道，通左右民居及太庙三省六部。宣阳门以金钉绘龙凤，"上有重楼，制度宏大，三门并立，中门常不开，惟车驾出入"；应天门初名通天门，"高八丈，朱门五，饰以金钉"；宫阙门户皆用青琉璃瓦，两旁相去里许为左右掖门。内城四角皆有垛楼。宣华，玉华，拱宸各门均"金碧翚飞，规制宏丽"。

"内殿凡九重，殿三十有六，楼阁倍之"。其正朝曰大安殿，东西亦皆有廊庑，东北为母后寿康宫及太子东宫（初称隆庆），大安殿后宣明门内为仁政殿，乃常朝之所，殿则为辽故园，其朵殿为两高楼，称东西上阁门，"西出玉华门则为同乐园，若瑶池、蓬瀛、柳庄、杏村在焉"，宫中十六位妃嫔所居略在正殿之西；宴殿如泰和神龙等均近鱼藻池，后苑亦偏宫西，一若汴京。辽时本有楼阁球场在右掖门南，经金营建，乃有常武殿等为击球习射之所。太庙标名衍庆之宫，在千步廊东。金庭规制堂皇，仪卫华整，宋使范成大，虽云"前后殿屋崛起甚多，制度不经"，但亦称其"工巧无遗力"。

中都外城市置，尤为特异。金初灭辽，粘罕有志都燕，为百年计，"因辽人宫阙于内城外筑四城，每城各三里，前后各一门，楼橹地堑，一如边城。……穿复道与内城通……"。海陵定都，欲撤其城而止，故终金之世未毁。世宗之立，由于劝进，颇以省约为务，在位二十九年，始终以大定为年号，世称大定之治。即位之初，中都已宏丽，不欲扰民，故少所增建。元年（公元一一六一年）入中都，"诏凡宫殿张设，毋得增置"。三年又敕有司"宫中张设，毋得涂金"，有诏修辽东边堡，颇重守御政策，即位数年，与宋讲好，国内承平，土木之功渐举，重修灾后泰和神龙宴殿，六年幸大同华严寺，观故辽诸帝铜像，诏主僧谨视；有护古物之意。大定七年，建社稷坛；十四年，增建衍庆宫，图画功臣于左右庑，如宋制。十九年，建京城北离宫，宫始称大宁（后改寿宁、寿安），即明昌后之万宁宫，章宗李妃"妆台"所在。瑶光台，琼华岛始终为明清宫苑胜地，今日北京北海团城及琼华塔所在也。二十一年，复修会宁宫殿，以矍束其城。二十六年，曾自言"朕尝自思岂能无过，所患过而不改。……省朕之过，颇喜兴土木之工，自今不复作矣"。二十八年盛誉辽之仁政殿之不尚虚华，而能经久，叹曰："……今土木之工，灭裂尤甚，下则吏与工匠相结为奸，侵克工物；上则户工部官支钱，度材，惟务苟办；至有工役才华，随即欹漏者；……劳民费财，莫甚于此。自今体究，重抵以罪"。海陵专事虚华，急于营建，且辽宋劫后，匠师星散，金时构造之工已逊前代巨构甚远，世宗固已知之。

大定之后，惟章宗之世（公元一一九〇～一二〇八年），略有营造，大者如卢沟石桥，增修曲阜孔庙，重修大同善化寺佛像，及重修登封中岳庙等普遍修缮之活动。赵州小石桥至今仍存，亦为明昌原物。至于中都宫苑之间，章宗建置多为游幸娱乐之所。常幸南园玉泉山，香山。北苑万宁宫尤多增设。瑶光殿之作，后世称章宗李妃妆台。琼华阁及绛绡翠霄两殿，亦为大定后所增。"宸纪郑氏又尝见白石，爱而辇归，筑崖洞于芳华阁，用工二万，牛马七百"，贻内侍余琬以艮岳亡国之讽。章宗末季，南与宋战，北御元军，十年之间，迫事愈频，承安之后，已非营建时代。卫绍王继位，政乱兵败，中都被围，"城中乏薪，拆绛绡殿，翠霄殿，琼华阁材分给四城"。距燕京城破之时（公元一二一五年）已不及三年，卫绍王废，宣宗立，中都危殆，金室乃仓皇南迁。都汴之后，修城葺库，一切从简，无所谓建设。及元代之朝，日臻隆盛，金之北方疆土尽失，复南下入宋，以图自存。迄于金亡，二十年间，中原中部重遭争夺，城邑多成戎烬之余，宋辽金三朝文物得以幸存至今者难矣。幸辽金素重佛法，寺院多有田产自给，易朝之际，虽遭兵燹，寺之大者，尚有局部恢复，而得后代之资助增建者。今日辽宁，河北，山西佛寺殿堂及浮图，每有辽金雄大原构渗与其中，已是我国建筑遗产重要之一部。

（原载于《中国建筑史》，为第六章"宋、辽、金"部分，一九五四年出版）

我们的首都

中　山　堂

　　我们的首都是这样多方面的伟大和可爱，每次我们都可以从不同的事物来介绍和说明他，来了解和认识他。我们的首都是一个最富于文物建筑的名城；从文物建筑来介绍他，可以更深刻地感到他的伟大与罕贵。我要在这里首先介绍的一个对象是中山公园内的中山堂。你可能已在这里开过会，或因游览中山公园而认识了他；你也可能是没有来过首都而希望来的人，愿意对北京有个初步的了解。让我来介绍一下吧，这是一个愉快的任务。

　　这个殿堂的确不是一个寻常的建筑物；就是在这个满是文物建筑的北京城里，它也是极其罕贵的一个。因为它是这个古老的城中最老的一座木构大殿，它的年龄已有五百三十岁了。它是十五世纪二十年代的建筑，是明朝永乐由南京重回北京建都时所造的许多建筑物之一，也是明初工艺最旺盛的时代里，我们可尊敬的无名工匠们所创造的、保存到今天的一个实物。

　　这个殿堂过去不是帝王的宫殿，也不是佛寺的经堂；它是执行中国最原始宗教中祭祀仪节而设的坛庙中的"享殿"。中山公园过去是"社稷坛"，就是祭土地和五谷之神的地方。

　　凡是坛庙都用柏树林围绕，所以环境优美，成为现代公园的极好基础。社稷坛全部包括中央一广场，场内一方坛，场四面有短墙和棂星门；短墙之外，三面为神道，北面为享殿和寝殿；它们的外围又有红围墙和美丽的券洞门。正南有井亭，外围古柏参天。

中山堂的外表是个典型的大殿。白石镶嵌的台基和三道石阶，朱漆合抱的并列立柱，精致的门窗，青绿彩画的阑额，由于综错木材所组成的"斗栱"和檐橼等所造成的建筑装饰，加上黄琉璃瓦巍然耸起，微曲的坡顶，都可说是典型的，但也正是完整而美好的结构。它比例的稳重，尺度的恰当，也恰如它的作用和它的环境所需要的。它的内部不用天花顶棚，而将梁架斗栱结构全部外露，即所谓"露明造"的格式。我们仰头望去，就可以看见每一块结构的构材处理得有如装饰画那样美丽，同时又组成了巧妙的图案。当然，传统的青绿彩绘也更使它灿烂而华贵。但是明初遗物的特征是木材的优良（每柱必是整料，且以楠木为主），和匠工砍削榫卯的准确，这些都不是在外表上显著之点，而是属于它内在的品质的。

中国劳动人民所创造的这样一座优美的、雄伟的建筑物，过去只供封建帝王愚民之用，现在回到了人民的手里，它的效能，充分地被人民使用了。一九四九年八月，北京市第一届人民代表会议，就是在这里召开的。两年多来，这里开过各种会议百余次。这大殿是多么恰当地用作各种工作会议和报告的大礼堂！而更巧的是同社稷坛遥遥相对的太庙，也已用作首都劳动人民的文化宫了。

北京市劳动人民文化宫

北京市劳动人民文化宫是首都人民所熟悉的地方。它在天安门的左侧，同天安门右侧的中山公园正相对称。它所占的面积很大，南面和天安门在一条线上，北面背临着紫禁城前的护城河，西面由故宫前的东千步廊起，东面到故宫的东墙根止，东西宽度恰是紫禁城的一半。这里是四百零八年以前（明嘉靖二十三年，一五四四年）劳动人民所辛苦建造起来的一所规模宏大的庙宇。它主要是由三座大殿、三进庭院所组成；此外，环绕着它的四周的，是一片蓊郁古劲的柏树林。

这里过去称做"太庙"，只是沉寂地供着一些死人牌位和一年举行几次皇族的祭祖大典的地方。解放以后，一九五〇年国际劳动节，这里的大门上挂上了毛主席亲笔题的匾额——"北京市劳动人民文化宫"，它便活跃起来了。在这里面所进行的各种文化娱乐活动经常受到首都劳动人民的热烈欢迎，以致于这里林荫下的庭院和大殿里经常挤满了人，假日和举行各种展览会的时候，等待入门的行列有时一直排到天安门前。

在这里，各种文化娱乐活动是在一个特别美丽的环境中进行的。这个环境的特点有二：

一，它是故宫中工料特殊精美而在四百多年中又丝毫未被伤毁的一个完整的建筑组群。

二，它的平面布局是在祖国的建筑体系中，在处理空间的方法上最卓越的例子之一。不但是它的内部布局爽朗而紧凑，在虚实起伏之间，构成一个整体，并且它还是故宫体系总布局的一个组成部分，同天安门、端门和午门有一定的关系。如果我们从高处下瞰，就可以看出文化宫是以一个广庭为核心，四面建筑物环抱，北面是建筑的重点。它不单是一座单独的殿堂，而是前后三殿：中殿与后殿都各有它的两厢配殿和前院；前殿特别雄大，有两重屋檐，三层石基，左右两厢是很长的廊庑，像两臂伸出抱拢着前面广庭。南面的建筑很简单，就是入口的大门。在这全组建筑物之外，环绕着两重有琉璃瓦饰的红墙，两圈红墙之间，是一周苍翠的老柏树林。南面的树林是特别大的一片，造成浓荫，和北头建筑物的重点恰相呼应。它们所留出的主要空间就是那个可容万人以上的广庭，配合着两面的廊子。这样的一种空间处理，是非常适合于户外的集体活动的。这也是我们祖国建筑的优良传统之一。这种布局与中山公园中社稷坛部分完全不同，但在比重上又恰是对称的。如果说社稷坛是一个四条神道由中心向外展开的坛（仅在北面有两座不高的殿堂），文化宫则是一个由四面殿堂廊屋围拢来的庙。这两组建筑物以端门前庭为锁钥，和午门、天安门是有机地联系着的。在文化宫里，如果我们由下往上看，不但可以看到北面重檐的正殿巍然而起，并且可以看到午门上的五凤楼一角正成了它的西北面背景，早晚云霞，金瓦翚飞，气魄的雄伟，给人极深刻的印象。

故宫三大殿

北京城里的故宫中间，巍然崛起的三座大宫殿是整个故宫的重点，"紫禁城"内建筑的核心。以整个故宫来说，那样庄严宏伟的气魄；那样富于组织性，又富于图画美的体形风格；那样处理空间的艺术；那样的工程技术，外表轮廓，和平面布局之间的统一的整体，无可否认的，它是全世界建筑艺术的绝品，它是一组伟大的建筑杰作，它也是人类劳动创造史中放出异彩的奇迹之一。我们有充足的理由，为我们这"世界第一"而骄傲。

三大殿的前面有两段作为序幕的布局，是值得注意的。第一段，由天安门，经端门到午门，两旁长列的"千步廊"是个严肃的开端。第二段在午门与太和门之间的小广场，更是一个美丽的前奏。这里一道弧形的金水河，和河上五道白石桥，在黄瓦红墙的气氛中，北望太和门的雄劲，这个环境适当地给三殿做了心理准备。

太和、中和、保和三座殿是前后排列着同立在一个庞大而崇高的工字形白石殿基上面的。这种台基过去称"殿陛"，共高二丈，分三层，每层有刻石栏杆围绕，台上列铜鼎等。台前石阶三列，左右各一列，路上都有雕镂隐起的龙凤花纹。这样大尺度的一组建筑物，是用更宏大尺度的庭院围绕起来的。广庭气魄之大是无法形容的。庭院四周有廊屋，太和与保和两殿的左右还有对称的楼阁，和翼门，四角有小角楼。这样的布局是我国特有的传统，常见于美丽的唐宋壁画中。

三殿中，太和殿最大，也是全国最大的一个木构大殿。横阔十一间，进深五间，外有廊柱一列，全个殿内外立着八十四根大柱。殿顶是重檐的"庑殿式"，瓦顶，全部用黄色的琉璃瓦，光泽灿烂，同蓝色天空相辉映。底下彩画的横额和斗栱，朱漆柱，金琐窗，同白石阶基也作了强烈的对比。这个殿建于康熙三十六年（一六九七年），已有三百五十五岁，而结构整严完好如初。内部渗金盘龙柱和上部梁枋藻井上的彩画虽稍剥落，但仍然华美动人。

中和殿在工字基台的中心，平面为正方形，宋元工字殿当中的"柱廊"竟蜕变而成了今天的亭子形的方殿。屋顶是单檐"攒尖顶"，上端用渗金圆顶为结束。此殿是清初顺治三年的原物，比太和殿又早五十余年。

保和殿立在工字形殿基的北端，东西阔九间，每间尺度又都小于太和殿，上面是"歇山式"殿顶，它是明万历的"建极殿"原物，未经破坏或重建的。至今上面童柱上还留有"建极殿"标识。它是三殿中年寿最老的，已有三百三十七年的历史。

三大殿中的两殿，一前一后，中间夹着略为低小的单位所造成的格局，是它美妙的特点。要用文字形容三殿是不可能的，而同时因环境之大，摄影镜头很难把握这三殿全部的雄姿。深刻的印象，必须亲自进到那动人的环境中，才能体会得到。

北海公园

在二百多万人口的城市中，尤其是在布局谨严，街道引直，建筑物主要都左右对称的北京城市，会有像北海这样一处水阔天空，风景如画的环境，据在城市的心脏地带，实在令人料想不到，使人惊喜。初次走过横亘在北海和中海之间的金鳌玉蝀桥的时候，望见隔水的景物，真像一幅画面，给人的印象尤为深刻。耸立在水心的琼华岛，山巅白塔，林间楼台，受晨光或夕阳的渲染，景象非凡特殊，湖岸石桥上的游人或水面小船，处处也都像在画中。池沼园林是近代城市的肺腑，藉以调节气候，美化环境，休息精神；北海风景区对全市人民的健康所起的作用是无法衡量的。北海在艺术和历史方面的价值都是很突出的，但更可贵的还是在它今天回到了人民手里，成为人民的公园。

我们重视北海的历史，因为它也就是北京城历史重要的一段。它是今天的北京城的发源地。远在辽代（十一世纪初），琼华岛的地址就是一个著名的台，传说是"萧太后台"；到了金朝（十二世纪中），统治者在这里奢侈地为自己建造郊外离宫：凿大池，改台为岛，移北宋名石筑山，山巅建美丽的大殿。元忽必烈攻破中都，曾住在这里。元建都时，废中都旧城，选择了这离宫地址作为他的新城，大都皇宫的核心，称北海和中海为太液池。元的三个宫分立在两岸，水中前有"瀛洲圆殿"，就是今天的团城，北面有桥通"万岁山"，就是今天的琼华岛。岛立太液池中，气势雄壮，山巅广寒殿居高临下，可以远望西山，俯瞰全城，是忽必烈的主要宫殿，也是全城最突出的重点。明毁元三宫，建造今天的故宫以后，北海和中海的地位便不同了，也不那样重要了。统治者把两海改为游宴的庭园，称作"内苑"。广寒殿废而不用，明万历时坍塌。清初开辟南海，增修许多庭园建筑，北海北岸和东岸都有个别幽静的单位。北海面貌最显著的改变是在一六五一年，琼华岛广寒殿旧址上，建造了今天所见的西藏式白塔。岛正南半山殿堂也改为佛寺，由石阶直升上去，遥对团城。这个景象到今天已保持整整三百年了。

北海布局的艺术手法是继承宫苑创造幻想仙境的传统，所以它以琼华岛仙山楼阁的姿态为主：上面是台殿亭馆；中间有岩洞石室；北面游廊环抱，廊外有白石栏楯，长达三百米；中间漪澜堂，上起轩楼为远帆楼，和北岸的五龙亭隔水遥望，互见缥缈，是本着想像的仙山景物而安排的。湖心本植莲花，其间有画舫来去。北岸佛寺之外，还作小西天，又受有佛教画的影响。其它如桥亭堤岸，多少是模拟山水画意。北海的布局是有着丰富的艺术传统的。它的曲折有趣、多变化的景物，也就是它最得游人喜爱的因素。同时更因为它的水面宏阔，林岸较深，尺度大，气魄大，最适合于现代青年假期中的一切活动：划船、滑水、登高远眺，北海都有最好的条件。

天　坛

天坛在北京外城正中线的东边，占地差不多四千亩，围绕着有两重红色围墙。墙内茂密参天的老柏树，远望是一片苍郁的绿荫。由这树林中高高耸出深蓝色伞形的琉璃瓦顶，它是三重檐子的圆形大殿的上部，尖端上闪耀着涂金宝顶。这是祖国一个特殊的建筑物，世界闻名的天坛祈年殿。由南方到北京来的火车，进入北京城后，车上的人都可以从车窗中见到这个景物。它是许多人对北京文物建筑最先的一个印象。

天坛是过去封建主每年祭天和祈祷丰年的地方，封建的愚民政策和迷信的产物；但它也是过去辛勤的劳动人民用血汗和智慧所创造出来的一种特殊美丽的建筑类型，今天有着无比的艺术和历史价值。

天坛的全部建筑分成简单的两组，安置在平舒开朗的环境中，外周用深深的树林围护着。南面一组主要是祭天的大坛，称做"圜丘"，和一座不大的圆殿，称"皇穹宇"。北面一组就是祈年殿和它的后殿——皇乾殿、东西配殿和前面的祈年门。这两组相距约六百米，有一条白石大道相联。两组之外，重要的附属建筑只有向东的"斋宫"一处。外面两周的围墙，在平面上南边一半是方的，北边一半是半圆形的。这是根据古代"天圆地方"的说法而建筑的。

圜丘是祭天的大坛，平面正圆，全部白石砌成；分三层，高约一丈六尺；最上一层直径九丈，中层十五丈，底层二十一丈。每层有石栏杆绕着，三层栏板共合成三百六十块，象征"周天三百六十度"。各层四面都有九步台阶。这座坛全部尺寸和数目都用一、三、五、七、九的"天数"或它们的倍数，是最典型的封建迷信结合的要求。但在这种苛刻条件下，智慧的劳动人民却在造形方面创造出一个艺术杰作。这座洁白如雪、重叠三层的圆坛，周围环绕着玲珑像花边般的石刻栏杆，形体是这样的美丽，它永远是个可珍贵的建筑物，点缀在祖国的地面上。

圜丘北面棂星门外是皇穹宇。这座单檐的小圆殿的作用是存放神位木牌（祭天时"请"到圜丘上面受祭，祭完送回）。最特殊的是它外面周绕的围墙，平面作成圆形，只在南面开门。墙面是精美的磨砖对缝，所以靠墙内任何一点，向墙上低声细语，他人把耳朵靠近其它任何一点，都可以清晰听到。人们都喜欢在这里做这种"声学游戏"。

祈年殿是祈谷的地方，是个圆形大殿，三重蓝色琉璃瓦檐，最上一层上安金顶。殿的建筑用内外两周的柱，每周十二根，里面更立四根"龙井柱"。圆周十二间都安格扇门，没有墙壁，庄严中呈显玲珑。这殿立在三层圆坛上，坛的样式略似圜丘而稍大。

天坛部署的规模是明嘉靖年间制定的。现存建筑中，圜丘和皇穹宇是清乾隆八年（一七四三年）所建。祈年殿在清光绪十五年雷火焚毁后，又在第二年（一八九〇年）重建。祈年门和皇乾殿是明嘉靖二十四年

（一五四五年）原物。现在祈年门梁下的明代彩画是罕有的历史遗物。

颐 和 园

在中国历史中，城市近郊风景特别好的地方，封建主和贵族豪门等总要独霸或强占，然后再加以人工的经营来做他们的"禁苑"或私园。这些著名的御苑、离宫、名园，都是和劳动人民的血汗和智慧分不开的。他们凿了池或筑了山，建造了亭台楼阁，栽植了树木花草，布置了回廊曲径，桥梁水榭，在许许多多巧妙的经营与加工中，才把那些离宫或名园提到了高度艺术的境地。现在，这些可宝贵的祖国文化遗产，都已回到人民手里了。

北京西郊的颐和园，在著名的圆明园被帝国主义侵略军队毁了以后，是中国四千年封建历史里保存到今天的最后的一个大"御苑"。颐和园周围十三华里，园内有山有湖。倚山临湖的建筑单位大小数百，最有名的长廊，东西就长达一千几百尺，共计二百七十三间。

颐和园的湖、山基础，是经过金、元、明三朝所建设的。清朝规模最大的修建开始于乾隆十五年（一七五〇年），当时本名清漪园，山名万寿，湖名昆明。一八六〇年，清漪园和圆明园同遭英法联军毒辣的破坏。前山和西部大半被毁，只有山巅琉璃砖造的建筑和"铜亭"得免。

前山湖岸全部是光绪十四年（一八八八年）所重建。那时西太后那拉氏专政，为自己做寿，竟挪用了海军造船费来修建，改名颐和园。

颐和园规模宏大，布置错杂，我们可以分成后山、前山、东宫门、南湖和西堤等四大部分来了解它的。

第一部后山，是清漪园所遗留下的艺术面貌，精华在万寿山的北坡和坡下的苏州河。东自"赤城霞起"关口起，山势起伏，石路回转，一路在半山经"景福阁"到"智慧海",再向西到"画中游"。一路沿山下河岸,处处苍松深郁或桃树错落,是初春清明前后游园最好的地方。山下小河(或称后湖)曲折,忽狭忽阔;沿岸摹仿江南风景,故称"苏州街",河也名"苏州河"。正中北宫门入园后,有大石桥跨苏州河上,向南上坡是"后大庙"旧址,今称"须弥灵境"。这些地方,今天虽已剥落荒凉,但环境幽静,仍是颐和园最可爱的一部。东边"谐趣园"是仿无锡惠山园的风格,当中荷花池,四周有水殿曲廊,极为别致。西面通到前湖的小苏州河,岸上东有"买卖街"(现已不存),俨如江南小镇。更西的长堤垂柳和六桥是仿杭州西湖六桥建设的。这些都是摹仿江南山水的一个系统的造园手法。

第二部前山湖岸上的布局,主要是排云殿、长廊和石舫。排云殿在南北中轴线上。这一组由临湖一座牌坊起,上到排云殿,再上到佛香阁;倚山建筑,巍然耸起,是前山的重点。佛香阁是八角钻尖顶的多层建筑物,立在高台上,是全山最高的突出点。这一组建筑的左右还有"转轮藏"和"五芳阁"等宗教建筑物。附属于前山部分的还有米山上几处别馆如"景福阁","画中游"等。沿湖的长廊和中线成丁字形;西边长廊尽头处,湖岸转北到小苏州河,傍岸处就是著名的"石舫",名清宴舫。前山着重侈大、堂皇富丽,和清漪园时代重视江南山水的曲折大不相同;前山的安排,是"仙山蓬岛"的格式,略如北海琼华岛,建筑物倚山层层上去,成一中轴线,以高耸的建筑物为结束。湖岸有石栏和游廊。对面湖心有远岛,以桥相通,也如北海团城。只是岛和岸的距离甚大,通到岛上的十七孔和桥,不在中线,而由东堤伸出,成为远景。

第三部是东宫门入口后的三大组主要建筑物:一是向东的仁寿殿,它是理事的大殿;二是仁寿殿北边的德和园;内中有正殿、两廊和大戏台;三是乐寿堂;在德和园之西。这是那拉氏居住的地方。堂前向南临水有石台石阶,可以由此上下船。这些建筑拥挤繁复,像城内府第,堵塞了入口，向后山和湖岸的合理路线被建筑物阻挡割裂，今天游园的人，多不知有后山，进仁寿殿或德和园之后，更有迷惑在院落中的感觉，直到出了荣寿堂西门，到了长廊，才豁然开朗，见到前面湖山。这一部分的建筑物为全园布局上的最大弱点。

第四部是南湖洲岛和西堤。岛有五处，最大的是月波楼一组，或称龙王庙，有长桥通东堤。其他小岛非船不能达。西堤由北而南成一弧线，分数段，上有六座桥。这些都是湖中的点缀，为北岸的远景。

天宁寺塔

北京广安门外的天宁寺塔，是北京城内和郊外的寺塔中完整立着的一个最古的建筑纪念物。这个塔是属于一种特殊的类型：平面作八角形，砖筑实心，外表主要分成高座、单层塔身和上面的多层密檐三部分。座是重叠的两组须弥座，每组中间有一道"束腰"，用"间柱"分成格子，每格中刻一浅龛，中有浮雕，上面用一周砖刻斗栱和栏杆，故极富于装饰性。座以上只有一单层的塔身，托在仰翻的大莲瓣上，塔身四正面有拱门，四斜面有窗，还有浮雕力神像等。塔身以上是十三层密檐重叠着的瓦檐。第一层檐以上，各檐中间不露塔身，只见斗栱；檐的宽度每层缩小，逐渐向上递减，使塔的轮廓成缓和的弧线。塔顶的"刹"是佛教的象征物，本有"覆钵"和很多层"相轮"，但天宁寺塔上只有宝顶，不是一个刹，而十三层密檐本身却有了相轮的效果。

这种类型的塔，轮廓甚美，全部稳重而挺拔。层层密檐的支出使檐上的光和檐下的阴影构成一明一暗；重叠而上，和素面塔身起反衬作用，是最引人注意的宜于远望的处理方法。中间塔身略细，约束在檐以下，座以上，特别显得窈窕。座的轮廓也因有伸出和缩紧的部分，更美妙有趣。塔座是塔底部的重点，远望清晰伶俐；近望则见浮雕的花纹、走兽和人物，精致生动，又恰好收到最大的装饰效果。它是砖造建筑艺术中的极可宝贵的处理手法。

分析和比较祖国各时代各类型的塔，我们知道南北朝和隋的木塔的形状，但实物已不存。唐代遗物主要是砖塔，都是多层方塔，如西安的大雁塔和小雁塔。唐代虽有单层密檐塔，但平面为方形，且无须弥座和斗栱，如嵩山的永泰寺塔。中原山东等省以南，山西省以西，五代以后虽有八角塔，而非密檐，且无斗栱，如开封的"铁塔"。在江南，五代两宋虽有八角塔，却是多层塔身的，且塔身虽砖造，每层都用木造斗栱和木檩托檐，如苏州虎丘塔，罗汉院双塔等。检查天宁寺塔每一细节，我们今天可以确凿地断定它是辽代的实物，清代石碑中说它是"隋塔"是错误的。

这种单层密檐的八角塔只见于河北省和东北。最早有年月可考的都属于辽金时代（十一至十三世纪），如房山云居寺南塔北塔，正定青塔，通州塔，辽阳白塔寺塔等。但明清还有这型制的塔，如北京八里庄塔。从它们分布的地域和时代看来，这类型的塔显然是契丹民族（满族祖先的一支）的劳动人民和当时移居辽区的汉族匠工们所合力创造的伟绩，是他们对于祖国建筑传统的一个重大贡献。天宁寺塔经过这九百多年的考验，仍是一座完整而美丽的纪念性建筑，它是今天北京最珍贵的艺术遗产之一。

北京近郊的三座"金刚宝座塔"
——西直门外五塔寺塔、德胜门外西黄寺塔和香山碧云寺塔

北京西直门外五塔寺的大塔，形式很特殊；它是建立在一个巨大的台子上面，由五座小塔所组成的。佛教术语称这种塔为"金刚宝座塔"。它是摹仿印度佛陀伽蓝的大塔建造的。

金刚宝座塔的图样，是一四一三年（明永乐时代）西番班迪达来中国时带来的。永乐帝朱棣，封班迪达做大国师，建立大正觉寺——即五塔寺——给他住。到了一四七三年（明成化九年）便在寺中仿照了中印度式样，建造了这座金刚宝座塔。清乾隆时代又仿照这个类型，建造了另外两座。一座就是现在德胜门外的西黄寺塔，另一座是香山碧云寺塔。这三座塔虽同属于一个格式，但每座各有很大变化，和中国其他的传统风格结合而成。他们具体地表现出祖国劳动人民灵活运用外来影响的能力，他们有大胆变化、不限制于摹仿的创造精神。在建筑上，这样主动地吸收外国影响和自己民族形式相结合的例子是极值得注意的。同时，介绍北京这三座塔并指出它们的显著的异同，也可以增加游览者对它们的认识和兴趣。

五塔寺在西郊公园北面约二百米。它的大台高五丈，上面立五座密檐的方塔，正中一座高十三层，四角每座高十一层。中塔的正南，阶梯出口的地方有一座两层檐的亭子，上层瓦顶是圆的。大台的最底层是个"须弥座"，座之上分五层，每层伸出小檐一周，下雕并列的佛龛，龛和龛之间刻菩萨立像。最上层是女儿墙，也就是大台的栏杆。这些上面都有雕刻，所谓"梵花、梵宝、梵字、梵像"。大台的正门有门洞，门内有阶梯藏在台身里，盘旋上去，通到台上。

这塔全部用汉白玉建造，密密地布满雕刻。石里所含铁质经过五百年的氧化，呈现出淡淡的橙黄的颜色，非常温润而美丽。过于繁琐的雕饰本是印度建筑的弱点，中国匠人却创造了自己的适当的处理。他们智慧地结合了祖国的手法特征，努力控制了凹凸深浅的重点。每层利用小檐的伸出和佛龛的深入，做成阴影较强烈的部分，其余全是极浅的浮雕花纹。这样，便纠正了一片杂乱繁缛的感觉。

西黄寺塔，也称做班禅喇嘛净化城塔，建于一七七九年。这座塔的形式和大正觉寺塔一样，也是五座小塔立在一个大台上面。所不同的，在于这五座塔本身的形式。它的中央一塔为西藏式的喇嘛塔（如北海的白塔），而它的四角小塔，却是细高的八角五层的"经幢"；并且在平面上，四小塔的座基突出于大台之外，南面还有一列石阶引至台上。中央塔的各面刻有佛像、草花和凤凰等，雕刻极为细致富丽，四个幢主要一层素面刻经，上面三层刻佛龛与莲瓣。全组呈窈窕玲珑的印象。

碧云寺塔和以上两座又都不同。它的大台共有三层，底下两层是月台，各有台阶上去。最上层做法极像五塔寺塔，刻有数层佛龛，阶梯也藏在台身内。但它上面五座塔之外，南面左右还有两座小喇嘛塔，所以共有七座塔了。

这三处仿中印度式建筑的遗物，都在北京近郊风景区内。同式样的塔，国内只有昆明官渡镇有一座，比五塔寺塔更早了几年。

鼓楼、钟楼和什刹海

北京城在整体布局上，一切都以城中央一条南北中轴线为依据。这条中轴线以永定门为南端起点，经过正阳门、天安门、午门、前三殿、后三殿、神武门、景山、地安门一系列的建筑重点，最北就结束在鼓楼和钟楼那里。北京的钟楼和鼓楼不是东西相对，而是在南北线上，一前、一后两座高耸的建筑物。北面城墙正中不开城门，所以这条长达八公里的南北中线的北端就终止在钟楼之前。这个伟大气魄的中轴直穿城心的布局是我们祖先杰出的创造。鼓楼面向着广阔的地安门大街，地安门是它南面的"对景"，钟楼峙立在它的北面，这样三座建筑便合成一组庄严的单位，适当地作为这条中轴线的结束。

鼓楼是一座很大的建筑物，第一层雄厚的砖台，开着三个发券的门洞。上面横列五间重檐的木构殿楼，整体轮廓强调了横亘的体形。钟楼在鼓楼后面不远，是座直立耸起、全部砖石造成的建筑物；下层高耸的台，每面只有一个发券门洞。台上钟亭也是每面一个发券的门。全部使人有浑雄坚实的矗立的印象。钟、鼓两楼在对比中，一横一直，形成了和谐美妙的组合。明朝初年智慧的建筑工人，和当时的"打图样"的师父们就这样朴实、大胆地创造了自己市心的立体标志，充满了中华民族特征的不平凡的风格。

钟、鼓楼西面俯瞰什刹海和后海。这两个"海"是和北京历史分不开的。它们和北海、中海、南海是一个系统的五个湖沼。十二世纪中建造"大都"的时候，北海和中海被划入宫苑（那时还没有南海），什刹海和后海留在市区内。当时有一条水道由什刹海经现在的北河沿、南河沿、六国饭店出城通到通州，衔接到运河。江南运到的粮食便在什刹海卸货，那里船帆桅杆十分热闹，它的重要性正相同于我们今天的前门车站。到了明朝，水源发生问题，水运只到东郊，什刹海才丧失了作为交通终点的身份。尤其难得的是它外面始终没有围墙把它同城区阻隔，正合乎近代最理想的市区公园的布局。

海的四周本有十座佛寺，因而得到"什刹"的名称。这十座寺早已荒废。满清末年，这里周围是茶楼、酒馆和杂耍场子等。但湖水逐渐淤塞，虽然夏季里香荷一片，而水质污秽、蚊虫孳生已威胁到人民的健康。解放后人民自己的政府首先疏浚全城水道系统，将什刹海掏深，砌了石岸，使它成为一片清澈的活水，又将西侧小湖改为可容四千人的游泳池。两年来那里已成劳动人民夏天中最喜爱的地点。垂柳倒影，隔岸可遥望钟楼和鼓楼，它已真正地成为首都的风景区。并且这个风景区还正在不断地建设中。

在全市来说，由地安门到钟、鼓楼和什刹海是城北最好的风景区的基础。现在鼓楼上面已是人民的第一文化馆，小海已是游泳池，又紧接北海。这一个美好环境，由钟、鼓楼上远眺更为动人。不但如此，首都的风景区是以湖沼为重点的，水道的连结将成为必要。什刹海若予以发展，将来可能以金水河把它同颐和园的昆明湖结连起来。那样，人们将可以在假日里从什刹海坐着小船经由美丽的西郊，直达颐和园了。

雍 和 宫

北京城内东北角的雍和宫，是二百十几年来北京最大的一座喇嘛寺院。喇嘛教是蒙藏两族所崇奉的宗教，但这所寺院因为建筑的宏丽和佛像雕刻等的壮观，一向都非常著名，所以游览首都的人们，时常来到这里参观。这一组庄严的大建筑群，是过去中国建筑工人以自己传统的建筑结构技术来适应喇嘛教的需要所创造的一种宗教性的建筑类型，就如同中国工人曾以本国的传统方法和民族特征解决过回教的清真寺，或基督教的礼拜堂的需要一样。这寺院的全部是一种符合特殊实际要求的艺术创造，在首都的文物建筑中间，它是不容忽视的一组建筑遗产。

雍和宫曾经是胤禛（清雍正）做王子时的府第。在一七三四年改建为喇嘛寺。

雍和宫的大布局，紧凑而有秩序，全部由南北一条中轴线贯穿着。由最南头的石牌坊起到"琉璃花门"是一条"御道"，——也像一个小广场。两旁十几排向南并列的僧房就是喇嘛们的宿舍。由琉璃花门到雍和门是一个前院，这个前院有古槐的幽荫，南部左右两角立着钟楼和鼓楼，北部左右有两座八角的重檐亭子，更北的正中就是雍和门；雍和门规模很大，才经过修缮油饰。由此北进共有三个大庭院，五座主要大殿阁。第一院正中的主要大殿称做雍和宫，它的前面中线上有碑亭一座和一个雕刻精美的铜香炉，两边配殿围绕到它后面一殿的两旁，规模极为宏壮。

全寺最值得注意的建筑物是第二院中的法轮殿，其次便是它后面的万佛楼。它们的格式都是很特殊的。法轮殿主体是七间大殿，但它的前后又各出五间"抱厦"，使平面成十字形。殿的瓦顶上面突出五个小阁，一个在正脊中间，两个在前坡的左右，两个在后坡的左右。每个小阁的瓦脊中间又立着一座喇嘛塔。由于宗教上的要求，五塔寺金刚宝座塔的型式很巧妙地这样组织到纯粹中国式的殿堂上面，成了中国建筑中一个特殊例子。

万佛楼在法轮殿后面，是两层重檐的大阁。阁内部中间有一尊五丈多高的弥勒佛大像，穿过三层楼井，佛像头部在最上一层的屋顶底下。据说这个像的全部是由一整块檀香木雕成的。更特殊的是万佛楼的左右另有两座两层的阁，从这两阁的上层用斜廊——所谓飞桥——和大阁相联系。这是敦煌唐朝画中所常见的格式，今天还有这样一座存留着，是很难得的。

雍和宫最北部的绥成殿是七间，左右楼也各是七间，都是两层的楼阁，在我们的最近建设中，我们极需要参考本国传统的楼屋风格，从这一组两层建筑物中，是可以得到许多启示的。

故　宫

北京的故宫现在是首都的故宫博物院。故宫建筑的本身就是这博物院中最重要的历史文物。它综合形体上的壮丽、工程上的完美和布局上的庄严秩序，成为世界上一组最优异、最辉煌的建筑纪念物。它是我们祖国多少年来劳动人民智慧和勤劳的结晶，它有无比的历史和艺术价值。全宫由"前朝"和"内廷"两大部分组成；四周有城墙围绕，墙下是一周护城河，城四角有角楼，四面各有一门：正南是午门，门楼壮丽称五凤楼；正北称神武门；东西两门称东华门、西华门，全组统称"紫禁城"。隔河遥望红墙、黄瓦、宫阙、角楼的任何一角都是宏伟秀丽，气象万千。

前朝正中的三大殿是宫中前部的重点，阶陛三层，结构崇伟，为建筑造形的杰作。东侧是文华殿，西侧是武英殿，这两组与太和门东西并列，左右衬托，构成三殿前部的格局。

内廷是封建皇帝和他的家族居住和办公的部分。因为是所谓皇帝起居的地方，所以借重了许多严格部署的格局和外表形式上的处理来强调这独夫的"至高无上"。因此内廷的布局仍是采用左右对称的格式，并且在部署上象征天上星宿等等。例如内廷中间，乾清、坤宁两宫就是象征天地，中间过殿名交泰，就取"天地交泰"义。乾清宫前面的东西两门名日精、月华，象征日月。后面御花园中最北一座大殿——钦安殿，内中还供奉着"玄天上帝"的牌位。故宫博物院称这部分作"中路"，它也就是前王殿中轴线的延续，也是全城中轴的一段。

"中路"两旁两条长夹道的东西，各列六个宫，每三个为一路，中间有南北夹道。这十二个宫象征十二星辰。它们后部每面有五个并列的院落，称东五所、西五所，也象征众星拱辰之义。十二宫是内宫眷属"妃嫔""皇子"等的住所和中间的"后三殿"就是紫禁城后半部的核心。现在博物院称东西六宫等为"东殿"和"西殿"，按日轮流开放，西六宫曾经改建，储秀和翊坤两宫之间增建一殿，成了一组。长春和太极之间，也添建一殿，成为一组，格局稍变。东六宫中的延禧，曾参酌西式改建"水晶宫"而未成。

三路之外的建筑是比较不规则的。主要的有两种：一种是在中轴两侧，东西两路的南头，十二宫前面的重要前宫殿。西边是养心殿一组，它正在"外朝"和"内廷"之间偏东的位置上，是封建主实际上日常起居的地方。中轴东边与它约略对称的是斋宫和奉先殿。这两组与乾清宫的关系就相等于文华、武英两殿与太和殿的关系。另一类是核心外围规模较十二宫更大的宫。这些宫是建筑给封建主的母后居住的。每组都有前殿、后寝、周围廊子、配殿、宫门等。西边有慈宁、寿康、寿安等宫。其中夹着一组佛教庙宇雨花阁，规模极大。总称为"外西路"。东边的"外东路"只有直串南北、范围巨大的宁寿宫一组。它本是玄烨（康熙）的母亲所居，后来弘历（乾隆）将政权交给儿子，自己退老住在这里曾增建了许多繁缛巧丽的亭园建筑，所以称为"乾隆花园"。它是故宫后部核心以外最特殊也最奢侈的一个建筑组群，且是清代日趋繁琐的宫廷趣味的代表作。

故宫后部虽然"千门万户"，建筑密集，但它们仍是有秩序的布局。中轴之外，东西两侧的建筑物也是以几条南北轴线为依据的。各轴线组成的建筑群以外的街道形成了细长的南北夹道。主要的东一长街和西一长街的南头就是通到外朝的"左内门"和"右内门"，它们是内廷和前朝联系的主要交通线。

除去这些"宫"与"殿"之外，紫禁城内还有许多服务单位如上驷院、御膳房和各种库房及值班守卫之处。但威名煊赫的"南书房"和"军机处"等宰相大臣办公的地方，实际上只是乾清门旁边几间廊庑房舍。军机处还不如上驷院里一排马厩！封建帝王残酷地驱役劳动人民为他建造宫殿，养尊处优，享乐排场无所不至，而即使是对待他的军机大臣也仍如奴隶。这类事实可由故宫的建筑和布局反映出来。紫禁城全部建筑也就是最丰富的历史材料。

（原载于《新观察》，一九五二年第一至十一期）

窘

　　暑假中真是无聊到极点，维杉几乎急着学校开课，他自然不是特别好教书的——平日他还很讨厌教授的生活——不过暑假里无聊到没有办法，他不得不想到做事是可以解闷的。拿做事当作消遣也许是堕落。中年人特有的堕落。"但是，"维杉狠命地划一下火柴，"中年了又怎样？"他又点上他的烟卷连抽了几口。朋友到暑假里，好不容易找，都跑了，回南的不少，几个年轻的，不用说，更是忙得可以。当然脱不了为女性着忙，有的远赶到北戴河去。只剩下少朗和老晋几个永远不动的金刚，那又是因为他们有很好的房子有太太有孩子，真正过老牌子的中年生活，谁都不像他维杉的四不像的落魄！

　　维杉已经坐在少朗的书房里有一点多钟了，说着闲话，虽然他吃烟的时候比说话的多。难得少朗还是一味的活泼，他们中间隔着十年倒是一件不很显著的事，虽则少朗早就做过他的四十岁整寿，他的大孩子去年已进了大学。这也是旧式家庭的好处，维杉呆呆地靠在矮榻上想，眼睛望着竹帘外大院子。一缸莲花和几盆很大的石榴树，夹竹桃，叫他对着北京这特有的味道赏玩。他喜欢北京，尤其是北京的房子、院子。有人说北京房子傻透了，尽是一律的四合头，这说话的够多没有意思，他哪里懂得那均衡即对称的庄严？北京派的摆花也是别有味道，连下人对盆花也是特别地珍惜，你看哪一个大宅子的马号院里，或是门房前边，没有几盆花在砖头叠的座子上整齐地放着？想到马号维杉有些不自在了，他可以想象到他的洋车在日影底下停着，车夫坐在脚板上歪着脑袋睡觉，无条件地在等候他的主人，而他的主人……

无聊真是到了极点。他想立起身来走，却又看着毒火般的太阳胆怯。他听到少朗在书桌前面说："昨天我亲戚家送来几个好西瓜，今天该冰得可以了。你吃点吧？"

他想回答说："不，我还有点事，就要走了。"却不知不觉地立起身来说："少朗，这夏天我真感觉沉闷，无聊！委实说这暑假好不容易过。"

少朗递过来一盒烟，自己把烟斗衔到嘴里，一手在桌上抓摸洋火。他对维杉看了一眼，似笑非笑地皱了一皱眉头——少朗的眉头是永远有文章的。维杉不觉又有一点不自在，他的事情，虽然是好几年前的事情，少朗知道得最清楚的——也许太清楚了。

"你不吃西瓜么？"维杉想拿话岔开。

少朗不响，吃了两口烟，一边站起来按电铃，一边轻轻地说："难道你还没有忘掉？"

"笑话！"维杉急了，"谁的记性抵得住时间？"

少朗的眉头又皱了一皱，他信不信维杉的话很难说。他嘱咐进来的陈升到东院和太太要西瓜，他又说："索性请少爷们和小姐出来一块儿吃。"少朗对于家庭是绝对的旧派，和朋友们一处时很少请太太出来的。

"孩子们放暑假，出去旅行后，都回来了，你还没有看见吧？"

从玻璃窗，维杉望到外边，从石榴和夹竹桃中间跳着走来两个身材很高，活泼泼的青年和一个穿着白色短裙的女孩子。

"少朗，那是你的孩子长得这么大了？"

"不，那个高的是孙家的孩子，比我的大两岁，他们是好朋友，这暑假他就住在我们家里。你还记得孙石年不？这就是他的孩子，好聪明的！"

"少朗，你们要都让你们的孩子这样的长大，我，我觉得简直老了！"

竹帘子一响，旋风般地，三个活龙似的孩子已经站在维杉跟前。维杉和小孩子们周旋，还是维杉有些不自在，他很别扭地拿着长辈的样子问了几句话。起先孩子们还很规矩，过后他们只是乱笑。那又有什么办法？天真烂漫的青年知道什么？

少朗的女儿，维杉三年前看见过一次，那时候她只是十三四岁光景，张着一双大眼睛，转着黑眼珠，玩他的照相机。这次她比较腼腆地站在一边，拿起一把刀替他们切西瓜。维杉注意到她那只放在西瓜上边的手，她在喊"小篁哥"。她说："你要切，我可以给你这一半。"小嘴抿着微笑。她又说："可要看谁切得别致，要式样好！"她更笑得厉害一点。

维杉看她比从前虽然高了许多，脸样却还是差不多那么圆满，除却一个小尖的下颏。笑的时候她的确比不笑的时候大人气一点，这也许是她那排小牙很有点少女的丰神的缘故。她的眼睛还是完全的孩子气，闪亮，闪亮的，说不出还是灵敏，还是秀媚。维杉呆呆地想一个女孩子在成人的边沿真像一个绯红的刚成熟的桃子。

孙家的孩子毫不客气地过来催她说："你哪里懂得切西瓜，让我来吧！"

"对了，芝妹，让他吧，你切不好的！"她哥哥也催着她。

"爹爹，他们又打伙着来麻烦我。"她柔和地唤她爹。

"真丢脸，现时的女孩子还要爹爹保护么？"他们父子俩对看着笑了一笑，他拉着他的女儿过来坐下问维杉说："你看她还是进国内的大学好，还是送出洋进外国的大学好？"

"什么？这么小就预备进大学？"

"还有两年。"芝先答应出来，"其实只是一年半，因为我年假里便可以完，要是爹让我出洋，我春天就走都可以的，爹爹说是不是？"她望着她的爹。

"小鸟长大了翅膀，就想飞！"

"不，爹，那是大鸟把他们推出巢去学飞！"他们父子俩又交换了一个微笑。这次她爹轻轻地抚着她的手背，她把脸凑在她爹的肩边。

两个孩子在小桌子上切了一会儿西瓜，小孙顶着盘子走到芝前边屈下一膝，顽皮地笑着说："这西夏进贡的瓜，请公主娘娘尝一块！"

她笑了起来拈了一块又向她爹说："爹看他们够多皮？"

"万岁爷，您的御口也尝一块！"

"沅，不先请客人，岂有此理！"少朗拿出父亲样子来。

"这位外邦的贵客，失敬了！"沅递了一块过来给维杉，又张罗着碟子。

维杉又觉着不自在——不自然！说老了他不算老，也实在不老。可是年轻？他也不能算是年轻，尤其是遇着这群小伙子。真是没有办法！他不知为什么觉得窘极了。

此后他们说些什么他不记得，他自己只是和少朗谈了一些小孩子在国外进大学的问题。他好像比较赞成国外大学，虽然他也提出了一大堆缺点和弊病，他嫌国内学生的生活太枯干，不健康，太窄，太老……

"自然，"他说，"成人以后看外国比较有尺寸，不过我们并不是送好些小学生出去，替国家做检查员的。我们只要我们的孩子得着我们自己给不了他们的东西。既然承认我们有给不了他们的一些东西，还不如早些送他们出去自由地享用他们年轻人应得的权利——活泼的生活。奇怪，真的连这一点子我们常常都给不了他们，不要讲别的了。"

"我们"和"他们"！维杉好像在他们中间划出一条界线，分明地分成两组，把他自己分在前辈的一边。他羡慕有许多人只是一味的老成，或是年轻，他虽然分了界线却仍觉得四不像——窘，对了，真窘！芝看着他，好像在吸收他的议论，他又不自在到万分，拿起帽子告诉少朗他一定得走了。"有一点事情要赶着做。"他又听到少朗说什么"真可惜，不然倒可以一同吃晚饭的。"他觉着自己好笑，嘴里却说："不行，少朗，我真的有事非走不可了。"一边慢慢地踱出院子来。两个孩子推着挽着芝跟了出来送客。到维杉迈上了洋车后他回头看大门口那三个活龙般年轻的孩子站在门槛上笑，尤其是她，略歪着头笑，露着那一排小牙。

又过了两三天的下午，维杉又到少朗那里闲聊，那时已经差不多七点多钟，太阳已经下去了好一会儿，只留下满天的斑斑的红霞。他刚到门口已经听到院子里的笑声。他跨进西院的月门，只看到小孙和芝在争着拉天棚。

"你没有劲儿，"小孙说，"我帮你的忙。"他将他的手罩在芝的上边，两人一同狠命地拉。听到维杉的声音，小孙放开手，芝也停住了绳子不拉，只是笑。

维杉一时感着一阵高兴，他往前走了几步对芝说："来，让我也拉一下。"他刚到芝的旁边，忽然吱哑一声，雨一般的水点从他们头上喷洒下来，冰凉的水点骤浇到背上，吓了他们一跳，芝撒开手，天棚绳子从她手心溜了出去！原来小沅站在水缸边玩抽水机筒，第一下便射到他们的头上。这下子大家都笑，笑得厉害。芝站着不住地摇她发上的水。维杉踟蹰了一下，从袋里掏出他的大手绢轻轻地替她揩发上的水。她两颊绯红了却没有躲走，低着头尽看她擦破的掌心。维杉看到她肩上湿了一小片，晕红的肉色从湿的软白纱里透露出来，他停住手不敢也拿手绢擦，只问她的手怎样了，破了没有。她背过手去说："没有什么！"就溜地跑了。

少朗看他进了书房，放下他的烟斗站起来，他说维杉来得正好，他约了几个人吃晚饭。叔谦已经在屋内，还有老晋，维杉知道他们免不了要打牌的，他笑说："拿我来凑脚，我不来。"

"那倒用不着你，一会儿梦清和小刘都要来的，我们还多了人呢。"少朗得意地吃一口烟，叠起他的稿子。

"他只该和小孩子们耍去。"叔谦微微一笑，他刚才在窗口或者看到了他们拉天棚的情景。维杉不好意思了。可是又自觉得不好意思得毫无道理，他不是拿出老叔的牌子么？可是不相干，他还是不自在。

"少朗的大少爷皮着呢，浇了老叔一头的水！"他笑着告诉老晋。

"可不许你把人家的孩子带坏了。"老晋也带点取笑他的意思。

维杉恼了，恼什么他不知道，说不出所以然。他不高兴起来，他想走，他懊悔他来的，可是他又不能就走。他闷闷地坐下，那种说不出的窘又侵上心来。他接连抽了好几根烟，也不知都说了一些什么话。

晚饭时候孩子们和太太并没有加入，少朗的老派头。老晋和少朗的太太很熟，饭后同了维杉来到东院看她。她们已吃过饭，大家围住圆桌坐着玩。少朗太太虽然已经是中年的妇人，却是样子非常的年轻，又很清雅。她坐在孩子旁边倒像是姊弟。小孙在用肥皂刻一副象棋——他爹是学过雕刻的——芝低着头用尺画棋盘的方格，一只手按住尺，支着细长的手指，右手整齐地用钢笔描。在低垂着的细发底下，维杉看到她抿紧的小嘴，和那微尖的下颏。

"杉叔别走，等我们做完了棋盘和棋子，同杉叔下一盘棋，好不好？"沅问他。"平下，谁也不让谁。"他更高兴着说。

"那倒好，我们辛苦做好了棋盘棋子，你请客！"芝一边说她的哥哥，一边又看一看小孙。

"所以他要学政治。"小孙笑着说。好厉害的小嘴！维杉不觉看他一眼，小孙一头微鬈的黑发让手抓得蓬蓬的。两个伶俐的眼珠老带些顽皮的笑。瘦削的脸却很健硕白皙。他的两只手真有性格，并且是意外的灵动，维杉就喜欢观察人家的手。他看小孙的手抓紧了一把小刀，敏捷地在刻他的棋子，旁边放着两碟颜色，每刻完了一个棋子，他在字上从容地描入绿色或是红色。维杉觉得他很可爱，便放一只手在他肩上说："真是一个小美术家！"

刚说完，维杉看见芝在对面很高兴地微微一笑。

少朗太太问老晋家里的孩子怎样了，又殷勤地搬出果子来大家吃。

她说她本来早要去看晋嫂的，只是暑假中孩子们在家她走不开。

"你看，"她指着小孩子们说："这一大桌子，我整天地忙着替他们当差。"

"好，我们帮忙的倒不算了，"芝抬起头来笑，又露着那排小牙。"晋叔，今天你们吃的饺子还是孙家篁哥帮着包的呢！"

"是么？"老晋看一看她，又看了小孙，"怪不得，我说那味道怪顽皮的！"

"那红烧鸡里的酱油还是'公主娘'御手亲自下的呢。"小孙嚷着说。

"是么？"老晋看一看维杉，"怪不得你杉叔跪接着那块鸡，差点没有磕头！"

维杉又有点不痛快，也不是真恼，也不是急，只是觉得窘极了。"你这晋叔的学位，"他说，"就是这张嘴换来的。听说他和晋姊姊结婚的那一天演说了五个钟头，等到新娘子和傧相站在台上委实站不直了，他才对客人一鞠躬说：'今天只有这几句极简单的话来谢谢大家来宾的好意！'"

小孩们和少朗太太全听笑了，少朗太太说："够了，够了，这些孩子还不够皮的，你们两位还要教他们？"

芝笑得仰不起头来，小孙瞟她一眼，哼一声说："这才叫做女孩子。"她脸胀红了瞪着小孙看。

棋盘，棋子全画好了。老晋要回去打牌，孩子们拉着维杉不放，他只得留下，老晋笑了出去。维杉只装没有看见。小孙和芝站起来到门边脸盆里争着洗手，维杉听到芝说：

"好痛，刚才绳子擦破了手心。"

小孙说："你别用胰子就好了。来，我看看。"他拿着她的手仔细看了半天，他们两人拉一块手巾一同擦手，又叽叽咕咕地说笑。

维杉觉得无心下棋，却不得不下。他们三个人战他一个。起先他懒洋洋地没有注意，过一刻他真有些应接不暇了。不知为什么他却觉着他不该输的，他不愿意输！说起真好笑，可是他的确感着要占胜，孩子不孩子他不管！芝的眼睛镇住看他的棋，好像和弱者表同情似的，他真急了。他野蛮起来了，他居然进攻对方的弱点，他调用他很有点神气的马了，他走卒了，棋势紧张起来，两边将帅都不能安居在当中了。孩子们的车守住他大帅的脑门顶上，吃力的当然是维杉的棋！没有办法。三个活龙似的孩子，六个玲珑的眼睛，维杉又有什么法子！他输了输了，不过大帅还真死得英雄，对方的危势也只差一两子便要命的！但是事实上他仍然是输了。下完了以后，他觉得热，出了些汗，他又拿出手绢来刚要揩他的脑门，忽然他呆呆地看着芝的细松的头发。

"还不快给杉叔倒茶。"少朗太太喊她的女儿。

芝转身到茶桌上倒了一杯，两只手捧着，端过来。维杉不知为什么又觉得窘极了。

孩子们约他清早里逛北海，目的当然是摇船。他去了，虽然好几次他想设法推辞不去的。他穿他的白嗬吥裤子葛布上衣，拿了他草帽微觉得可笑，他近来永远地觉得自己好笑，这种横生的幽默，他自己也不了解的。他一径走到北海的门口还想着要回头的。站岗的巡警向他看了一眼，奇怪，有时你走路时忽然望到巡警的冷静的眼光，真会使你怔一下，你要问你都做了些什么事，准知道没有一件是违法的么？他买到票走进去，猛抬头看到那桥前的牌楼。牌楼，白石桥，垂柳，都在注视他——他不痛快极了，挺起腰来健步走到旁边小路上，表示不耐烦。不耐烦的脸本来与他最相宜的，他一失掉了"不耐烦"的神情，他便好像丢掉了好朋友，心里便不自在。懂得吧？他绕到后边，隔岸看一看白塔，它是自在得很，永远带些不耐烦的脸站着——还是坐着？——它不懂得什么年轻，老。这一些无聊的日月，它只是站着不动，脚底下自有湖水，亭榭松柏，杨柳，人——老的小的——忙着他们更换的纠纷！

他奇怪他自己为什么到北海来，不，他也不是懊悔，清早里松荫底下发着凉香，谁懊悔到这里来？他感着像青草般在接受露水的滋润，他居然感着舒快。奢侈的金黄色的太阳横着射过他的辉焰，湖水像锦，莲花莲叶并着肩挨挤成一片，像在争着朝觐这早上的云天！这富足，这绮丽的天然，谁敢不耐烦？维杉到五龙亭边坐下掏出他的烟卷，低着头想要仔细地，细想一些事，去年的，或许前年的，好多年的事——今早他又像回到许多年前去——可是他总想不出一个所以然来。"本来是，又何必想？要活着就别想！这又是谁说过的话……"

忽然他看到芝一个人向他这边走来。她穿着葱绿的衣裳，裙子很短，随着她跳跃的脚步飘动，手里玩着一把未开的小纸伞。头发在阳光里，微带些红铜色，那倒是很特别的。她看到维杉笑了一笑，轻轻地跑了几步凑上来，喘着说："他们租船去了。可是一个不够，我们还要雇一只。"维杉丢下烟，不知不觉地拉着她的手说：

"好，我们去雇一只，找他们去。"

她笑着让他拉着她的手。他们一起走了一些路，才找着租船的人。维杉看她赤着两只健秀的腿，只穿一双统子极短的袜子，和一双白布的运动鞋；微红的肉色和葱绿的衣裳叫他想起他心爱的一张新派作家的画。他想他可惜不会画，不然，他一定知道怎样的画她——微红的头发，小尖下颏，绿的衣服，红色的腿，两只手，他知道，一定知道怎样的配置。他想象到这张画挂在展览会里，他想象到这张画登在月报上，他笑了。

她走路好像是有弹性地奔腾。龙，小龙！她走得极快，他几乎要追着她。他们雇好船跳下去，船人一竹篙把船撑离了岸，他脱下衣裳卷起衫袖，他好高兴！她说她要先摇，他不肯，他点上烟含在嘴里叫她坐在对面。她忽然又腼腆起来低着头装着看莲花半晌没有说话，他的心像被蜂螫了一下，又觉得一阵窘，懊悔他出来。他想说话，却找不出一句话说，他尽摇着船也不知过了多少时候她才抬起头来问他说：

"杉叔，美国到底好不好？"

"那得看你自己。"他觉得他自己的声音粗暴，他后悔他这样尖刻地回答她诚恳的问话。他更窘了。

她并没有不高兴，她说："我总想出去了再说。反正不喜欢我就走。"

这一句话本来很平淡，维杉却觉得这孩子爽快得可爱，他夸她说：

"好孩子，这样有决断才好。对了，别错认学位做学问就好了，你预备学什么呢？"

她脸红了半天说："我还没有决定呢……爹要我先进普通文科再说……我本来是要想学……"她不敢说下去。

"你要学什么坏本领，值得这么胆怯！"

她的脸更红了，同时也大笑起来，在水面上听到女孩子的笑声，真有说不出的滋味，维杉对着她看，心里又好像高兴起来。

"不能宣布么？"他又逗着追问。

"我想，我想学美术——画……我知道学画不该到美国去的，并且你还得有天才，不过……"

"你用不着学美术的，更不必学画。"维杉禁不住这样说笑。

"为什么？"她眼睛睁得很大。

"因为，"维杉这回觉得有点不好意思了，他低声说："因为你的本身便是美术，你此刻便是一张画。"他不好意思极了，为什么人不能够对着太年轻的女孩子说这种恭维的话？你一说出口，便要感着你自己的蠢，你一定要后悔的。她此刻的眼睛看着维杉，叫他又感着窘到极点了。她的嘴角微微地斜上去，不是笑，好像是鄙薄他这样的恭维她——没法子，话已经说出来了，你还能收回去？！窘，谁叫他自己找事！

两个孩子已经将船拢来，到他们一处，高兴地嚷着要赛船。小孙立在船上高高的细长身子穿着白色的衣裳在荷叶丛前边格外明显。他两只手叉在脑后，眼睛看着天，嘴里吹唱一些调子。他又伸只手到叶丛里摘下一朵荷花。

"接，快接！"他轻轻掷到芝的面前，"怎么了，大清早里睡着了？"

她只是看着小孙笑。

"怎样，你要在哪一边，快拣定了，我们便要赛船了。"维杉很老实地问芝，她没有回答。她哥哥替她决定了，说："别换了，就这样吧。"

赛船开始了，荷叶太密，有时两个船几乎碰上，在这种时候芝便笑得高兴极了，维杉摇船是老手，可是北海的水有地方很浅，有时不容易发展，可是他不愿意再在孩子们面前丢丑，他决定要胜过他们，所以他很加小心和力量。芝看到后面船渐渐要赶上时她便催他赶快，他也愈努力了。

太阳积渐热起来，维杉们的船已经比沉的远了很多，他们承认输了预备回去，芝说杉叔一定乏了，该让她摇回去，他答应了她。

他将船板取开躺在船底，仰着看天。芝将她的伞借他遮着太阳。自己把荷叶包在头上摇船。维杉躺着看云，看荷花梗，看水，看岸上的亭子，把一只手丢在水里让柔润的水浪洗着。他让芝慢慢地摇他回去，有时候他张开眼看她，有时候他简直闭上眼睛，他不知道他是快活还是苦痛。

少朗的孩子是老实人，浑厚得很却不笨，听说在学校里功课是极好的。走出北海时，他跟维杉一排走路和他说了好些话。他说他愿意在大学里毕业了才出去进研究院的。他说，可是他爹想后年送妹妹出去进大学；那样子他要是同走，大学里还差一年，很可惜，如果不走，妹妹又不肯白白地等他一年。当然他说小孙比他先一年完，正好可以和妹妹同走。不过他们三个老是在一起惯了，如果他们两人走了，他一个人留在国内一定要感着闷极了，他说，"炒鸡子"这事简直是"糟糕一麻丝"。

他又讲小孙怎样的聪明，运动也好，撑杆跳的式样"简直是太好，还有游水他也好，不用说，他简直什么都干！"他又说小孙本来在足球队里的，可是这次和天津比赛时，他不肯练。"你猜为什么？"他问维杉，"都是因为学校盖个喷水池，他整天守着石工看他们刻鱼！"

"他预备也学雕刻么？他爹我认得，从前也学过雕刻的。"维杉问他。

"那我不知道，小孙的文学好，他写了许多很好的诗——爹爹也说很好的。"沉加上这一句证明小孙的诗的好是可靠的。"不过，他乱得很，稿子不是撕了便是丢了的。"他又说他怎样有时替他捡起抄了寄给《校刊》。总而言之沉是小孙的"英雄崇拜者"。

沉说到他的妹妹，他说他妹妹很聪明，她不像寻常的女孩那么"讨厌"，这里他脸红了，他说"别扭得讨厌，杉叔知道吧？"他又说他班上有两个女学生，对于这个他表示非常的不高兴。

维杉听到这一大篇谈话，知道简单点讲，他维杉自己，和他们中间至少有一道沟——并不是什么了不得的间隔——只是一个年龄的深沟，桥是搭得过去的，不过深沟仍然是深沟，你搭多少条桥，沟是仍然不会消灭的。他问沉几岁，沉说："整整的快十九了。"他妹妹虽然是十七，"其实只满十六年。"维杉不知为什么又感着一阵不舒服，他回头看小孙和芝并肩走着，高兴地说笑。"十六，十七。"维杉嘴里哼哼着。究竟说三十四不算什么老，可是那就已经是十七的一倍了。谁又愿意比人家岁数大出一倍，老实说！

维杉到家时并不想吃饭，只是连抽了几根烟。

过了一星期，维杉到少朗家里来。门房里陈升走出来说："老爷到对过张家借打电话去，过会子才能回来。家里电话坏了两天，电话局还不派人修理。"陈升是个打电话专家，有多少曲折的传话，经过他的嘴，

184

就能一字不漏地溜进电话筒。那也是一种艺术。他的方法听着很简单，运用起来的玄妙你就想不到。哪一次维杉走到少朗家里不听到陈升在过厅里向着电话："喂，喂，我说，我说呀！"维杉向陈升一笑，他真不能替陈升想象到没有电话时的烦闷。

"好，陈升，我自己到书房里等他，不用你了。"维杉一个人踱过那静悄悄的西院，金鱼缸，莲花，石榴，他爱这院子，还有隔墙的枣树，海棠。他掀开竹帘走进书房。迎着他眼的是一排丰满的书架，壁上挂的朱拓的黄批，和屋子当中的一大盆白玉兰，幽香充满了整间屋子。维杉很羡慕少朗的生活。夏天里，你走进一个搭着天棚的一个清凉大院子，静雅的三间又大又宽的北屋，屋里满是琳琅的书籍，几件难得的古董，再加上两三盆珍罕的好花，你就不能不艳羡那主人的清福！

维杉走到套间小书斋里，想写两封信，他忽然看到芝一个人伏在书桌上。他奇怪极了，轻轻地走上前去。

"怎么了？不舒服么，还是睡着了？"

"吓我一跳！我以为是哥哥回来了……"芝不好意思极了。维杉看到她哭红了的眼睛。

维杉起先不敢问，心里感得不过意，后来他伸一只手轻抚着她的头说："好孩子，怎么了？"

她的眼泪更扑簌簌地掉到裙子上，她拈了一块——真是不到四寸见方——淡黄的手绢拼命地擦眼睛。维杉想，她叫你想到方成熟的桃或是杏，绯红的，饱饱的一颗天真，让人想摘下来赏玩，却不敢真真地拿来吃，维杉不觉得没了主意。他逗她说：

"准是嬷打了！"

她拿手绢蒙着脸偷偷地笑了。

"怎么又笑了？准是你打了嬷了！"

这回她伏在桌上索性嗤嗤地笑起来。维杉糊涂了。他想把她的小肩膀搂住，吻她的粉嫩的脖颈，但他又不敢。他站着发了一会儿呆。他看到椅子上放着她的小纸伞，他走过去坐下开着小伞说玩。

她仰起身来，又擦了半天眼睛，才红着脸过来拿她的伞，他不给。

"刚从哪里回来，芝？"他问她。

"车站。"

"谁走了？"

"一个同学，她是我最好的朋友，可是她……她明年不回来了！"她好像仍是很伤心。

他看着她没有说话。

"杉叔，您可以不可以给她写两封介绍信，她就快到美国去了。"

"到美国哪一个城？"

"反正要先到纽约的。"

"她也同你这么大么？"

"还大两岁多。……杉叔您一定得替我写，她真是好，她是我最好的朋友了。……杉叔，您不是有许多朋友吗，你一定得写。"

"好，我一定写。"

"爹说杉叔有许多……许多女朋友。"

"你爹这样说了么？"维杉不知为什么很生气。他问了芝她朋友的名字，他说他明天替她写那介绍信。他拿出烟来很不高兴地抽。这回芝拿到她的伞却又不走。她坐下在他脚边一张小凳上。

"杉叔，我要走了的时候您也替我介绍几个人。"

他看着芝倒翻上来的眼睛，他笑了，但是他又接着叹了一口气。

他说："还早着呢，等你真要走的时候，你再提醒我一声。"

"可是，杉叔，我不是说女朋友，我的意思是：也许杉叔认得几个真正的美术家或是文学家。"她又拿着手绢玩了一会儿低着头说："篁哥，孙家的篁哥，他亦要去的，真的，杉叔，他很有点天才。可是他想不定学什么。他爹爹说他岁数太小，不让他到巴黎学雕刻，要他先到哈佛学文学，所以我们也许可以一同走……我亦劝哥哥同去，他可舍不得这里的大学。"这里她话愈说得快了，她差不多喘不过气来，"我们自然不单到美国，我们以后一定转到欧洲，法国，意大利，对了，篁哥连做梦都是做到意大利去，还有英国……"

维杉心里说："对了，出去，出去，将来，将来，年轻！荒唐的年轻！他们只想出去飞！飞！叫你怎不觉得自己落伍，老，无聊，无聊！"他说不出的难过，说老，他还没有老，但是年轻？！他看着烟卷没有话说。芝看着他不说话也不敢再开口。

"好，明年去时再提醒我一声，不，还是后年吧？……那时我也许已经不在这里了。"

"杉叔，到哪里去？"

"没有一定的方向，也许过几年到法国来看你……那时也许你已经嫁了……"

芝急了，她说："没有的话，早着呢！"

维杉忽然做了一件很古怪的事，他俯下身去吻了芝的头发。他又伸过手拉着芝的小手。

少朗推帘子进来，他们两人站起来，赶快走到外间来。芝手里还拿着那把纸伞。少朗起先没有说话，过一会儿，他皱了一皱他那有文章的眉头说："你什么时候来的？"

"刚来。"维杉这样从容地回答他，心里却觉着非常之窘。

"别忘了介绍信，杉叔。"芝叮咛了一句就走了。

"什么介绍信？"少朗问。

"她要我替她同学写几封介绍信。"

"你还在和碧谛通信么？还有雷茵娜？"少朗仍是皱着眉头。

"很少……"维杉又觉得窘到极点了。

星期三那天下午到天津的晚车里，旭窗遇到维杉在头等房间里靠着抽烟，问他到哪里去，维杉说回南。旭窗叫脚行将自己的皮包也放在这间房子里说：

　　"大暑天，怎么倒不在北京？"

　　"我在北京，"维杉说，"感得，感得窘极了。"他看一看他拿出来拭汗的手绢，"窘极了！"

　　"窘极了？"旭窗此时看到卖报的过来，他问他要《大公报》看，便也没有再问下去维杉为什么在北京感着"窘极了"。

香山　六月

（本篇为小说，原载于《新月》三卷九期，一九三一年九月）

九十九度中

三个人肩上各挑着黄色，有"美丰楼"字号大圆篓的，用着六个满是泥泞凝结的布鞋，走完一条被太阳晒得滚烫的马路之后，转弯进了一个胡同里去。

"劳驾，借光——三十四号甲在哪一头？"在酸梅汤的摊子前面，让过一辆正在飞奔的家车——钢丝轮子亮得晃眼的——又向蹲在墙角影子底下的老头儿，问清了张宅方向后，这三个流汗的挑夫便又努力地往前走。那六只泥泞布履的脚，无条件地，继续着他们机械式的展动。

在那轻快的一瞥中，坐在洋车上的卢二爷看到黄篓上饭庄的字号，完全明白里面装的是丰盛的筵席，自然地，他估计到他自己午饭的问题。家里饭乏味，菜蔬缺乏个性，太太的脸难看，你简直就不能对她提到那厨子问题。这几天天天太热，太热，并且今天已经二十二，什么事她都能够牵扯到薪水问题上，孩子们再一吵，谁能够在家里吃中饭！

"美丰楼饭庄"黄篓上黑字写得很笨大，方才第三个挑夫挑得特别吃劲，摇摇摆摆地使那黄篓左右的晃……

美丰楼的菜不能算坏，义永居的汤面实在也不错……于是义永居的汤面？还是市场万花斋的点心？东城或西城？找谁同去聊天？逸九新从南边来的住在哪里？或许老孟知道，何不到和记理发馆借个电话？卢二爷估计着，犹豫着，随着洋车的起落。他又好像已经决定了在和记借电话，听到伙计们的招呼："……二爷您好早？……用电话，这边您哪！……"

伸出手臂，他瞅一眼金表上所指示的时间，细小的两针分停在两个钟点上，但是分明的都在挣扎着到达十二点上边。在这时间中，车夫感觉到主人在车上翻动不安，便更抓稳了车把，弯下一点背，勇猛地狂跑。二爷心里仍然疑问着面或点心；东城或西城；车已赶过前面的几辆。一个女人骑着自行车，由他左侧冲过去，快镜似的一瞥鲜艳的颜色，脚与腿，腰与背，侧脸、眼和头发，全映进老卢的眼里，那又是谁说过的……老卢就是爱看女人！女人谁又不爱？难道你在街上真闭上眼不瞧那过路的漂亮的！

"到市场，快点。"老卢吩咐他车夫奔驰的终点，于是主人和车夫戴着两顶价格极不相同的草帽，便同在一个太阳底下，向东安市场奔去。

很多好看的碟子和鲜果点心，全都在大厨房院里，从黄色层篓中拣点出来。立着监视的有饭庄的"二掌柜"和张宅的"大师傅"；两人都因为胖的缘故，手里都有把大蒲扇。大师傅举着扇扑一下进来凑热闹的大黄狗。

"这东西最讨嫌不过！"这句话大师傅一半拿来骂狗，一半也是来权作和掌柜的寒暄。

"可不是？他×的，这东西最可恶。"二掌柜好脾气地用粗话也骂起狗。

狗无聊地转过头到垃圾堆边闻嗅隔夜的肉骨。

奶妈抱着孙少爷进来，七少奶每月用六元现洋雇她，抱孙少爷到厨房，门房，大门口，街上一些地方喂奶连游玩的。今天的厨房又是这样的不同；饭庄的"头把刀"带着几个伙计在灶边手忙脚乱地炒菜切肉丝，奶妈觉得孙少爷是更不能不来看：果然看到了生人，看到狗，看到厨房桌上全是好看的干果，鲜果，糕饼，点心，孙少爷格外高兴，在奶妈怀里跳，手指着要吃。奶妈随手赶开了几只苍蝇，拣一块山楂糕放到孩子口里，一面和伙计们打招呼。

忽然看到陈升走到院子里找赵奶奶，奶妈对他挤了挤眼，含笑地问："什么事值得这么忙？"同时她打开衣襟露出前胸喂孩子奶吃。

"外边挑担子的要酒钱。"陈升没有平时的温和，或许是太忙了的缘故。老太太这次做寿，比上个月四少奶小孙少爷的满月酒的确忙多了。

此刻那三个粗蠢的挑夫蹲在外院槐树荫下，用黯黑的毛巾擦他们的脑袋，等候着他们这满身淋汗的代价。一个探首到里院偷偷看院内华丽的景象。

里院和厨房所呈的纷乱固然完全不同，但是它们纷乱的主要原因则是同样的，为着六十九年前的今天。六十九年前的今天，江南一个富家里又添了一个绸缎金银裹托着的小生命。经过六十九个像今年这样流汗天气的夏天，又产生过另十一个同样需要绸缎金银的生命以后，那个生命乃被称为长寿而又有福气的妇人。这个妇人，今早由两个老妈扶着，坐在床前，拢一下斑白稀疏的鬓发，对着半碗火腿稀饭摇头：

"赵妈，我哪里吃得下这许多？你把锅里的拿去给七少奶的云乖乖吃罢……"

七十年的穿插，已经卷在历史的章页里，在今天的院里能呈露出多少，谁也不敢说。事实是今天，将有很多打扮得极体面的男女来庆祝，庆祝能够维持这样长久寿命的女人，并且为这一庆祝，饭庄里已将许多生物的寿命裁削了，拿它们的肌肉来补充这庆祝者的肠胃。

前两天这院子就为了这事改变了模样，簇新的喜棚支出瓦檐丈余尺高。两旁红喜字玻璃方窗，由胡同的东头，和顺车厂的院里是可以看得很清楚的。前晚上六点左右，小三和环子，两个洋车夫的儿子，倒土筐的时候看到了，就告诉他们嬷："张家喜棚都搭好了，是哪一个孙少爷娶新娘子？"他们嬷为这事，还拿了鞋样到陈大嫂家说个话儿。正看到她在包饺子，笑嘻嘻地得意得很，说老太太做整寿——多好福气——她当家的跟了张老太爷多少年。昨天张家三少奶还叫她进去，说到日子要她去帮个忙儿。

喜棚底下圆桌面就有七八张，方凳更是成叠地堆在一边；几个夫役持着鸡毛帚，忙了半早上才排好五桌。小孩子又多，什么孙少爷，侄孙少爷，姑太太们带来的那几位都够淘气的。李贵这边排好几张，那边小爷们又扯走了排火车玩。天热得厉害，苍蝇是免不了多，点心干果都不敢先往桌子上摆。冰化得也快，篓子底下冰水化了满地！汽水瓶子挤满了厢房的廊上，五少奶看见了只嚷不行，全要冰起来。

全要冰起来！真是的，今天的食品全摆起来够像个菜市，四个冰箱也腾不出一点空隙。这新买来的冰又放在哪里好？李贵手里捧着两个绿瓦盆，私下里咕噜着为这筵席所发生的难题。

赵妈走到外院传话，听到陈升很不高兴地在问三个挑夫要多少酒钱。

"瞅着给罢。"一个说。

"怪热天多赏点吧。"又一个抿了抿干燥的口唇，想到方才胡同口的酸梅汤摊子，嘴里觉着渴。

就是这嘴里渴得难受，杨三把卢二爷拉到东安市场西门口，心想方才在那个"喜什么堂"门首，明明看到王康坐在洋车脚蹬上睡午觉。王康上月底欠着杨三十四吊钱，到现在仍不肯还；只顾着躲他。今天债主遇到赊债的赌鬼，心头起了各种的计算——杨三到饿的时候，脾气常常要比平时坏一点。天本来就太热，太阳简直是冒火，谁又受得了！方才二爷坐在车上，尽管用劲踩铃，金鱼胡同走道的学生们又多，你撞我闯的，挤得真可以的。杨三擦了汗一手抓住车把，拉了空车转回头去找王康要账。

"要不着八吊要六吊，再要不着，要他×的几个混蛋嘴巴！"杨三脖梗儿上太阳烫得像火烧。"四吊多钱我买点羊肉，吃一顿好的。葱花烙饼也不坏——谁又说大热天不能喝酒？喝点又怕什么——睡得更香。

卢二爷到市场吃饭，进去少不了好几个钟头……"

喜燕堂门口挂着彩，几个乐队里人穿着红色制服，坐在门口喝茶——他们把大铜鼓撂在一旁，铜喇叭夹在两膝中间。杨三知道这又是哪一家办喜事。反正一礼拜短不了有两天好日子，就在这喜燕堂，哪一个礼拜没有一辆花马车，里面搀出花溜溜的新娘？今天的花车还停在一旁……

"王康，可不是他！"杨三看到王康在小挑子的担里买香瓜吃。

"有钱的娶媳妇，和咱们没有钱的娶媳妇，还不是一样？花多少钱娶了她，她也短不了要这个那个的——这年头！好媳妇，好！你瞧怎么着？更惹不起！管你要钱，气你喝酒！再有了孩子，又得顾他们吃，顾他们穿。……"

王康说话就是要"逗个乐儿"，人家不敢说的话他敢说：一群车夫听到他的话，个个高兴地凑点尾声。李荣手里捧着大饼，用着他最现成的粗话引着那几个年轻的笑。李荣从前是拉过家车的——可惜东家回南，把事情就搁下来了——他认得字，会看报，他会用新名词来发议论："文明结婚可不同了，这年头是最讲'自由''平等'的了。"底下再引用了小报上捡来离婚的新闻打哈哈。

杨三没有娶过媳妇，他想娶，可是"老家儿"早过去了没有给他定下亲，外面瞎姘的他没敢要。前两天，棚铺的掌柜娘要同他做媒；提起一个姑娘说是什么都不错，这几天不知道怎么又没有讯儿了。今天洋车夫们说笑的话，杨三听了感着不痛快。看看王康的脸在太阳里笑得皱成一团，更使他气起来。

王康仍然笑着说话，没有看到杨三，手里咬剩的半个香瓜里面，黄黄的一把瓜子像不整齐的牙齿向着上面。

"老康！这些日子都到哪里去了？我这儿还等着钱吃饭呢！"杨三乘着一股劲发作。

听到声，王康怔了向后看，"呵，这打哪儿说得呢？"他开始赖帐了，

"你要吃饭，你打你×的自己腰包里掏！要不然，你出个份子，进去那里边，"他手指着喜燕堂，"吃个现成的席去。"王康的嘴说得滑了，禁不住这样嘲笑着杨三。

周围的人也都跟着笑起来。

本来准备着对付赖帐的巴掌，立刻打在王康的老脸上了。必须地扭打，由蓝布幕的小摊边开始，一直扩张到停洋车的地方。来往汽车的喇叭，像被打的狗，呜呜叫号。好几辆正在街心奔驰的洋车都停住了，流汗车夫连喊着"靠里！""瞧车！"脾气暴的人顺口就是："他×的，这大热天，单挑这么个地方！！"

巡警离开了岗位；小孩子们围上来；喝茶的军乐队人员全站起来看；女人们吓得直喊："了不得，前面出事了罢！"

杨三提高嗓子直嚷着问王康："十四吊钱，是你——是你拿走了不是？——"

呼喊的声浪由扭打的两人出发，膨胀，膨胀到周围各种人的口里："你听我说……"

"把他们拉开……"

"这样挡着路……瞧腿要紧。"

嘈杂声中还有人叉着手远远地喊："打得好呀，好拳头！"

喜燕堂正厅里挂着金喜字红幛，几对喜联，新娘正在服从号令，连连地深深地鞠躬。外边的喧吵使周围客人的头同时向外面转，似乎打听外面喧吵的原故。新娘本来就是一阵阵地心跳，此刻更加失掉了均衡；一下子撞上，一下子沉下，手里抱着的鲜花随着只是打颤。雷响深入她耳朵里，心房里……

"新郎新妇——三鞠躬——……三鞠躬"。阿淑在迷惘里弯腰伸直，伸直弯腰。昨晚上她哭，她妈也哭，将一串经验上得来的教训，拿出来赠给她——什么对老人要忍耐点，对小的要和气，什么事都要让着点——好像生活就是靠容忍和让步支持着！

她焦心的不是在公婆妯娌间的委曲求全。这几年对婚姻问题谁都讨论得热闹，她就不懂那些讨论的道理遇到实际时怎么就不发生关系。她这结婚的实际，并没有因为她多留心报纸上，新文学上，所讨论的婚姻问题，家庭问题，恋爱问题，而减少了问题。

"二十五岁了……"有人问到阿淑的岁数时，她妈总是发愁似的轻轻地回答那问她的人，底下说不清是叹息是啰嗦。

在这旧式家庭里，阿淑算是已经超出应该结婚的年龄很多了，她知道，父母那急着要她出嫁的神情使她太难堪！他们天天在替她选择合适的人家——其实哪里是选择！反对她尽管反对，那只是消极的无奈何的抵抗，她自己明知道是绝对没有机会选择，乃至于接触比较合适，理想的人物！她挣扎了三年，三年的时间不算短，在她父亲看去那更是不可信的长久……

"余家又托人来提了，你和阿淑商量商量吧，我这身体眼见得更糟，这潮湿天……"父亲的话常常说得很响，故意要她听得见，有时在饭桌上脾气或许更坏一点。"这六十块钱，养活这一大家子！养儿养女都不够，还要捐什么钱？干脆饿死！"有时更直接更难堪："这又是谁的新褂子？阿淑，你别学时髦穿了到处走，那是找不着婆婆家的——外面瞎认识什么朋友我可不答应，我们不是那种人家！"……懦弱的母亲低着头装作缝衣："妈劝你将就点……爹身体近来不好，……女儿不能在娘家一辈子的……这家子不算坏；差事不错，前妻没有孩子不能算填房……"

理论和实际似乎永不发生关系；理论说婚姻得怎样又怎样，今天阿淑都记不得那许多了。实际呢，只要她点一次头，让一个陌生的，异姓的，异性的人坐在她家里，乃至于她旁边，吃一顿饭的手续，父亲和母亲这两三年——兴许已是五六年来的——难题便突然地在他们是觉得极文明地解决了。

对于阿淑这订婚的疑惧，常使她父亲像小孩子似的自己安慰自己：阿淑这门亲事真是运气呀，说时总希望阿淑听见这话。不知怎样，阿淑听到这话总很可怜父亲，想装出高兴样子来安慰他。母亲更可怜；自从阿淑订婚以来总似乎对她抱歉，常常哑着嗓子说："看我做母亲的这份心上面。"

看做母亲的那份心上面！那天她初次见到那陌生的，异姓的异性的人，那个庸俗的典型触碎她那一点脆弱的爱美的希望，她怔住了，能去寻死，为婚姻失望而自杀么？可以大胆告诉父亲，这婚约是不可能的么？能逃脱这家庭的苛刑（在爱的招牌下的）去冒险，去漂落么？

她没有勇气说什么，她哭了一会儿，妈也流了眼泪，后来妈说：阿淑你这几天瘦了，别哭了，做娘的也只是一份心。……现在一鞠躬，一鞠躬地和幸福作别，事情已经太晚得没有办法了。

吵闹的声浪愈加明显了一阵，伴娘为新娘戴上戒指，又由赞礼的喊了一些命令。

迷离中阿淑开始幻想那外面吵闹的原因：洋车夫打电车吧，汽车轧伤了人吧，学生又请愿，当局派军警弹压吧……但是阿淑想怎么我还如是焦急，现在我该像死人一样了，生活的波澜该沾不上我了，像已经临刑的人。但临刑也好，被迫结婚也好，在电影里到了这种无可奈何的时候总有一个意料不到快慰人心的解脱，不合法，特赦，恋人骑着马星夜奔波地赶到……但谁是她的恋人？除却九哥！学政治法律，讲究新思想的九哥，得着他表妹阿淑结婚的消息不知怎样？他恨由父母把持的婚姻……但准知道他关心么？他们多少年不来往了，虽然在山东住的时候，他们曾经邻居，两小无猜地整天在一起玩。幻想是不中用的，九哥先就不在北平，两年前他回来过一次，她记得自己遇到九哥扶着一位漂亮的女同学在书店前边，她躲过了九哥的视线，惭愧自己一身不入时的装束，她不愿和九哥的女友做个太难堪的比较。

感到手酸，心酸，浑身打颤，阿淑由一堆人拥簇着退到里面房间休息。女客们在新娘前后彼此寒暄招呼，彼此注意大家的装扮。有几个很不客气在批评新娘子，显然认为不满意。"新娘太单薄点。"一个摺着十几层下颏的胖女人，摇着扇和旁边的六姨说话。阿淑觉到她自己真可以立刻碰得粉碎；这位胖太太像一座石臼，六姨则像一根铁杵横在前面，阿淑两手发抖拉紧了一块丝巾，听老妈在她头上不住地搬弄那几朵绒花。

随着花露水香味进屋子来的，是锡娇和丽丽，六姨的两个女儿，她们的装扮已经招了许多羡慕的眼光。有电影明星细眉的锡娇抓把瓜子嗑着，猩红的嘴唇里露出雪白的牙齿。她暗中扯了她妹妹的衣襟，嘴向一个客人的侧面努了一下。丽丽立刻笑红了脸，拿出一条丝绸手绢蒙住嘴挤出人堆到廊上走。望着已经在席上的男客们。有几个已经提起筷子高高兴兴地在选择肥美的鸡肉，一面讲着笑话，顿时都为着丽丽的笑声，转过脸来，镇住眼看她。丽丽扭一下腰，又摆了一下，软的长衫轻轻展开，露出裹着肉色丝袜的长腿走过另一边去。

年轻的茶房穿着蓝布大褂，肩搭一块桌布，由厨房里出来，两只手拿四碟冷荤，几乎撞住丽丽。闻到花露香味，茶房忘却顾忌地斜过眼看。昨晚他上菜的时候，那唱戏的云娟坐在首席曾对着他笑，两只水钻耳坠，打秋千似的左右晃。他最忘不了云娟旁座的张四爷，抓住她如玉的手臂劝干杯的情形。笑眯眯的带醉的眼，云娟明明是向着正端着大碗三鲜汤的他笑。他记得放平了大碗，心还怦怦地跳。直到晚上他睡不着，躺在院里板凳上乘凉，随口唱几声"孤王……酒醉……"才算松动了些。今天又是这么一个笑嘻嘻的小姐，穿着这一身软，茶房垂下头去拿酒壶，心底似乎恨谁似的一股气。

"逸九你喝一杯什么？"老卢做东这样问。

"我来一杯香桃冰淇凌吧。"

"你去拣几块好点心，老孟。"主人又招呼那一个客。午饭问题算是如此解决了。为着天热，又为着起得太晚，老卢看到点心铺前面挂的"卫生冰淇凌，咖啡，牛乳，各样点心"这种动人的招牌，便决意里面去消磨时光。约到逸九和老孟来聊天，老卢显然很满意了。

三个人之中，逸九最年少，最摩登。在中学时代就是一口英文，屋子里挂着不是"梨娜"就是"琴妮"的相片，从电影杂志里细心剪下来的，圆一张，方一张，满壁动人的娇憨。——他到上海去了两年，跳舞更是出色了，老卢端详着自己的脚，打算找逸九带他到舞场拜老师去。

"哪个电影好，今天下午？"老孟抓一张报纸看。

邻座上两个情人模样男女，对面坐着呆看。男人有很温和的脸，抽着烟没有说话；女人的侧相则颇有动人的轮廓，睫毛长长的活动着，脸上时时浮微笑。她的青纱长衫罩着丰润的肩臂，带着神秘性的淡雅。两人无声地吃着冰淇凌，似乎对于一切完全的满足。

老卢、老孟谈着时局，老卢既是机关人员，时常免不了说"我又有个特别的消息，这样看来里面还有原因"，于是一层一层地做更详细原因地检讨，深深地浸入政治波澜里面。

逸九看着女人的睫毛，和浮起的笑涡，想到好几年前同在假山后捉迷藏的琼两条发辫，一个垂前，一个垂后地跳跃。琼已经死了这六七年，谁也没有再提起过她。今天这青长衫的女人，单单叫他心底涌起琼的影子。不可思议的，淡淡的，记忆描着活泼的琼。在极旧式的家庭里淘气，二舅舅提根旱烟管，厉声地出来停止她各种的嬉戏。但是琼只是敛住声音低低地笑。雨下大了，院中满是水，又是琼胆子大，把裤腿卷过膝盖，赤着脚，到水里装摸鱼。不小心她滑倒了，还是逸九去把她抱回来。和琼差不多大小的还有阿淑，住在对门，他们时常在一起玩，逸九忽然记起瘦小，不爱说话的阿淑来。

"听说阿淑快要结婚了，嬷嘱咐到表姨家问候，不知道阿淑要嫁给谁！"他似乎怕到表姨家。这几年的生疏叫他为难，前年他们遇见一次，装束不入时的阿淑倒有种特有的美，一种灵性……奇怪今天这青长衫女人为什么叫他想起这许多……

"逸九，你有相当的聪明，手腕，你又能巴结女人，你也应该来试试，我介绍你见老王。"

倦了的逸九忽然感到苦闷。

老卢手弹着桌边表示不高兴："老孟你少说话，逸九这位大少爷说不定他倒愿意去演电影呢！"种种都有一点落伍的老卢嘲笑着翩翩年少的朋友出气。

青纱长衫的女人和她朋友吃完了，站了起来。男的手托着女人的臂腕，无声地绕过他们三人的茶桌前面，走出门去。老卢逸九注意到女人有秀美的腿，稳健的步履。两人的融洽，在不言不语中流露出来。

"他们是甜心！"

"愿有情人都成眷属。"

"这女人算好看不？"

三个人同时说出口来，各各有所感触。

午后的热，由窗口外嘘进来，三个朋友吃下许多清凉的东西，更不知做什么好。

"电影院去，咱们去研究一回什么'人生问题''社会问题'吧？"逸九望着桌上的空杯，催促着卢、孟两个走。心里仍然浮着琼的影子。活泼、美丽、健硕，全幻灭在死的幕后，时间一样的向前，计量着死的实在。像今天这样，偶尔地回忆就算是证实琼有过活泼生命的唯一的证据。

东安市场门口洋车像放大的蚂蚁一串，头尾衔接着放在街沿。杨三已不在他寻常停车的地方。

"区里去，好，区里去！咱们到区里说个理去！"就是这样，王康和杨三到底结束了段打，被两个巡警弹压下来。

刘太太打着油纸伞，端正地坐在洋车上，想金裁缝太不小心了，今天这件绸衫下摆仍然不合适，领也太小，紧得透不了气，想不到今天这样热，早知道还不如穿纱的去。裁缝赶做的活总要出点毛病。实甫现在脾气更坏一点，老嫌女人们麻烦。每次有个应酬你总要听他说一顿的。今天张老太太做整寿，又不比得寻常的场面可以随便……

对面来了浅蓝色衣服的年轻小姐，极时髦的装束使刘太太睁大了眼注意了。

"刘太太哪里去？"蓝衣小姐笑了笑，远远招呼她一声过去了。

"人家的衣服怎么如此合适！"刘太太不耐烦地举着花纸伞。

"呜呜——呜呜……"汽车的喇叭响得震耳。

"打住。"洋车夫紧抓车把，缩住车身前冲的趋势。汽车过去后，由刘太太车旁走出一个巡警，带着两个粗人：一根白绳由一个的臂膀系到另一个的臂上。巡警执着绳端，板着脸走着。一个粗人显然是车夫；手里仍然拉着空车，嘴里咕噜着。很讲究的车身，各件白铜都擦得放亮，后面铜牌上还镌着"卢"字。这又是谁家的车夫，闹出事让巡警拉走。刘太太恨恨地一想车夫们爱肇事的可恶，反正他们到区里去少不了东家设法把他们保出来的……

"靠里！……靠里！"威风的刘家车夫是不耐烦挤在别人车后的——老爷是局长，太太此刻出去阔绰的应酬，洋车又是新打的，两盏灯发出银光……哗啦一下，靠手板在另一个车边擦一下，车已猛冲到前头走了。刘太太的花油纸伞在日光中摇摇荡荡地迎着风，顺着街心溜向北去。

胡同口酸梅汤摊边刚走开了三个挑夫。酸凉的一杯水，短时间地给他们愉快，六只泥泞的脚仍然踏着滚烫的马路行去。卖酸梅汤的老头儿手里正数着几十枚铜元，一把小鸡毛帚夹在腋下。他翻上两颗黯淡的眼珠，看看过去的花纸伞，知道这是到张家去的客人。他想今天为着张家做寿，客人多，他们的车夫少不得来摊上喝点凉的解渴。

"两吊……三吊！……"他动着他的手指，把一叠铜元收入摊边美人牌香烟的纸盒中。不知道今天这冰够不够使用的，他翻开几重荷叶，和一块灰黑色的破布，仍然用着他黯淡的眼珠向磁缸里的冰块端详了一回。"天不热，喝的人少，天热了，冰又化的太快！"事情哪一件不有为难的地方，他叹口气再翻眼看看过去的汽车。汽车轧起一阵尘土，笼罩着老人和他的摊子。

寒暑表中的水银从早起上升，一直过了九十五度的黑线上。喜棚底下比较荫凉的一片地面上曾聚过各种各色的人物。丁大夫也是其间一个。

丁大夫是张老太太内侄孙，德国学医刚回来不久，麻利，漂亮，现在社会上已经有了声望，和他同席的都借着他是医生的缘故，拿北平市卫生问题做谈料，什么虎疫，伤寒，预防针，微菌，全在吞咽八宝东瓜，瓦块鱼，锅贴鸡，炒虾仁中间讨论过。

"贵医院有预防针，是好极了。我们过几天要来麻烦请教了。"说话的以为如果微菌听到他有打预防针的决心也皆气馁了。

"欢迎，欢迎。"

厨房送上一碗凉菜。丁大夫踌躇之后决意放弃吃这碗菜的权利。

小孩们都抢了盘子边上放的小冰块，含到嘴里嚼着玩，其他客喜欢这凉菜的也就不少。天实在热！

张家几位少奶奶装扮得非常得体，头上都戴朵红花，表示对旧礼教习尚仍然相当遵守的。在院子中盘旋着做主人，各人心里都明白自己今天的体面。好几个星期前就顾虑到的今天，她们所理想到的今天各种成功，已然顺序的，在眼前实现。虽然为着这重要的今天，各人都轮流着觉得受过委屈；生过气；用过心思和手腕；将就过许多不如意的细节。

老太太颤巍巍地喘息着，继续维持着她的寿命。杂乱模糊的回忆在脑子里浮沉。兰兰七岁的那年……送阿旭到上海医病的那年真热……生四宝的时候在湖南，于是生育，病痛，兵乱，行旅，婚娶，没秩序，没规则地纷纷在她记忆下掀动。

"我给老太太拜寿，您给回一声吧。"

这又是谁的声音？这样大！老太太睁开打瞌睡的眼，看一个浓装的妇人对她鞠躬问好。刘太太——谁又是刘太太，真是的！今天客人太多了，好吃劲。老太太扶着赵妈站起来还礼。

"别客气了，外边坐吧。"二少奶伴着客人出去。

谁又是这刘太太……谁？……老太太模模糊糊地又做了一些猜想，望着门槛又堕入各种的回忆里去。

坐在门槛上的小丫头寿儿，看着院里石榴花出神。她巴不得酒席可以快点开完，底下人们可以吃中饭，她肚子里实在饿得慌。一早眼睛所接触的，大部分几乎全是可口的食品，但是她仍然是饿着肚子，坐在老太太门槛上等候呼唤。她极想再到前院去看看热闹，但为想到上次被打的情形，只得竭力忍耐。在饥饿中，有一桩事她仍然没有忘掉她的高兴。因为老太太的整寿大少奶给她一副银镯。虽然为着捶背而酸乏的手臂懒得转动，她仍不时得意地举起手来，晃摇着她的新镯子。

午后的太阳斜到东廊上，后院子暂时沉睡在静寂中。幼兰在书房里和羽哭着闹脾气：

"你们都欺侮我，上次赛球我就没有去看。为什么要去？反正人家也不欢迎我……慧石不肯说，可是我知道你和阿玲在一起玩得上劲。"抽噎的声音微微地由廊上传来。

"等会客人进来了不好看……别哭……你听我说……绝对没有这么回事的。咱们是亲表谁不知道我们亲热，你是我的兰，永远，永远的是我的最爱最爱的……你信我……"

"你在哄骗我，我……我永远不会再信你的了……"

"你又来伤我，你心狠……"

声音微下去，也和缓了许多，又过了一些时候。才有轻轻的笑语声。小丫头仍然饿得慌，仍然坐在门槛上没有敢动，她听着小外孙小姐和羽孙少爷老是吵嘴，哭哭啼啼的，她不懂。一会儿他们又笑着一块儿由书房里出来。

"我到婆婆的里间洗个脸去。寿儿你给我打盆洗脸水去。"

寿儿得着打水的命令，高兴地站起来。什么事也比坐着等老太太睡醒都好一点。

"别忘了晚饭等我一桌吃。"羽说完大步地跑出去。

后院顿时又堕入闷热的静寂里；柳条的影子画上粉墙，太阳的红比得胭脂。墙外天蓝蓝的没有一片云，像戏台上的布景。隐隐地送来小贩子叫卖的声音——卖西瓜的——卖凉席的，一阵一阵。

挑夫提起力气喊他孩子找他媳妇。天快要黑下来，媳妇还坐在门口纳鞋底子；赶着那一点天亮再做完一只。一个月她当家的要穿两双鞋子，有时还不够的，方才当家的回家来说不舒服，睡倒在炕上，这半天也没有醒。她放下鞋底又走到旁边一家小铺里买点生姜，说几句话儿。

断续着呻吟，挑夫开始感到苦痛，不该喝那冰凉东西，早知道这大暑天，还不如喝口热茶！迷惘中他看到茶碗，茶缸，施茶的人家，碗，碟，果子杂乱地绕着大圆篓，他又像看到张家的厨房。不到一刻他肚子里像纠麻绳一般痛，发狂地呕吐使他沉入严重的症候里和死搏斗。

挑夫媳妇失了主意，喊孩子出去到药铺求点药。那边时常夏天是施暑药的……

邻居积渐知道挑夫家里出了事，看过报纸的说许是霍乱，要扎针的。张秃子认得大街东头的西医丁家，他披上小褂子，一边扣钮子，一边跑。丁大夫的门牌挂高高的，新漆大门两扇紧闭着。张秃子找着电铃死命地按，又在门缝里张望了好一会儿，才有人出来开门。什么事？什么事？门房望着张秃子生气，张秃子看着丁宅的门房说，"劳驾——劳驾您大爷，我们'街坊'李挑子中了暑，托我来行点药。"

"丁大夫和管药房先生'出份子去了'没有在家，这里也没有旁人，这事谁又懂得？！"门房吞吞吐吐地说，"还是到对门益年堂打听吧。"大门已经差不多关上。

张秃子又跑了，跑到益年堂，听说一个孩子拿了暑药已经走了。张秃子是信教的，他相信外国医院的药，他又跑到那边医院里打听，等了半天，说那里不是施医院，并且也不收传染病的，医生晚上也都回家了，助手没得上边话不能随便走的。

"最好快报告区里，找卫生局里人。"管事的告诉他，但是卫生局又在哪里……

到张秃子失望地走回自己院子里的时候，天已经黑了下来，他听见李大嫂的哭声知道事情不行了。院里磁罐子里还放出浓馥的药味。他顿一下脚，"咱们这命苦的……"他已在想如何去捐募点钱，收殓他朋友的尸体。叫孝子挨家去磕头吧！

天黑了下来张宅跨院里更热闹，水月灯底下围着许多孩子，看变戏法的由袍子里捧出一大缸金鱼，一盘子"王母蟠桃"献到老太太面前。孩子们都凑上去验看金鱼的真假。老太太高兴地笑。

大爷熟识捧场过的名伶自动地要送戏，正院前边搭着戏台，当差的忙着拦阻外面杂人往里挤，大爷由上海回来，两年中还是第一次——这次碰着母亲整寿的面，不回来太难为情。这几天行市不稳定，工人们听说很活动，本来就不放心走开，并且厂里的老赵靠不住，大爷最记挂……

看到院里戏台上正开场，又看廊上的灯，听听厢房各处传来的牌声；风扇声开汽水声，大爷知道一切都圆满地进行，明天事完了，他就可以走了。

"伯伯上哪儿去？"游廊对面走出一个清秀的女孩。他怔住了看，慧石——是他兄弟的女儿，已经长的这么大了？大爷伤感着，看他早死兄弟的遗腹女儿：她长得实在像她爸爸……实在像她爸爸……

"慧石，是你。长得这样俊，伯伯快认不得了。"

慧石只是笑，笑。大伯伯还会说笑话，她觉得太料想不到的事，同时她像被电击一样，触到伯伯眼里蕴住的怜爱，一股心酸抓紧了她的嗓子。

她仍只是笑。

"哪一年毕业？"大伯伯问她。

"明年。"

"毕业了到伯伯那里住。"

"好极了。"

"喜欢上海不？"

她摇摇头："没有北平好。可是可以找事做，倒不错。"

伯伯走了，容易伤感的慧石急忙回到卧室里，想哭一哭，但眼睛湿了几回，也就不哭了，又在镜子前抹点粉笑了笑；她喜欢伯伯对她那和蔼态度。嬷常常不满伯伯和伯母的，常说些不高兴他们的话，但她自己却总觉得喜欢这伯伯的。

也许是骨肉关系有种不可思议的亲热，也许是因为感激知己的心，慧石知道她更喜欢她这伯伯了。

厢房里电话铃响。

"丁宅呀，找丁大夫说话？等一等。"

丁大夫的手气不坏，刚和了一牌三翻，他得意地站起来接电话：

"知道了，知道了，回头就去叫他派车到张宅来接。什么？要暑药的？发痧中暑？叫他到平济医院去吧。"

"天实在热，今天，中暑的一定不少。"五少奶坐在牌桌上抽烟，等丁大夫打电话回来。"下午两点的时候刚刚九十九度啦！"她睁大了眼表示严重。

"往年没有这么热，九十九度的天气在北平真可以的了。"一个客人摇了摇檀香扇，急着想做庄。

咯突一声，丁大夫将电话挂上。

报馆到这时候积渐热闹，排字工人流着汗在机器房里忙着。编辑坐到公事桌上面批阅新闻。本市新闻由各区里送到；编辑略略将张宅名伶送戏一节细细看了看，想到方才同太太在市场吃冰淇凌后，遇到街上的打架，又看看那段斯打的新闻，于是很自然地写着"西四牌楼三条胡同卢宅车夫杨三……"新闻里将杨三王康的争斗形容得非常动听，一直到了"扭区成讼"。

再看一些零碎，他不禁注意到挑夫霍乱数小时毙命一节，感到白天去吃冰淇凌是件不聪明的事。

杨三在热臭的拘留所里发愁，想着主人应该得到他出事的消息了，怎么还没有设法来保他出去。王康则在又一间房子里喂臭虫，苟且地睡觉。

"……哪儿呀，我卢宅呀，请王先生说话，……"老卢为着洋车被扣已经打了好几个电话了，在晚饭桌他听着太太的埋怨……那杨三真是太没有样子，准是又喝醉了，三天两回闹事。

"……对啦，找王先生有要紧事，出去饭局了么，回头请他给卢宅来个电话！别忘了！"

这大热晚上难道闷在家里听太太埋怨？杨三又没有回来，还得出去雇车，老卢不耐烦地躺在床上看报，一手抓起一把蒲扇赶开蚊子。

（本文为小说，原载于《学文》第一卷第一期，一九三四年五月）

注：文中所用温度计量单位为华氏，华氏九十九度为摄氏三十七度多。

夜莺与玫瑰

——奥司克魏尔德神话

"她说我若为她采得红玫瑰，便与我跳舞。"青年学生哭着说，"但我全园里何曾有一朵红玫瑰。"

夜莺在橡树上巢中听见，从叶丛里往外看，心中诧异。

青年哭道："我园中并没有红玫瑰！"他秀眼里满含着泪珠。"呀！幸福倒靠着这些区区小东西！古圣贤书我已读完，哲学的玄秘，我已彻悟，然而因为求一朵红玫瑰不得，我的生活便这样难堪。"

夜莺叹道："真情人竟在这里。以前我虽不曾认识，我却夜夜的歌唱他：我夜夜将他的一桩桩事告诉星辰，如今我见着他了。他的头发黑如风信子花，嘴唇红比他所切盼的玫瑰，但是热情已使他脸色憔悴，烦恼已在他眉端印着痕迹。"

青年又低声自语："王子今晚宴会跳舞，我的爱人也将与会。我若为她采得红玫瑰，她就和我跳舞直到天明，我若为她采得红玫瑰，我将把她抱在怀里，她的头，在我肩上枕着，她的手，在我掌中握着。但我园里没有红玫瑰，我只能寂寞地坐着，看她从我跟前走过，她不睬我，我的心将要粉碎了。"

"这真是个真情人。"夜莺又说着，"我所唱歌，是他尝受的苦楚：在我是乐的，在他却是悲痛。'爱'果然是件非常的东西。比翡翠还珍重，比玛瑙更宝贵。珍珠，榴石买不得他，黄金亦不能作他的代价，因为他不是在市上出卖，也不是商人贩卖的东西。"

青年说："乐师们将在乐坛上弹弄丝竹，我那爱人也将按着弦琴的音节舞蹈。她舞得那么翩翩，莲步都不着地，华服的少年们就会艳羡的围着她。但她不同我跳舞，因我没有为她采到红玫瑰。"于是他卧倒在草里，两手掩着脸哭泣。

绿色的小壁虎说："他为什么哭泣？"说完就竖起尾巴从他跟前跑过。

蝴蝶正追着太阳光飞舞，她亦问说："唉，怎么？"金盏花亦向他的邻居低声探问道："唉，怎么？"夜莺说："他为着一朵红玫瑰哭泣。"

他们叫道："为着一朵红玫瑰！真笑话！"那小壁虎本来就刻薄，于是大笑。

然而夜莺了解那青年烦恼里的秘密，她静坐在橡树枝上幻想"爱"的玄妙。

忽然她张起棕色的双翼，冲天的飞去。她穿过那树林如同影子一般，如同影子一般的，她飞出了花园。

草地当中站着一株绝美的玫瑰树，她看见那树，向前飞去落在一枝枝头上。

她叫道："给我一朵鲜红玫瑰，我为你唱我最婉转的歌。"

可是那树摇头。

"我的玫瑰是白的。"那树回答她，"白如海涛的泡沫，白过山巅上积雪。请你到古日规旁找我兄弟，或者他能应你所求。"

于是夜莺飞到日规旁边那丛玫瑰上。

她又叫道："给我一朵鲜红玫瑰，我为你唱最醉人的歌。"

可是那树摇头。

"我的玫瑰是黄的，"那树回答她，"黄如琥珀座上人鱼神的头发，黄过割草人未割以前的金水仙。请你到那青年窗下找我兄弟，或者他能应你所求。"

于是夜莺飞到青年窗下那丛玫瑰上。

她仍旧叫道："给我一朵鲜红玫瑰，我为你唱最甜美的歌。"

可是那树摇头。

那树回答她说："我的玫瑰是红的，红如白鸽的脚趾，红过海底，岩下扇动的珊瑚。但是严冬已冻僵了我的血脉，寒霜已啮伤了我的萌芽，暴风已打断了我的枝干，今年我不能再开了。"

夜莺央告说："一朵红玫瑰就够了。只要一朵红玫瑰！请问有甚法子没有？"

那树答道："有一个法子，只有一个，但是太可怕了，我不敢告诉你。"

"告诉我吧。"夜莺勇敢地说，"我不怕。"

那树说道："你若要一朵红玫瑰，你须在月色里用音乐制成，然后用你自己的心血染他。你须将胸口顶着一根尖刺，为我歌唱。你须整夜的为我歌唱，那刺须刺入你的心头，你生命的血液得流到我的心房里变成我的。"

夜莺叹道："拿死来买一朵红玫瑰，代价真不小，谁的生命不是宝贵的。坐在青郁的森林里看太阳在黄金车里，月娘在白珠辇内驰骋，真是一桩乐事。山茶花的味儿真香，山谷里的吊钟花和山坡上野草真美。然而'爱'比生命更可贵，一个鸟的心又怎能和人的心比？"

于是她张起棕色的双翼，冲天的飞去。她过那花园如同影子一般，如同影子一般，她荡出了那树林子。

那青年仍旧偃卧在草地上方才她离他的地方，他那副秀眼里的泪珠还没有干。

夜莺喊道："高兴罢，快乐罢；你将要采到你那朵红玫瑰了。我将用月下的歌音制成她，再用我自己的心血染红她。我向你所求的酬报，仅是要你做一个真挚的情人，因为哲理虽智，爱比她更慧，权力虽雄，爱比她更伟。焰光的色彩是爱的双翅，烈火的颜色是爱的躯干。她有如蜜的口唇，若兰的吐气。"

青年从草里抬头侧耳静听，但是他不懂夜莺对他所说的话，因他只晓得书上所讲的一切。

那橡树却是懂得，他觉得悲伤，因为他极爱怜那枝上结巢的小夜莺。

他轻声说道："唱一首最后的歌给我听罢，你别去后，我要感到无限的寂寥了。"

于是夜莺为橡树唱起来。她恋别的音调就像在银瓶里涌溢的水浪一般的清悦。

她唱罢时，那青年站起身来从衣袋里抽出一本日记簿和一枝笔。

他一面走出那树林，一面自语道："那夜莺的确有些恣态。这是人所不能否认的；但是她有感情么？我怕没有。实在她就像许多美术家一般，尽是仪式，没有诚心。她必不肯为人牺牲。她所想的无非是音乐，可是谁不知道艺术是为己的。虽然，我们总须承认她有醉人的歌喉。可惜那种歌音也是毫无意义，毫无实用。"于是他回到自己室中，躺在他的小草垫的床上想念他的爱人；过了片时他就睡去。

待月娘升到天空，放出她的光艳时，那夜莺也就来到玫瑰枝边，将胸口插在刺上。她胸前插着尖刺，整夜的歌唱，那晶莹的月亮倚在云边静听。她昼夜的，啭着歌喉，那刺越插越深，她生命的血液渐渐溢去。

最先为歌颂的是稚男幼女心胸里爱恋的诞生。于是那玫瑰的顶尖枝上结了一苞卓绝的玫瑰蕾，歌儿一首连着一首的唱，花瓣一片跟着一片的开。起先那瓣儿是黯淡得如同河上罩着的薄雾——黯淡得如同晨曦的脚迹，银灰得好似曙光的翅翼，那枝上玫瑰蕾就像映在银镜里的玫瑰影子或是照在池塘的玫瑰化身。

但是那树还催迫着夜莺紧插那枝刺。"靠紧那刺，小夜莺。"那树连声的叫唤，"不然，玫瑰还没开成，晓光就要闯来了。"

于是夜莺越紧插入那尖刺，越扬声的唱她的歌，因她这回所歌颂的是男子与女子性灵里烈情的诞生。

如今那玫瑰瓣上生了一层娇嫩的红晕，如同初吻新娘时新郎的绛颊。但是那刺还未插到夜莺的心房，所以那花心尚留着白色，因为只有夜莺的心血可以染成玫瑰花心。

那树复催迫着夜莺紧插那枝刺："靠紧那刺，小夜莺。"那树连声的叫唤，"不然玫瑰还没开成，晓光就要闯来了。"

于是夜莺紧紧插入那枝刺，那刺居然插入了她的心，但是一种奇痛穿过她的全身，那种惨痛愈猛，愈烈，她的歌声越狂，越壮，因为她这回歌颂的是因死而完成的挚爱和冢中不朽的烈情。

那卓绝的玫瑰于是变作鲜红，如同东方的天色。花的外瓣红同烈火，花的内心赤如绛玉。

夜莺的声音越唱越模糊了，她的双翅拍动起来，她的眼上起了一层薄膜。她的歌声模糊了，她觉得霎间哽咽了。

于是她放出末次的歌声白色的残月听见，忘天晓，挂在空中停着。那红玫瑰听见，凝神战栗着，在清冷的晓风里瓣瓣的开放。回音将歌声领入山坡上的紫洞，将牧童从梦里惊醒。歌声流到河边苇丛中，苇丛将这信息传与大海。

那树叫道："看！这玫瑰已制成了。"然而夜莺并不回答，她已躺在乱草里死去，那刺还插在心头。

日午时青年开窗往外看。

他叫道："怪事，真是难过的幸运；这儿有朵红玫瑰；这样好玫瑰，我生来从没看见过。他这样美红定有很繁长的拉丁名字。"说着便俯身下去折了这花。

于是他戴上帽子，跑往教授家去，手里拈着红玫瑰。

教授的女儿正坐在门前卷一轴蓝色绸子，她的小狗伏在她脚前。

青年叫道："你说过我若为你采得红玫瑰，你便同我跳舞。这里有一朵全世界最珍贵的红玫瑰。你可以将它插在你的胸前，我们同舞的时候，这花便能告诉你，我怎样的爱你。"

那女郎只皱着眉头。

她答说："我怕这花不能配上我的衣裳；而且大臣的侄子送我许多珠宝首饰，人人都知道珠宝比花草贵重。"

青年怒道："我敢说你是个无情义的人。"他便将玫瑰掷在街心；掉在车辙里，让一个车轮轧过。

女郎说："无情义？我告诉你罢，你实在无礼；况且到底你是谁？不过一个学生文人，我看像大臣侄子鞋上的那银扣，你都没有。"说着站起身来走回房去。

青年走着自语道："唉，好幽呀，远不如伦理学那般有实用，她所告诉我们的，无非是空中楼阁，实际上不会发生的，和缥缈虚无不可信的事件。在现在的世界里存在，首要有实用的东西，我还是回到我的哲学和玄学书上去吧。"

于是他回到房中取出一本笨重的，满堆着尘土的大书埋头细读。

（本文为译作，奥斯卡·王尔德原著，原载于《晨报五周年纪念增刊》，一九二三年十二月一日）

那 一 晚

那一晚我的船推出了河心，
澄蓝的天上托着密密的星。
那一晚你的手牵着我的手，
迷惘的星夜封锁起重愁。
那一晚你和我分定了方向，
两人各认取个生活的模样。
到如今我的船仍然在海面飘，
细弱的桅杆常在风涛里摇。
到如今太阳只在我背后徘徊，
层层的阴影留守在我周围。
到如今我还记着那一晚的天，
星光、眼泪、白茫茫的江边！
到如今我还想念你岸上的耕种：
红花儿黄花儿朵朵的生动。

那一天我希望要走到了顶层，
蜜一般酿出那记忆的滋润。
那一天我要跨上带羽翼的箭，
望着你花园里射一个满弦。
那一天你要听到鸟般的歌唱，
那便是我静候着你的赞赏。

那一天你要看到零乱的花影，
那便是我私闯入当年的边境！

（原载于《诗刊》第二期，一九三一年四月）

"谁爱这不息的变幻"

谁爱这不息的变幻，她的行径？
催一阵急雨，抹一天云霞，月亮，
星光，日影，在在都是她的花样，
更不容峰峦与江海偷一刻安定。
骄傲的，她奉着那荒唐的使命：
看花放蕊树凋零，娇娃做了娘；
叫河流凝成冰雪，天地变了相；
都市喧哗，再寂成广漠的夜静！
虽说千万年在她掌握中操纵，
她不曾遗忘一丝毫发的卑微。
难怪她笑永恒是人们造的谎，
来抚慰恋爱的消失，死亡的痛。
但谁又能参透这幻化的轮回，
谁又大胆的爱过这伟大的变幻？

香山 四月十二日

（原载于《诗刊》第二期，一九三一年四月）

情　愿

我情愿化成一片落叶，
让风吹雨打到处飘零；
或流云一朵，在澄蓝天，
和大地再没有些牵连。

但抱紧那伤心的标志，
去触遇没着落的怅惘；
在黄昏，夜半，蹑着脚走，
全是空虚，再莫有温柔；

忘掉曾有这世界；有你；
哀悼谁又曾有过爱恋；
落花似的落尽，忘了去
这些个泪点里的情绪。

到那天一切都不存留，
比一闪光，一息风更少
痕迹，你也要忘掉了我
曾经在这世界里活过。

（原载于《新月诗选》，一九三一年九月）

仍 然

你舒伸得像一湖水向着晴空里
白云，又像是一流冷涧，澄清
许我循着林岸穷究你的泉源：
我却仍然怀抱着百般的疑心
对你的每一个映影！

你展开像个千瓣的花朵！
鲜妍是你的每一瓣，更有芳沁，
那温存袭人的花气，伴着晚凉：
我说花儿，这正是春的捉弄人，
来偷取人们的痴情！

你又学叶叶的书篇随风吹展，
揭示你的每一个深思；每一角心境，
你的眼睛望着，我不断的在说话：
我却仍然没有回答，一片的沉静
永远守住我的魂灵。

（原载于《新月诗选》，一九三一年九月）

记　忆

断续的曲子，最美或最温柔的
夜，带着一天的星。
记忆的梗上，谁不有
两三朵娉婷，披着情绪的花
无名的展开
野荷的香馥，
每一瓣静处的月明。

湖上风吹过，头发乱了，或是
水面皱起像鱼鳞的锦。
四面里的辽阔，如同梦
荡漾着中心彷徨的过往
不着痕迹，谁都
认识那图画，
沉在水底记忆的倒影！

二十五年二月

（原载于《大公报·文艺副刊》，一九三六年三月二十二日）

时　间

人间的季候永远不断在转变
春时你留下多处残红，翩然辞别，
本不想回来时同谁叹息秋天！

现在连秋云黄叶又已失落去
辽远里，剩下灰色的长空一片
透彻的寂寞，你忍听冷风独语？

（原载于《大公报·文艺副刊》，一九三七年三月十四日）

哭三弟恒

——三十年空战阵亡

弟弟，我没有适合时代的语言
来哀悼你的死；
它是时代向你的要求，
简单的，你给了。
这冷酷简单的壮烈是时代的诗
这沉默的光荣是你。

假使在这不可免的真实上
多给了悲哀，我想呼喊，
那是——你自己也明了——
因为你走得太早，
太早了，弟弟，难为你的勇敢，
机械的落伍，你的机会太惨！

三年了，你阵亡在成都上空，
这三年的时间所做成的不同，
如果我向你说来，你别悲伤，
因为多半不是我们老国，
而是他人在时代中辗动，
我们灵魂流血，炸成了窟窿。

我们已有了盟友、物资同军火，
正是你所曾经希望过。
我记得，记得当时我怎样同你
讨论又讨论，点算又点算，
每一天你是那样耐性的等着，
每天却空的过去，慢得像骆驼！

现在驱逐机已非当日你最理想
驾驶的"老鹰式七五"那样——
那样笨，那样慢，啊，弟弟不要伤心，
你已做到你们所能做的，
别说是谁误了你，是时代无法衡量，
中国还要上前，黑夜在等天亮。

弟弟，我已用这许多不美丽言语
算是诗来追悼你，
要相信我的心多苦，喉咙多哑，
你永不会回来了，我知道，
青年的热血做了科学的代替；
中国的悲怆永沉在我的心底。

啊，你别难过，难过了我给不出安慰。
我曾每日那样想过了几回：
你已给了你所有的，同你去的弟兄
也是一样，献出你们的生命；
已有的年轻一切；将来还有的机会，

可能的壮年工作，老年的智慧；

可能的情爱，家庭，儿女，及那所有
生的权利，喜悦；及生的纠纷！
你们给的真多，都为了谁？你相信
今后中国多少人的幸福要在
你的前头，比自己要紧；那不朽
中国的历史，还需要在世上永久。

你相信，你也做了，最后一切你交出。
我既完全明白，为何我还为着你哭？
只因你是个孩子却没有留什么给自己，
小时我盼着你的幸福，战时你的安全，
今天你没有儿女牵挂需要抚恤同安慰，
而万千国人像已忘掉，你死是为了谁！

三十三年，李庄
（原载于《文学杂志》第二卷第十二期，一九四八年五月）

八月的忧愁

黄水塘里游着白鸭,
高粱梗油青的刚高过头,
这跳动的心怎样安插,
田里一窄条路,八月里这忧愁?

天是昨夜雨洗过的,山岗
照着太阳又留一片影;
羊跟着放羊的转进村庄,
一大棵树荫下罩着井,又像是心!

从没有人说过八月什么话,
夏天过去了,也不到秋天。
但我望着田垄,土墙上的瓜,
仍不明白生活同梦怎样的连牵。

二十五年夏末

(原载于《大公报·文艺副刊》,一九三六年九月三十日)

山中一个夏夜

山中有一个夏夜，深得
像没有底一样，
黑影，松林密密的；
周围没有点光亮。
对山闪着只一盏灯——两盏
像夜的眼，夜的眼在看！

满山的风全蹑着脚
像是走路一样，
躲过了各处的枝叶
各处的草，不响。
单是流水，不断的在山谷上
石头的心，石头的口在唱。

虫鸣织成那一片静，寂寞
像垂下的帐幔；
仲夏山林在内中睡着，
幽香四下里浮散。
黑影枕着黑影，默默的无声，
夜的静，却有夜的耳在听！

（原载于《新月》第四卷第七期，一九三三年六月）

注：本诗第三节据作者修改后的手稿排印。一九三三年此
诗初次发表时这一节为：

　　　　均匀的一片静，罩下
　　　　像张软垂的幔帐。
　　　　疑问不见了，四角里
　　　　模糊，是梦在窥探？
　　　　夜像在诉祷，无声的在期待，
　　　　幽馥的虔诚在无声里布漫。

你是人间的四月天

——一句爱的赞颂

我说你是人间的四月天；
笑响点亮了四面风；轻灵
在春的光艳中交舞着变。

你是四月早天里的云烟，
黄昏吹着风的软，星子在
无意中闪，细雨点洒在花前。

那轻，那娉婷，你是，鲜妍
百花的冠冕你戴着，你是
天真，庄严，你是夜夜的月圆。

雪化后那片鹅黄，你像；新鲜
初放芽的绿，你是；柔嫩喜悦
水光浮动着你梦期待中白莲。

你是一树一树的花开，是燕
在梁间呢喃，——你是爱，是暖，
是希望，你是人间的四月天！

（原载于《学文》第一卷第一期，一九三四年五月）

忆

新年等在窗外，一缕香，
枝上刚放出一半朵红。
心在转，你曾说过的
几句话，白鸽似的盘旋。

我不曾忘，也不能忘
那天的天澄清的透蓝，
太阳带点暖，斜照在
每棵树梢头，像凤凰。

是你在笑，仰脸望，
多少勇敢话那天，你我
全说了，——像张风筝
向蓝穹，凭一线力量。

二十二年年岁终

（原载于《学文》第一卷第二期，一九三四年六月）

古城春景

时代把握不住时代自己的烦恼，——
轻率的不满，就不叫它这时代牢骚——
偏又流成愤怨，聚一堆黑色的浓烟
喷出烟囱，那矗立的新观念，在古城楼对面！

怪得这嫩灰色一片，带疑问的春天
要泥黄色风沙，顺着白洋灰街沿，
再低着头去寻觅那已失落了的浪漫
到蓝布棉帘子，万字栏杆，仍上老店铺门槛？

寻去，不必有新奇的新发现，旧有保障
即使古老些，需要翡翠色甘蔗做拐杖
来支撑城墙下小果摊，那红鲜的冰糖葫芦
仍然光耀，串串如同旧珊瑚，还不怕新时代的尘土。

二十六年春　北平

（原载于《诗刊》第二卷，一九三七年四月）

昆明即景

一　茶铺

这是立体的构画，
描在这里许多样脸
在顺城脚的茶铺里
隐隐起喧腾声一片。

各种的姿势，生活
刻划着不同方面：
茶座上全坐满了，笑的，
皱眉的，有的抽着旱烟。

老的，慈祥的面纹，
年轻的，灵活的眼睛，
都暂要时间茶杯上
停住，不再去扰乱心情！

一天一整串辛苦，
此刻才赚回小把安静，
夜晚回家，还有远路，
白天，谁有工夫闲看云影？

不都为着真的口渴，
四面窗开着，喝茶，
跷起膝盖的是疲乏，
赤着臂膀好同乡邻闲话。

也为了放下扁担同肩背
向运命喘息，倚着墙，
每晚靠这一碗茶的生趣
幽默估量生的短长……

这是立体的构画，
设色在小生活旁边，
荫凉南瓜棚下茶铺，
热闹照样的又过了一天！

二　小楼

张大爹临街的矮楼，
半藏着，半挺着，立在街头，
瓦覆着它，窗开一条缝，
夕阳染红它，如写下古远的梦。

矮檐上长点草，也结过小瓜，
破石子路在楼前，无人种花，
是老坛子，瓦罐，大小的相伴；

231

尘垢列出许多风趣的零乱。

但张大爹走过，不吟咏它好；
大爹自己（上年纪了）不相信古老。
他拐着杖常到隔壁沽酒，
宁愿过桥，土堤去看新柳！

（原载于《经世日报·文艺周刊》，一九四八年二月二十二日）

微　光

街上没有光，没有灯，
店廊上一角挂着有一盏；
他和她把他们一家的运命
含糊的，全数交给这黯淡。

街上没有光，没有灯，
店窗上，斜角，照着有半盏。
合家大小朴实的脑袋，
并排儿，熟睡在土炕上。

外边有雪夜；有泥泞；
沙锅里有不够明日的米粮；
小屋，静守住这微光，
缺乏着生活上需要的各样。

缺的是把干柴，是杯水；麦面……
为这吃的喝的，本说不到信仰，——
生活已然，固定的，单靠气力，
在肩臂上边，来支持那生的胆量。

233

明天，又明天，又明天……
一切都限定了，谁还说希望，——
即使是做梦，在梦里，闪着，
仍旧是这一粒孤勇的光亮？

街角里有盏灯，有点光，
挂在店廊；照在窗槛；
他和她，把他们一家的运命
明白的，全数交给这凄惨。

二十二年九月
（原载于《大公报·文艺副刊》，一九三四年九月二十七日）

灵　感

是你，是花，是梦，打这儿过，
此刻像风在摇动着我；
告诉日子重叠盘盘的山窝；
清泉潺潺流动转狂放的河；
孤僻林里闲开着鲜妍花，
细香常伴着圆月静天里挂；
且有神仙纷纭的浮出紫烟，
衫裙飘忽映影在山溪前；
给人的理想和理想上
铺香花，叫人心和心合着唱；
直到灵魂舒展成条银河，
长长流在天上一千首歌！

是你，是花，是梦，打这里儿过，
此刻像风，在摇动着我；
告诉日子是这样的不清醒；
当中偏响着想不到的一串铃，
树枝里轻声摇曳；金镶上翠，
低了头的斜阳，又一抹光辉。
难怪阶前人忘掉黄昏，脚下草，
高阁古松，望着天上点骄傲；

留下檀香，木鱼，合掌
在神龛前，在蒲团上，
楼外又楼外，幻想彩霞却缀成
凤凰栏杆，挂起了塔顶上灯！

二十四年十月　徽因作于北平

风　筝

看，那一点美丽
会闪到天空！
几片颜色，
挟住双翅，
心，缀一串红。

飘摇，它高高的去，
逍遥在太阳边
太空里闪
一小片脸，
但是不，你别错看了
错看了它的力量，
天地间认得方向！
它只是
轻的一片，
一点子美
像是希望，又像是梦，
一长根丝牵住
天穹，渺茫——
高高推着它舞去，
白云般飞动，

它也猜透了不是自己，
它知道，知道是风！

正月十一日

（原载于《大公报·文艺副刊》，一九三六年二月十四日）

238

昼 梦

昼梦
垂着纱，
无从追寻那开始的情绪
还未曾开花；
柔韧得像一根
乳白色的茎，缠住
纱帐下；银光
有时映亮，去了又来；
盘盘丝络
一半失落在梦外。

花竟开了，开了；
零落的攒集，
从容的舒展，
一朵，那千百瓣！
抖擞那不可言喻的
刹那情绪，
庄严峰顶——
天上一颗星……
晕紫，深赤，
天空外旷碧，

是颜色同颜色浮溢，腾飞……

深沉，

又凝定——

悄然香馥，

袅娜一片静。

昼梦

垂着纱，

无从追踪的情绪

开了花；

四下里香深，

低覆着禅寂，

间或游丝似的摇移，

悠忽一重影；

悲哀或不悲哀

全是无名，

一闪娉婷。

二十五年暑中北平

（原载于《大公报·文艺副刊》，一九三六年八月三十日）

空想（外四章）

终日的企盼企盼正无着落，——
太阳穿窗棂影，种种花样。
暮秋梦远，一首诗似的寂寞，
真怕看光影，花般洒在满墙。

日子悄悄的仅按沉吟的节奏，
尽打动简单曲，像钟摇响。
不是光不流动，花瓣子不点缀时候，
是心漏却忍耐，厌烦了这空想！

你 来 了

你来了，画里楼阁立在山边，
交响曲由风到风，草青到天！
阳光投多少个方向，谁管？你，我
如同画里人掉回头，便就不见！

你来了，花开到深深的深红，
绿萍遮住池塘上一层晓梦，
鸟唱着，树梢交织着枝柯，——白云
却是我们，悠忽翻过几重天空！

"九·一八"闲走

天上今早盖着两层灰，
地上一堆黄叶在徘徊，
惆惆的是我跟着凉风转，
荒街小巷，蛇鼠般追随！

我问秋天，秋天似也疑问我：
在这尘沙中又挣扎些什么，
黄雾扼住天的喉咙，
处处仅剩情绪的残破？

但我不信热血不仍在沸腾；
思想不仍铺在街上多少层；
甘心让来往车马狠命的轧压，
待从地面开花，另来一种完整。

藤 花 前
——独过静心斋

紫藤花开了
轻轻的放着香，
没有人知道……

紫藤花开了
轻轻的放着香，

没有人知道。
楼不管，曲廊不做声，
蓝天里的白云行去，
池子一脉静；
水面散着浮萍，
水底下挂着倒影。

紫藤花开了
没有人知道！
蓝天里白云行去，
小院，
无意中我走到花前。
轻香，风吹过
花心，
风吹过我，——
望着无语，紫色点。

旅　途　中

我卷起一个包袱走，
过一个山坡子松，
又走过一个小庙门
在早晨最早的一阵风中。
我心里没有埋怨，人或是神；
天底下的烦恼，连我的
拢总，

像已交给谁去，……

前面天空。
山中水那样清，
山前桥那么白净，——
我不知道造物者认不认得
自己图画；
乡下人的笠帽，草鞋，
乡下人的性情。

暑中在山东乡间步行　二十五年夏
（原载于《诗刊》第三期，一九三六年十二月）

山　中

紫色山头抱住红叶，将自己影射在山前，
人在小石桥上走过，渺小的追一点子想念。
高峰外云在深蓝天里镶白银色的光转，
用不着桥下黄叶，人在泉边，才记起夏天！

也不因一个人孤独的走路，路更蜿蜒，
短白墙房舍像画，仍画在山坳另一面，
只这丹红集叶替代人记忆失落的层翠，
深浅团抱这同一个山头，惆怅如薄层烟。

山中斜长条青影，如今红萝乱在四面，
百万落叶火焰在寻觅山石荆草边，
当时黄月下共坐天真的青年人情话，相信
那三两句长短，星子般仍挂秋风里不变。

一九三六年秋

（原载于《大公报·文艺副刊》，一九三七年一月二十九日）

十月独行

像个灵魂失落在街边，
我望着十月天上十月的脸，
我向雾里黑影上涂热情
悄悄的看一团流动的月圆。

我也看人流着流着过去来回
黑影中冲着波浪翻星点
我数桥上栏杆龙样头尾
像坐一条寂寞船，自己拉纤。

我像哭，像自语，我更自己抱歉！
自己焦心，同情，一把心紧似琴弦，——
我说哑的，哑的琴我知道，一出曲子
未唱，幻望的手指终未来在上面？

（原载于《大公报·文艺副刊》，一九三七年三月七日）